講談社文庫

藪《やぶ》医《い》 ふらここ堂

朝井まかて

講談社

目次

藪医《やぶい》　ふらここ堂

一　藪医《やぶい》 ふらここ堂

一

きこ、きこと、ふらここを漕《こ》ぐ音がする。近所の子供らがまた遊んでいるのだろう。師走《しわす》とはいえ今日は朝から晴れ渡っていて、家の中の方がよほど冷える。

「ねえ、あたいも乗りたい」

「へん、まだまだ」

「妹だろ。替わってやんなよ。でないと、そらっ」

年嵩《としかさ》の子がふらここの綱を強く揺さぶったらしく、わあと甲高《かんだか》い声が響く。落ちやしないかと心配になって、おゆんは茶の間から外の前庭に目をやった。庭といっても、いつからそこに生えていたのか誰も知らない大きな山桃の木があるだけで、あとは季節の草花が思い思いに葉を広げては咲き、今は冬枯れの芝地になっている。

山桃の枝に吊《つ》るしたふらここは、おゆんがまだ幼かった頃、父である天野《あまの》三哲《さんてつ》が自ら板を削り、二本の綱を通して作ってくれた遊具である。

三哲は子供専門に開業している小児医なのだが、この本人が子供よりもよほど手がかかる。おゆんがとりわけ難儀するのが朝だ。

「お父《と》っつぁん、起きてよぉ。ねえったらあ」

懸命に揺り起こしても、やもりのように寝床にへばりついて動かない。

「……あともうちっと……頼む、今日だけは寝かせてくれ」

「毎朝、同じこと言って。患者さん、もう来てるんだよ。二組も待ってんの」

「……気にすんな」

その後、半刻《はんとき》もかかって二階から下りてきたかと思えば、房楊枝《ふさようじ》をくわえて朝湯にお出かけだ。湯から戻っても、縁側に坐《すわ》ってのんびりと耳掻《みみか》き棒を使ってからようやく神輿《みこし》を上げる。おまけに患者には「また来たのか」と言わぬばかりの顔つきで、無愛想このうえない。

ゆえに三哲は、ここ神田《かんだ》三河町界隈《みかわちようかいわい》で「藪《やぶ》のふらここ堂」と渾名《あだな》されている。それでも日に何組かは患者が訪れるのだから、「江戸には他に小児医がいないらしい」なんて陰口がまた増える。

良かった、笑ってる。

遊ぶ子供らの様子にほっとして、おゆんは坐り直した。

昔は搗米屋《つきごめや》だったという小体《こてい》な家をそのまま診療に使っているので、三哲は奥の八畳間で患者を迎えるのが常だ。障子を隔てた板の間に坐って待ち札を渡したり、処方した薬の名を覚帳《おぼえちょう》につけたりするのはおゆんの仕事だ。患者の待合場《まちあいば》は戸口を入ったところの土間で、夏に夕涼みに使う縁台を壁沿いに並べてある。

火鉢にかけた大きな鉄瓶が湯気を立てて蓋《ふた》を持ち上げ、行ったり来たりしながら赤子をあやす父親の声が低く混じる。長屋暮らしの者はほとんどが共働きなので、子育ては亭主も等分にかかわることが多いのである。女房の方が稼ぎがある場合など、乳離れした子の世話は亭主が引き受けるという夫婦も珍しくない。子育ても外で働くのと同じく、甲斐性のうちなのだ。

と、壁にもたれて坐っている端の女と目が合った。念入りに化粧した年増《としま》で六つくらいの男の子をつれているのだが、だんだん目が吊り上がってきている。「ふらここ堂は待たされる」を知らずにやって来たらしい新顔で、おゆんが幾度となく頭を下げてもぷんと顎《あご》を反らし、聞こえよがしな溜息を吐《つ》く。

「小便が近いから、小便公方《くぼう》だと」

診療部屋で三哲がいきなり、馬鹿笑いを始めた。

「いや、ほんと。しじゅうお小水《しょうすい》がしたくなるんで、御小姓《おこしょう》らは尿筒《しとづつ》を手放せないんだそうですよ」

また何の話で盛り上がってんのよと、おゆんは俯《うつむ》いた。顔が赫《あか》らんでくる。尋常に診療を済ませればこれほど待たせずに済むものを、三哲は無駄話、ことに下世話なお題となれば途端に興が乗るたちなのだ。

「こんな話ってのは不思議と、世間に洩《も》れてくるもんでござんすねえ」

「小便だもんよ、そりゃ洩れるに決まってらあな。それにしてもあれだな、城に詰めてる御典医《ごてんい》ってのも間に合わねえ奴らだな。俺なら、ちゃちゃっと治してやんのによ」

「またまた。先生は子供専門のお医者でしょうに」

「大人も子供も医術は本道《ほんどう》、小便公方もお茶の子さいさいだ」

重篤な患者には「医者のやれることなんぞ高《たか》が知れてる」と逃げ口上を使うのに、他人事《ひとごと》となると大口を叩くのが三哲だ。本道とは、人の躰の臓腑、時に総身を診る医術である。

おゆんは「やだ」と気づいて、待合場を見回した。

小便公方って、もしかして今の公方様のこと？

悪ふざけの好きな江戸者は、御公儀《おかみ》の風聞も何だかんだと戯言《ざれごと》のたねにする。それを防ぐのは蠅《はえ》を追うより大儀だと近頃はお目こぼしされているらしいけれど、揶揄《やゆ》が過ぎれば番屋に引っ張られることだってあるのだ。この人もあの人も、うん、顔馴染みだ、町方《まちかた》の手下らしいお人は混じっていないと確かめて、おゆんは胸を撫で下ろした。

子供づれでない面々は薬だけを取りに寄越された奉公人で、待たされるのは百も承知とばかりに毛抜きを持参して熱心に髭《ひげ》を抜いている下男がいれば、ぐっすり眠り込んで尻からずり落ちそうな女中もいる。

だが新顔の女は苛々《いらいら》と何度も腰を浮かせ、子供も土間にしゃがんで絵草紙《えぞうし》をめくっているかと思えば天井から吊るした甘草《かんぞう》の束をいじくったりして、ちっとも落ち着きがない。が、とうとう退屈してか、母親の膝《ひざ》にかじりついてぐずり始めた。

「ねえ、おっ母《か》ちゃんてばあ」

「じっとしてな。ええい、着物が汚れるじゃないか。べたべた触《さわ》るんじゃないよ」

はねつけられても子供は顔色一つ変えるでなし、黙って戸口に向かう。前庭のふらここで遊ぶ子らをじいと眺める。

「んもう、今日こそ治っとくれよ。三日も勤めを休んだら、おまんま食べらんなくなるんだから。それでもいいのかえ」

女は子供から顔をそむけ、その場に居合わせた誰もに説いて聞かせるかのような口調を使う。と、女はおゆんに目を留め、いきなり嚙《か》みついてきた。

「どんだけ待たせんのよ。急《せ》いてるんだけど」

「あいすみません。今しばらく」

「藪医者のくせに何でこんなに待たすのさ。あたしはねえ、掛け値なしに忙しい身なんだよ。暇潰《ひまつぶ》しがてらに待ってる連中と一緒にしないでもらいたいね」

他の患者が顔を見合わせた。髭を抜いていた薬取りの下男は「あいた」と顎を押さえ、女中は目を覚まして鳩のようにきょときょとしている。すると台所との仕切りの板戸が動いて、つんと生薬《きぐすり》の匂いが流れ出た。

「えれえ当てこすりだなあ。何様だ」

次郎助《じろすけ》が薬匙《やくじ》を持ったまま、顔を覗かせている。

「おゆん、大丈夫か。助太刀しようか」

「そんなの、いいよ。そんな大層なもんじゃない、はず」

調子っぱずれなくせに妙に一本気なのが出て来たら、かえって火に油を注ぎかねない。

次郎助は通りを隔てたすぐ先の水菓子屋、角屋《かどや》の倅《せがれ》で、おゆんの幼馴染みである。半年前の夏、何を血迷ったか、いきなり「弟子にしてくれ」と押しかけてきた。

「お前が小児医になるってか。何で」

三哲は面倒《めんどう》そうに、首の後ろを掻いていた。

「何でって、決心したんだ。聞いてくれ、おいら」

次郎助の言《げん》を、三哲はすかさず押しのけた。

「まあ、医者になるのは本人の勝手。お墨付きが要《い》るわけじゃなし、なりたきゃなりゃあいいが、子供ってのは面倒臭《くせ》ぇぜえ。じっとしてねえわ、すぐにぴいぴい泣くわ」

ゆえに世間の小児医は、でんでん太鼓などの玩具《おもちゃ》や飴《あめ》菓子などが手放せないらしい。が、三哲は子供の機嫌など取ったためしがない。「これだけ泣く元気がありゃあ大丈夫だろう」と、すげなく追い返してしまうのだ。

「いや、俺、子供、好きなもんで」

「なら、やめとけ。小児医ってのは、子供にいっち嫌われる稼業だ」

「じゃあ、先生は何でなったんだよ」

「お前《め》ぇ、十七にもなって気づかねえのか。威張って渡世ができるのは、医者か坊主《ぼうず》に決まってらあな」

「だから、何で、その面倒臭ぇ小児医だったわけ」

「まあ、それはあれだ。大人よりは躰《からだ》が小せえから、らくに違いねえと踏んだわけよ。ところがどっこい、餓鬼には洩れなくうるせえ親がついてくら」

お父っつぁんのことだから、どうせそんなとこだろうと驚きはしないものの、おゆんはちっとばかし情けなくなった。

三哲は医者になる前は大工に弟子入りしていたらしく、その前は武家の中間《ちゅうげん》部屋の遣い走りや包丁人、若い時分は寺の納所《なっしょ》坊主までやってみたというから、要はその時々の気分で甘い風の吹く方へふらり、ふらり。東西南北に頓着せずに生きてきただけなのである。

「ま、好きにしな。言っとくが俺は何も教えねえぜ」

「うん、それはお構いなく」

まるで噛み合わないやりとりを経て、次郎助は毎日、竹の子修業に通ってくるようになった。といってもまだ、奥の小間《こま》に坐って薬を袋に詰めるだけの下働きだ。今も薬をもらいにきた者らの通い帳を見て、せっせと袋詰めをしていたらしい。

「それよりも、お父っつぁん、まだ話し込んでるの。いくらなんでも長すぎるよ」

「さっき処方が回ってきたから、そろそろじゃねぇか」

障子の向こうでようやく礼を告げる声が聞こえて、孫をつれたご隠居が出てきた。女はここぞとばかりに立ち上がり、ご隠居がまだ板の間にいるのに上がり框《がまち》に足をかけ、ひょっと首だけで振り返った。ところが、当の子供がいない。

「また、うろちょろして。まったくもう」

女は子供の名前を呼んで土間の中を見回していたが、「ちょっとあんた」とおゆんを見下ろした。

「患者の子供くらい、ちゃんと見てなよ。何のためにそこに坐ってんだい」

「ごめんなさい」と、消え入りそうになりながら詫《わ》びる。

「何言ってんだか聴こえないんだけどっ」

すると背後から、どら声が上がった。

「障子の立てつけが悪くなってんなあ。さっきからきいきい、きいきい、妙な音がしやがる」

三哲がのっそりと板の間に出てきた。女は皮肉に気づきもせずに腰を後ろに引き、三哲を胡散臭《うさんくさ》そうに眺め回している。

医者といえば頭を剃《そ》り上げているか慈姑頭《くわいあたま》、そこに十徳《じっとく》を羽織っているのが相場だが、三哲は縮れ毛をろくに梳《す》きもせずに結《ゆ》わえているだけで、夏は着流し、冬はその上に縕袍《どてら》を着込むという風体《ふうてい》だ。

三哲は太い眉《まゆ》の上に掌《てのひら》をかざしながら女を見返して、「ふん、なるほど」と合点《がてん》した。

「立てつけが悪いのはこちらさんだ。おゆん、俺の手には負えねえから引き取ってもらえ」

女は一瞬、口を半開きにしたが、「そんな馬鹿な」と足を踏み鳴らした。

「これだけ待たせておいて、帰れって言うの。とんでもない、そんなの大損じゃないか。うちの子はすぐに見つける。わかってんのよ、あの子が隠れそうなとこは。いいかい、順番抜かしは無しだからね」

おゆんや他の患者らまで脅しつけると、女は勝手に中に上がり込んだ。子供の名を呼びながら茶の間や台所にまで入りこんでいく。

「厄介なのが飛び込んできやがったなあ。面倒臭え」

三哲は土間に足を下ろして板の間に坐り、患者らにぼやく。

「藪だと知ってんなら来なきゃいいじゃねえか。なあ」

「おおかた、近所の医者に薬礼《やくれい》を払ってなくて、そっちに顔出せないんだ。でないと、伊達《だて》や酔狂《すいきょう》でここには来ねえもん」

待合場に出て来た次郎助もしたり顔で推すると、皆が一斉にうなずいた。医者に払う費用は診療も薬代も込みで「薬礼」といい、盆暮の節季払いである。ふらここ堂でもこれを溜め込んでいる家は少なくなく、商い物の大根や干魚《ひざかな》で済ます者もいる。

ばたばたと女が戻ってきた。見つからなかったようだ。すると薬待ちの隠居が「おたくのお子はどこが悪いんです」と訊《たず》ねた。

「どこもかしこもよ。毎日毎日、飽きもせずにおねしょするしさ、叱《しか》ったら拗《す》ねて、むっつり黙り込んで。ああいうとこ、別れた亭主にそっくりでうんざりする」

女はここぞとばかりに喋《しゃべ》り散らしている。三哲が縮れ毛の頭を掻きながら、ぼそりと呟《つぶや》いた。

「寝小便なんぞ、そのうち治るがなあ。俺は十二になってもまだやってたぞ。なあ、次郎助、お前ぇもそうだったよな」

次郎助は「い、いや、どうだったかなあ」と、何度も首を傾《かし》げる。

「うちの子はそれだけじゃないんですよ。今朝《けさ》は寝床で吐いたんだから」

「なら簡単だ。今日一日、何も喰《く》わせるな」

「はあ、それ、何てぇ診立て」

「診立ても何も、肚《はら》ん中をからっぽにすりゃあ吐く物もなくなる」

「あたしは夜も勤めがあんのよ。菓子でも置いとかないと一人で泣き叫んで、近所の連中にまた剣突《けんつ》く言われんの。たまったもんじゃない」

「へえ。子守りをしてくれる菓子があんのか。どこで売ってんだ」

「さっきから何言ってんの。あんた、本物の藪か」

「そうとも」

女は両肩をきっと吊り上げると、八つ当たりのようにまたおゆんを怒鳴りつけた。

「ぼんやりしてないで、さっさとうちの子を探してきなよ」

追い立てられて戸口の外に飛び出せば、何のことはない、子供は近所の子らに混じってふらここを漕いでいた。

冬の陽射しの中で、頬《ほお》まで明るんで見える。傍《そば》に近づいたら咽喉《のど》の奥を鳴らして小さな笑い声まで立てているのがわかって、そっとしておいてやりたい気がした。でも、叱られるのはこの子なのだと思い直して、「坊や、入ろ」と声をかけた。けれど子供は知らんぷりをして漕ぎ続ける。

「あんたという子は、どんだけあたしに厄介かけたら気が済むんだ」

逆上した女が追いかけてきて、無理やりふらここを止めて子供を引きずり下ろした。子供はどこかが破けたように泣いて暴れる。それもお構いなしに腕を取り、おゆんも手伝わされてようやっと診療部屋に入れた。その足で取って返し、待合場に向かって三哲を呼んだ。

「お父っつぁん、お願い。早く」

すると次郎助が「あれ」と目をぱちくりさせた。

「ついさっき、面倒臭えってぼやきながら中に入ってってたけど」

「え」

今度は三哲が行方《ゆくえ》をくらませていた。

二

年が明けて宝暦九年（一七五九）になった。三哲は昨日の元旦も今日も寝正月を決め込んで、昼過ぎになっても起きてこない。おゆんは一人で炬燵《こたつ》に入って蜜柑《みかん》の皮をむく。どこかで羽根つきを始めたらしく、幼い女の子らのはしゃぐ声がする。

やっぱ退屈だなあ。行けば良かったかなあ、凧揚《たこあ》げ。

「いるかい」

縁先でしゃがれ声がしたかと思うと、もう障子を引いて顔を見せている。近所の長屋に住まっているお亀婆《かめばあ》さんだ。

「何だい何だい、いい年頃の娘が独りで蜜柑かい？」と言いながら自分もさっさと膝を入れた。「おめでとう、おゆんちゃん」

お亀婆さんが笑うと顔じゅうに縦皺《たてじわ》が寄って、唐傘《からかさ》みたいだ。

「おめでとう、おばちゃん」

お亀婆さんに面と向かって「婆さん」と呼びかけようものなら、拳固《げんこ》が飛んでくる。この何十年かはずっと四十歳で通しているのだ。三哲は「ありゃ、六十は超してる。下手《へた》すりゃ喜寿じゃねえか」と睨《にら》んでいるが、実のところは誰も知らない。江戸の年寄りは還暦を過ぎたら長生きをする者が多く、八十で城勤めをしている侍もざらにいる。

お亀婆さんも現役で、しかも凄腕で知られる取上婆《とりあげばば》だ。おゆんも次郎助も、いや、この界隈の者は大抵、取り上げてもらったんじゃないだろうか。

「やれやれ、お産が年越しでねえ。やっと出てきなすったよ、今朝」

お亀婆さんは蜜柑かごの中を選《よ》って一番大きいのを摑《つか》み、平たい爪をぶすりと刺した。

「あの御新造《ごしんぞ》、亭主が甘いのをいいことに喰っちゃ寝を決め込んでたんだろう。肥《こ》え過ぎて息が続きやしない」

「赤子は」

「丸々とした金太郎」

おゆんはほっと頰を緩めて、房の白い筋を取った。乳児や幼児の命は呆気ないほど儚《はかな》くて、死産も多いのだ。江戸の死人のうち、七割を占めるのが子供なのである。ゆえに人々は「七歳までは神のうち」とみなし、それは慈《いつく》しんで育てる。

「乳《ち》つけ親はもう決まってるの」

「ああ。御新造の従姉《いとこ》だってさ。近所に頼めばいいものを、近頃の若い母親ってのはほんに考えが足りない」

乳つけ親は仮親《かりおや》ともいい、赤子にとって最初の乳を母親以外の女に頼んで仮の親子関係を結ぶ風習だ。町人の大抵は近所で仮親になり合い、互いに子供を見守り合う。おゆんの乳つけ親は次郎助の母親であるお安《やす》で、赤子の頃に母親を喪《うしな》ったおゆんをずっと気にかけて面倒を見てくれている。

「お膳を用意して近所の者を招いたり、祝い餅《もち》を搗《つ》いて配るのも手数がかかるけどさ。それは子供にこの世の縁をつけて、土地に根づかせてやるためさ。神様に呼び戻されないようにね。それを、わざわざ遠くに住む従姉に頼んでどうする。おお、酸《す》いねえ、この蜜柑」

ちゃっと舌を鳴らしながら、もう次の蜜柑に手を出している。お亀婆さんは銭を貯め込むのが生き甲斐で、昼餉《ひるげ》におやつ、夕餉までのほとんどを近所の家を回って済ませている。そして「金離れのいいのが江戸っ子」といきがる者を鼻でせせら嗤《わら》うのだ。

「それはそうと、師走に三ちゃん、やらかしたって」

患者親子を放って逃げ出した一件を指しているらしい。

「もう噂になってるの」

「とっくに。患者を選《え》り好みするとは三ちゃんの藪も筋金入りだって、皆、面白がってるさね」

あの日、三哲は茶の間の縁側から外に抜け出したらしく、女がさんざん噴火して帰って行ったその後に何喰わぬ顔をして戻ってきた。次郎助の父親の金蔵《きんぞう》が言うことには、

「昼日なかに頬被《ほっかむ》りをした男がよ、うちの軒下できょろきょろと目ぇだけ動かしながら干し柿を勝手に喰ってやがんだ。さても図々しい盗人だと肩を摑んだら、三ちゃんじゃねえか。声をかけたら、しっしって追い手を使いやがった」

三哲は女がふらここ堂を出るのを見定めてから、戻ってきたのだろう。次郎助が女のすさまじさを話すと、柿のへたをくわえたまま「君子、危うきに近寄らずだ」とうそぶいた。

「まあ、あたしに言わせたらその母親も大概さね。死ぬか生きるかの瀬戸際で産んで、ああ、よくぞ私らの子に生まれてきてくれたと嬉し泣きするのにさ。ちっと大きくなって可愛げが減ったらば邪険に扱って、口にするのはああしろこうしろの指図《さしず》ばかり。ほんに、近頃の親はどうなっちまってるのかねぇ。医者や薬に頼る前に、まずは我が子を抱きしめてやれってんだ」

おゆんは女にこっぴどく叱られたことよりも、名残り惜しそうに何度もふらここを振り返りながら帰って行った子供の姿が気にかかる。けれど己に何ができるわけでもない。そして、三哲が得意の逃げ口上を思い返すのだ。

——医者がやれることなんぞ、高が知れてる。

婆さんは片頬をしかめて、また舌を鳴らした。

「おお、これも酸っぱいよ。大はずれ」

おゆんは通りに聞こえやしないかと気が揉《も》めて、「そうかなあ、おいしいけどなあ」と繰り返した。

「何だい。これ、角屋のお安さんが持ってきたのかい」

「うん。次郎助が」

今朝、葉つきの蜜柑を持って訪れたのだ。かごを受け取りながら次郎助を見上げると、目尻を下げて顎をしゃくった。

「今から大川端《おおかわばた》で凧揚げするからよ、若者組《わかものぐみ》で。お前ぇも来いよ」

「へえ。凧揚《ひ》げかあ」

一瞬、気を惹かれたけれど、通りにたむろして大声で話す若者や見慣れない娘らの姿が見えて怖《お》じけてしまった。

若者組は三河町の若い衆《し》だけが寄り合う集まりで、祭ともなれば町の顔役を助けて力仕事を引き受けたり、町内の草引きや溝浚《どぶさら》いもする。年長の者は年若へ、町内での振舞い方や酒の呑《の》み方、娘とのつきあい方まで伝授し、組の中での出来事は親にも口外無用とされているらしい。

大川端は空が広くて、気持ちいいだろうなあ。

おゆんは川沿いの景色を思い浮かべながら、小さく溜息を洩らした。お亀婆さんやお安とはいくらでも話せるのに、知らない相手には何でこうも腰が引けるのか、時折、自分を持て余してしまう。

引っ込み思案なのは子供時分からで、今朝も次郎助の仲間がつれていた娘らに気後れしたのだ。それはもう、自分でもわかっている。明るい色の晴れ着を着て、自信満々に振舞う娘らは、おゆんには眩《まぶ》しすぎた。そして皆が賑やかに騒げば騒ぐほど、ぽつんと輪からはみ出す己の姿が目に浮かぶ。

今年こそはどんよりしてないで、ちっとは陽気になろうって思ってたのに。二日目で挫《くじ》けちゃったなあ。

段梯子《だんばしご》を下りてくる足音がして、三哲がはだけた胸を掻きながら入ってきた。

「何だ、婆さんか。朝っぱらから変わり映えしねぇな」

「婆さんて言うな。だいいち、世間の朝はとっくに終わってるよ。もう昼九ツだ」

「へっ、世間と一緒でたまるか。俺には俺の朝があらあ」

どかりと坐り、炬燵に足を入れる。お亀婆さんはまだつけつけと文句を言いながら、声は三味線のように弾んでいる。三哲も「おゆん、酒だ」と張り切って、肩に羽織っていた褞袍に腕を通した。

「今日こそ婆さんを潰してやる」

「婆さんて言うな」

おゆんはお安にもらった田作りの小鉢を茶簞笥《ちゃだんす》から出し、長火鉢で燗《かん》を始めた。

「伊達巻も沢山くれたんだけど、ゆうべ、お父っつぁんが一遍に食べちゃった」

「相変わらず食 養生《しょくようじょう》しないねえ、医者のくせに」

「そりゃあ、養生したら長生きするだろうよ。けど躰に気をつけすぎる奴らを見てみねい、揃《そろ》ってつまんねぇ顔をしてやがる」

遠くで鼓《つづみ》を鳴らす音がする。初春を祝う門付《かどつ》け芸人が町を巡り始めているのだろう。

「さ、おばちゃん」

おゆんが徳利を持ち上げると、「はい、いただきましょ」とお亀婆さんは懐《ふところ》から自前の猪口《ちょく》を取り出した。三哲にも注いで徳利を火鉢の猫板の上に置くと、三哲が「何でえ」と下 唇《したくちびる》を突き出した。

「お前ぇも吞めよ。いやいや、遠慮すんなって。今日は年玉がわりにありったけ吞ませてやる。どうだ、参ったか。気前のいい父親だろう」

恩に着せられてまで吞みたいことはないんだけどと思いながら、酌をしてもらう。

「おやまあ、いい呑みっぷりだ。おゆんちゃん、いける口だね」

「いけるってもんじゃねえ。こいつ、底なしだ」

「やだねえ。口の軽いお前さんが、何でそんな大事を内緒にしてた」

生まれつきなのだろうか、おゆんはいくら呑んでも酔ったことがない。三哲のように唄《うた》って踊って騒ぐわけじゃなし、次郎助のようにすぐに眠くなるわけでもない。酔わないのに呑んでも勿体《もったい》ないような気がして、ふだんは晩酌にもつきあわないのだ。あたしはきっと、養生しすぎるお年寄りみたいにつまらない顔をしているに違いない。

また鼓の音がする。おゆんはしばらく耳を澄ませて、そっと立ち上がった。土間に下り、板戸を閉《た》て切った戸口に向かう。

「ごめんください、どなたかおいでじゃありませんか」

板戸を叩いている。この音だったのかと、おゆんは潜《くぐ》り戸の閂《かんぬき》を抜いた。その途端、倒れ込むように男が入ってきた。

「ああ、良かった、おいでなすった」

肩で息をしながら、矢継ぎ早に喋る。

「こちら、小児医さんだと近くで伺ったもんですから。それはひどい熱で。先生、お

「られますか」

「え、ええ、おります。ちょっとお待ちください」と頭を下げつつ、思いついて訊ねてみた。

「お子さんの熱はいつからですか」

「詳しいことは承知しておりませんで。いえ、熱が出ているのは手前が奉公してる家のお子でして。手前、駿河町《するがちょう》で太物《ふともの》を商《あきな》っております坂本屋の手代にございます」

駿河町はここから十町ほど南で、この辺りより遥かに繁華な界隈だ。医者も多いだろうにと不思議に思った途端、その意を汲《く》んだように男が「いえ」と言葉を継いだ。

「かかりつけのお医者がおられるんですが、あいにくお留守でして。それから方々、心当たりを訪ねたんですが、どちら様も」

よほど走り回ったのだろう、額《ひたい》に大粒の汗を浮かべている。おゆんは縁台に男を坐らせて茶の間に戻った。わけを話すと三哲は「正月だぜえ」と半身を反らし、後ろ手をついた。

「皆、居留守を使ってんだ。うちもそれで行け」

「いるって言っちゃったよ。それに、ひどい熱だって」

「そんな重いのを引き受けてどうする。俺が診るのは三つだと、いつも言ってるだろうが。寝冷えに風邪、腹下し。まあ、夜泣きも何とかしないではねぇが」

するとお亀婆さんが「だろうねえ」とうなずきながら、手酌を始めた。

「駿河町の坂本屋といえば、そりゃあ大した太物問屋《どんや》だ。医者を迎えるとなりゃ四枚《しまい》肩《がた》を雇って来てる。ありゃあ、藪医者なんぞが乗っかる代物じゃないさ。おゆんちゃん、目を離したすきに裏から湯屋に行っちまったみたいだっつって、帰っておもらいな」

「おい、ちょいと待て。四枚肩って、交替の担《かつ》ぎ手がついて走るってえ、あの大層な駕籠《かご》か」

「あたしは何遍も乗ったけどね。町の者が皆、さあっと道を空けてさあ、まるでお大名かお大尽《だいじん》だ。しばらく噂になっちまって、難儀した」

「婆さんも乗ったのか」

「乗らいでか。坂本屋の赤子を取り上げたのは、このあたしだよ」

「ちくしょう、方々に顔、売ってやがんなあ」

三哲は何度か舌打ちをしてから、のっそりと片膝を立てた。

「おゆん、次郎助を呼んでこい。薬箱持ちだ」

「次郎助は留守だと思う。たぶん」

「ちぇ、間に合わねえ奴だなあ。大店《おおだな》の患者を診るってのに、俺一人じゃ格好つかねえじゃねぇか。……仕方ねえ、お前ぇでいいや」

今さらつける格好もないものだと思いながら支度をして、おゆんは振り向いた。

「じゃあ、おばちゃん、ごめんね。ちょっと行ってくる」

「ああ。留守番がてら呑んでるから、ごゆっくり」

三哲は田作りを手摑みで口に放り込むと、「やれやれ。面倒臭ぇなあ」と茶の間を出る。と、お亀婆さんが燗をつけながら呟いた。

「あたしがこの世に迎えた子を持ってかれるんじゃないよ。死なせるんじゃない」

三

医者と供の者用に二挺《ちょう》も雇われていた駕籠はまるで滑るような乗り心地で、膝の上に抱えた薬箱はことりとも音を立てなかった。しかも目の前の坂本屋はおゆんが想像していた以上の大店で、構えも大きけりゃ門松もお目にかかったことがないほど豪儀だ。

門松の前では女中らしき女らを従えた男が足踏みをしていて、三哲とおゆんを見るなり血相を変えた。

「良　順《りようじゆん》先生じゃないのかい、これだけ時を喰っておいてどういう仕儀だ」

方々を走り回った手代は、息せき切って事の次第を説明した。

「お出かけならばその行先を訪ねてお迎えに上がりなさいよ。気が回らないねえ。それにしても、良順先生も先生だ。こんな時のためのかかりつけじゃないか」

男はまだ三十路《みそじ》に届いていなさそうな細面《ほそおもて》で、この家のあるじらしい。三哲がおゆんの傍に寄ってきて、耳許で言った。

「なあ、やっぱ帰《け》ぇろうぜ。ここんち、面倒そうだ」

それが聞こえたのか、あるじはこっちを盗み見しながらまた責め口調だ。

「お前、本当にお医者をつれてきたのかい」

三哲はその昔、何で医者らしい格好をしないのかと近所の者に訊《き》かれて、こう答えたらしい。

「一目で医者とわかる形《なり》で町を歩いてみろ。やれ、茶店の客が癪《しやく》を起こしただの、尻のおできがどうのと袖《そで》を引かれる。そうでなくとも、医者と見りゃあ己の不具合を思い出す奴が多いんだ。うかうか団子も喰ってられねえ」

三哲は盆の窪《くぼ》に手を当て、ふあと欠伸《あくび》を洩らした。

「こちとら、どうでもと拝まれたから、祝膳をほっぽらかして来てやったんだがなあ。ま、いいさ。帰りもこの駕籠を使わせるんなら、駄賃は勘弁してやる」

何でも面倒がるのに、恩を着せるのだけは忘れない。

「仕方あるまい。こちらに入ってもらいなさい」

あるじは女中に命じながらもいかにも渋々で、「何が何でも、良順先生を摑まえて来なさいよ」と手代を追い立てている。また走らされる気の毒な手代を尻目に、三哲とおゆんは母屋に通された。

女中の案内で薄寒い廊下を長々と歩き、奥の座敷に入った途端、むっと熱い臭《にお》いが鼻をつく。閉《た》て切った部屋に猫足の火鉢がいくつも置かれ、ふんだんに盛られた炭が盛大に熾《おこ》っている。その中央には枕屛風《まくらびょうぶ》を立てた蒲団《ふとん》の小山があった。

小山の右手には銀髪混じりの女が、左手にはさっきのあるじの女房らしき若い女が坐っていて、二人とも豪奢《ごうしゃ》な小袖を着ているがさすがに暑いのだろう、袖を抜いて白い綾絹の内着だけになっている。腰から下だけが松竹梅のめでた尽くしだ。

こっちを認めるなり眉を弓なりにしたのは二人同時だったが、「良順先生は」と声を尖《とが》らせたのは銀髪の方だった。と、おゆんは肩をどんと突かれた。あるじが入ってきたのだ。

「それがね、お留守だって言うんですよ、おっ母さん」「何ですって。じゃあ、小伝《こでん》馬町《まちよう》の先生は」「いえ、あすこも」と同じようなやりとりが続く。

「良順先生んちにはもう一遍走らせたから、お着きになるまで辛抱して……」

銀髪とその倅は不服そうに、何度も溜息を吐いた。

三哲も負けじと「帰りてえ」を繰り返し、厭々《いやいや》の素振りを隠さない。

するとそれまで黙っていた女房だけが膝を動かして、三哲をひしと見上げた。

「昨夜《ゆうべ》からひどい熱で、置き薬じゃもう、どうにもならなくて。お願いします、どうかこの子を助けてくださいまし」

もしものことを想像して何度も泣いたのだろう、目の下の涙袋が赤く腫《は》れている。

それにしても大層、綺麗なひとだとおゆんが思った途端、三哲がずいと背筋を立てて奥に進み、母親の隣りに腰を下ろした。ちゃっかりしてるなあと呆気に取られながら、おゆんも薬箱を抱えて近寄る。

何枚もの掻巻《かいまき》をかぶせられた子供は四、五歳だろうか、母親似の愛らしい丸顔は火がついたように赤く膨《ふく》れ、髪は汗で濡れて額に張りついている。三哲はしばらく子供を覗き込んでいたが、ふうむと顎に手を当てながら重々しく口を開いた。

「こりゃ、えれぇ熱だ」

「だからそう言ってるじゃありませんか。もたもたしてないで、早くこの熱を下げる薬を処方してくださいよ」

あるじは苛立《いらだ》たしげに念を押すが、三哲は珍しそうに目を瞠《みは》って搔巻を触っている。搔巻は着物のように腕を通せる上蒲団だ。

「餓鬼のくせにずっしりと上等なもん、使ってやがるなあ。ほう、この宝船、金糸《きんし》の刺《ぬ》繡《い》じゃねえか」

「だから薬っ」

三哲はまだ搔巻の上に屈《かが》み込んでいて、「おゆん」と呑気《のんき》そうに呼んだ。

「解《げ》熱《ねつ》に使うあれとあれをな、出しといてくれ。薬匙と秤《はかり》もな」

むにゃむにゃと指図されて、おゆんは泡を喰った。処方の手伝いなど初めてなのだから、あれとあれだなんて皆目、見当がつかない。しかも三哲はふだん往診の依頼なんぞ受けないのだ。

この薬箱って、もしや何年も使っていないんじゃ。恐る恐る中を覗くと、ひからびた生姜《しょうが》のような物が埃《ほこり》とも黴《かび》ともつかぬ色にまみれて転がっていた。慌《あわ》てて蓋を閉じたが、心の臓が口から飛び出しそうだ。

どうしよう。こんな薬箱じゃあ、熱さましなんてとても用意できない。

「はあ、やっと出てきた。まるで蓑虫《みのむし》だな、こりゃ」

搔巻をめくった三哲は子供の手を探り当てたらしく、脈を取っている。子供をはさんで向かい合わせに坐る姑《しゅうとめ》と女房が、また同時に身を乗り出した。

「いかがですか」

「うん、この脈は……」

三哲が口ごもると、女房がひっと咽喉の奥を鳴らした。

「大晦日《おおみそか》に外出《そとで》なんぞ、したからだわ。外で風邪をもらってきたんです、この子。ずっと機嫌よく息災に過ごしてたのに、あんな寒い年の瀬に出かけるから。可哀想に」

声を詰まらせる。すると姑が眉を逆立てた。

「だから、風邪をひいたのは外出のせいじゃないって何度も言ってるでしょう。卯太《うた》郎《ろう》、ここはっきりさせておきますけどね、元はと言えばおさちが晦日に湯冷めさせたのが始まりですよ。夜半から冷えそうだからおよしって、私は止めたのに」

姑は傍《かたわ》らに坐る倅に言挙《ことあ》げしている。女房のおさちはそんな二人を上目遣いで見ながら何度も前のめりになったが、やがて肩を落として唇を嚙んだ。ふと振り向くと、障子の際に控えている女中らが目配せし合っている。どうやら、姑と嫁の不仲は年季が入っているらしい。

「な、何をなさる」

「やめろ」

「およしくださいませ」

顔を前に戻すと、子供の脈を取っていたはずの三哲が掻巻をはぎ取っては、足元に放り出していた。姑と若夫婦の悲鳴に負けじと、三哲が声を張り上げた。

「おゆん、障子を開けろ。全部だ」

とまどいながらも立ち上がって障子に向かうと、「正気の沙汰じゃありませんよ」と姑が鋭い声を出した。

「病人が寒い寒いと震えてるのに、寝間を冷やす医者がどこにいます。ほんにもう、坂本屋がこんな、いかさまな医者しか呼べないなんて何の因果やら、情けない」と溜息を吐き、眉間をしわめた。

「なかなか子ができない嫁をこらえにこらえて、ああ、やっとと思ったらひとの言うことに耳を貸さないで、何でも思い通りにして。挙句がこのざまですか。卯太郎、この子にもしものことがあったら、今度こそおさちを里に返しますからね。でないと、ご先祖様に申し訳が立ちませんよ」

矛先《ほこさき》が変わるにつれて、卯太郎の細い頬がへこんでいく。「はい」「はい」としばらく返事をしていたものの、ふいに何かを思い出したような顔をした。

「良順先生はまだか。遅いにもほどがある」

そそくさと席を立ち、おゆんの脇を通り抜けていく。が、廊下を何歩か進んでつと足を止めた。総身で溜息を吐いたかのように、その後ろ姿は萎《しぼ》んで見えた。

「おゆん、ぼんやりと突っ立ってねえで障子を引け。外の、庭に面したのも全部だ」

「やめなさいと言ってるでしょう。あんたたち、その小娘を止めなさい」

女中の何人かが腰を上げ、おゆんの肩や腕に組みついてきた。べっとりと汗ばんだ掌に手首を摑まれる。すると三哲が「おい」と大きな声を出した。

「邪魔立てするんなら本当に帰《け》ぇるぞ。その代わり、この子は躰じゅうの水気が脱《ぬ》けて死ぬ。見殺しにするのはあんたらだ。どうする」

気位の高そうな姑は眦《まなじり》を引き攣《つ》らせて三哲を睨み返し、おさちは泣き声を上げる子供におおいかぶさるように抱きしめた。おゆんは女中らの手を振り切って、障子を引いた。

お父っつぁんが何をしようとしているのかはわからないし、藪だってことは思い知らされているけれど、確かにこの部屋は暑すぎて、息苦しい。

けれどせっかく開けた障子を、女中らが片端から閉めていく。また開けて回る。

「ああ、何て音。病人に障《さわ》るじゃありませんか。障子は静かに閉めるものです。静かに」

姑の叱責《しっせき》に女中らが気を取られた隙《すき》に、おゆんはすべてを開け放した。

幾筋もの風が陽射しをつれて入ってきた。庭越しに、通りの賑わいまで流れ込んでくる。

「飲み水と綿《わた》だ。箸《はし》も。急げ」

三哲の言いつけにおさちが「誰か、お願い」と叫んだ。女中らは「はい、ただいま」と転がるようにどこかに向かう。するとおさちも飛び出してきて、誰よりも先に廊下を行く。

「おさちまでこんな医者の言いなりですか。ああ、もう滅茶苦茶。卯太郎、卯太郎はどこなの。こんな時にあの子はいったい、何をしてるんです」

おゆんは三哲をちらりと見たが、腕を組んで目を閉じている。一瞬迷って、そのまま女中らの後を追った。廊下の角を折れ、とっつきに入ると、女衆《おなごし》が何人も立ち働いている台所だった。

おさちは水甕《みずがめ》の前にいた。柄杓《ひしゃく》を持つ手が震えて、湯吞みにうまく入らない。気の毒に、お父っつぁんが「死ぬ」だなんて口にするからだ。

かたかたと硬い音が小刻みに響き、女中らは水が零《こぼ》れて滴《したた》る湯呑みを遠巻きに見つめている。手伝おうと傍に近づくと、おさちは柄杓を使いながら口の中で何かを呟いていた。

「大晦日は木枯らしが吹いてたのに、お墓詣《まい》りにつれてったりして。今日は堪忍してくださいってあんなに頼んだのに、この子は坂本屋の子なんだからって私の手を振り払って。湯冷めなんてそんなの、私がさせるわけないじゃない。なのにあの子に何かあったら全部私のせいで、子ができない間も二言目には里に返すって脅して。あの人はいつも逃げ回って、私を置き去りにして」

よほど肚に溜まっていたのだろう、台所から引き返す途中もふつふつと泡のように呟き続けている。座敷に入ると、掻巻をかぶせようとする姑とそれを奪おうとする三哲が揉み合っていた。

「躰を拭け。手早くだぞ。それから着替えだ」

三哲の指図で、おさちはまた部屋を飛び出す。

「おゆん、水を飲ませろ。しっかり飲ますんだぞ」

綿に水を含ませて、子供の微かに開いた口にあてた。熱で唇はからからに乾いて、ひび割れができている。子供は何度かむせながら、咽喉を懸命に動かしている。

おさちが戻ってきて、子供の着物を脱がせ始めた。いったい何枚着せていたのやら、菜っ葉みたいにめくれどめくれど裸が出てこない。やっと脱がせ終えると、子供はぶるりと身を震わせた。

「着替えなんぞ後で女中にさせます。それよりも熱さましの薬を。薬を早く用意なさい」

姑が何度も畳を叩くと、三哲はひょいと首を横に倒した。

「薬なんぞ要らねえよ」

「要らないって、あなた、さては熱さましも処方できないんですか」

「だから必要がねぇんだよ。そもそも、こんなに汗が出てるってのは熱が下がりかけてる証《あかし》だ。自分で治ろうとしてんだよ、この子は」

子供の躰を拭いていたおさちは「本当ですか」と、顔を上げた。が、姑は目をむく。

「こんな幼ない子が自分で自分を治すですって。言うに事欠いて、出鱈目《でたらめ》を並べるんじゃありませんよ。まことに熱が下がったのであれば、それは私が指図して部屋も躰も暖めさせたお蔭でしょう」

おさちはちらりと姑に目を這《は》わせたが、顔をそむけるようにして手拭《てぬぐ》いを桶《おけ》に浸した。白い掌の中で、手拭いはきりきりと音を立てそうなほど絞り上げられてゆく。

「発熱したら暖めて汗を出させるんがいいって療法は、ありゃあ迷信だ」

「迷信なんぞであるものですか。昔から皆、こうして看病してきたんです」

「そう。人の躰ってのは、熱が下がって治りかけたら自ずと汗を出すものでね。それを見た昔の誰かが、汗を出させたら治ると思い込んだ。その実は逆さまなんだよ」

「でも、現に、本人も寒いと」

「さて、そこだ。躰の中に入り込んだ風邪の神様はちょいと意地が悪くてな、己の躰の熱を感じる目盛を狂わせちまうんだ。躰は途方もなく熱いのに本人は寒いと思い込む。そこに重い掻巻をかぶせて部屋を暖めたら、弱ってる子を炬燵の中に閉じ込めるようなもんだ。そしたらどうなる。総身の水気が脱けちまうんだよ。風邪が怖いのは熱じゃねえ、脱水の症だ」

姑は「馬鹿馬鹿しい。そんな理屈、聞いたことありませんよ」と言い張っている。が、子供の躰を拭き終えたおさちは肌衣《はだぎ》を着せ、その上に着物を重ね始めた。

「ああ、そんなに厚着させるんじゃねえ。子供は薄着がいい」

おさちは不安そうに三哲を見返していたが、思い切ったように着物を減らし、子供を寝かしつけた。

風を入れ替えた座敷には手焙《てあぶ》り一つを残して、すべてが片づけられた。蒸れたような暑さだった座敷の気が変わって、おさちの顔つきもまるで異なっている。子供の頬から赤みが引き、寝息が穏やかになりつつあるからだ。

姑はしばらく拗ねたように口をつぐんでいたが、孫の寝顔を見て「良かった」と呟いた。おさちは素知らぬ顔をして、何枚もの着物を畳み直している。廊下でばたばたと音がして、卯太郎が戻ってきた。

「おっ母さん、良順先生がやっと来てくれましたよ。やあ、これで安心だ」

卯太郎の後ろには、頭巾《ずきん》に綿入りの十徳を着込み、襟巻《えりまき》をぐるぐると巻いた爺《じい》さんが寒そうに立っていた。三哲は「さあて」と腰を上げた。

「やっとお役御免だ。おゆん、帰ぇるぞ」

おさちは手柄顔の亭主とかかりつけの医者に目もくれず、三哲に頭を下げた。

「お蔭で、命拾いをいたしました」

「これからはお蚕《かいこ》ぐるみにしねぇで、精々、外で遊ばせてやんな。今なら、そうだな、凧揚げがいい。いやいや、周囲の大人が揚げてやるんじゃ坊の得にならねぇよ。凧揚げは空に向かって顔を上げるから、呼気をたくましくして手足も鍛えてくれる。先生、そうだよな」

いきなり呼びかけられた爺さんは、「ふん、いかにも。そもそも凧揚げなるものは」と講釈する。「なるほど」と相槌《あいづち》を打つのは卯太郎だけだ。が、母親と女房がまるで自分を相手にしないことに気がついたか、しゅんと黙り込んだ。

三哲は目玉をぐるりと回して姑を一瞥《いちべつ》してから、おさちに目を据えた。

「あんたな、勘違いしちゃあならねぇよ。今日はたまたま違ってたがな、代々の親が養ってきた知恵を侮《あなど》っちゃならねえ。まあ、蔵ん中の物よりは役に立つから、精々、もらっとくが身の為ってことよ。いや、何でも鵜呑《うの》みにしろってことじゃねえ。すべては己が選んで決めたことだ、そう思えるように何でも自身で試してみるこった」

姑は黙って孫の頭を撫で、おさちは三哲をまっすぐ見つめて「ええ」とうなずいた。

三哲はいったん廊下に出てから寝間を振り返り、卯太郎に向かって太い指を突きつけた。

「おい、今度、逃げ出してみろ。恋女房を失うぜ」

帰り途の通りには獅子舞いや鳥追い、猿回しが賑やかに繰り出して、大人も子供も拍子を取りながら見物している。笛に鼓、太鼓の囃《はや》しが江戸市中に響き渡る。

三哲が胸を反らせて何かを言うが、音に紛《まぎ》れて聞こえないほどだ。耳を寄せると、あんのじょう自慢話だった。

「俺の説法《せっぽう》は寺仕込みだからよ、効き目が並大抵じゃねぇわ。おゆん、あの姑の顔、見たか。己の立つ瀬浮かぶ瀬に、嬉し泣きしてたじゃねぇか」

泣いてはいなかったけれど、坂本屋を出てしばらくして姑が追いかけてきたのだ。何も言わず、三哲の胸に包みを押し当てた。

「あれだけの構えだからな。隠居でもしこたま持ってるだろうと踏んではいたが、開けてびっくり三両とは恐れ入る。いやあ、今年はついてるぜ」

三哲がはしゃげばはしゃぐほど、おゆんは興ざめしていく。

算盤《そろばん》ずくの説教に、「もう逃げ出すな」なんて偉そうなおまけまで付けて。患者をほっぽらかして逃げる医者が他人様《ひと》に言えた義理じゃない。それに、熱さましの薬をせがまれた時のむにゃむにゃも、あんまりだ。三哲はその場しのぎのお鉢を娘に回したのである。

と、おゆんは思い出した。ずっと何かを言おうと思っていたのだ。そうだ、「坊」だ。

「ねえ、お父っつぁん。あのお子、坊やじゃないよ。女の子。着物がほら、赤や桃色ばかりだったでしょ」

と言っても、どうせ見てやしないか。三哲は一瞬、きょとんとしていたが、大声で笑い出した。

「そうか、ついてなかったか」

どら声に辟易《へきえき》しながら、おゆんはろくでもない薬箱を抱え直した。

江戸の初空に、富士の山が青く映える。その手前で、いくつもの凧が風に吹かれて揺れていた。

二　ちちん、ぷいぷい

一

竹かごの底に濃緑の葉を重ねて敷くと、おゆんはその上にそうっと枇杷《びわ》の実を置いた。橙《だいだい》色の皮をおおっているのは赤子の産毛《うぶげ》のような白い毛で、陽の光でうっすらと銀色を帯びる。

香りこそ薄いものの、甘い水気をたっぷりと含んだこの水菓子を江戸っ子は楽しみにしていて、しかも今日、四月一日は枇杷の初物売りの解禁日なのである。

おゆんはひい、ふう、みいと数えながらかごに盛り、板の間を振り向いた。

「おばちゃん、小かごは七つ盛りで良かったんだよね」

奥の板戸にもたれて坐っていたお安は「うん」とうなずいたものの、また「あ痛」

と顔をしかめた。

「響くんじゃないの。さすろうか」

「いいよ、いいよ」と言いながら、お安は身を斜めに傾《かし》げて荒い息を吐いた。

お安は花見の時分から急に右肩が回らなくなり、帯も結べなくなったのだ。やがて腕に痛みが籠《こも》って、それはまるで刃物を仕込まれて中から切り刻まれるかのごとく、夜もろくろく寝られないらしい。

「はあ、何でまた五十肩なんぞになっちまったんだろう。割に合わないと思わないかえ。あたし、まだ三十八なんだよ」

「そのうち、四十肩なんて言うようになるかもよ。おばちゃん、流行《はや》りの先取りだ」

「だから、まだ四十になってないって」

愚痴混じりの軽口を叩いてから、お安はふと相好を崩した。

「おゆんちゃん、ほんと恩に着るよ。枇杷ってのは扱いが悪いとそこだけ色が変わっちまうからね、桃みたいに。そりゃもう、気の要る手仕事なんだ。うちの次郎助なんぞ何かにつけて荒っぽいだろう、うかうか任せらんないんだよ。おまけに悪いねえ、家の中のことまでさせちまって」

「だからおばちゃん、それは言いっこなし。いつも世話になってんのはうちなんだから。衣更《ころもが》えも後でやっとくからね」

「助かるわ。もうこないだっから気になって。今日の着物だけは何とか引っ張り出したけどさ、こんな腕じゃあ、どうにも果《はか》が行かない」

四月一日、江戸の者は着物を一斉に綿入れから袷《あわせ》へと替える。そのけじめのつけかたは見事なほどで、裏長屋のどんな貧しい者も質屋に走り、着ていた綿入れと引き換えに質草の袷を請け出すのだ。

町の風景がきりりと初夏になるこの日が、おゆんはいつも待ち遠しい。

けれどお安にとって、今日を迎えるのは気鬱《きうつ》の種だったようだ。小僧の一人も置いていない角屋では、品物の仕入れから得意先の御用聞きまでを亭主の金蔵が受け持ち、店と家内の取り回しはお安が一手に引き受けている。

倅の次郎助はといえばなぜか家業に入らず、小児医であるおゆんの父、三哲に弟子入りしている。いったい何の気紛《きまぐ》れやら、「藪のふらここ堂」で薬の袋詰めをするようになって、かれこれ一年は経つだろうか。

昨日、次郎助はいつものように薬研《やげん》や袋を片づけた後、茶の間に入ってきた。勝手に茶簞笥から菓子鉢を出して煎餅《せんべい》をかじり、これまた自分で茶を淹《い》れて、大きな溜息を吐く。

「今夜のお菜《さい》、何にすべえ」

次郎助がいつから台所をしているのかと驚いて訊ねると、お安の肩がいけないのだと口を尖らせた。

「痛っ、いたたってぼやきながら包丁使うからよ、危ないからやめとけって止めたんだよ。飯は親父《おやじ》が炊けるし、お菜は俺が煮売り屋に走ったら何とかなるからって」

「五十肩って辛《つら》いらしいもんね」

「夜、寝返り打っても痛むってさ。あっち向いてもぎゃっ、こっち向いてもぎゃって、うちは見世物小屋かよ」

「ねえ、お父《と》っつぁん、今から次郎助んちに行って、診てあげたら」

縁側にごろりと寝転んでいる三哲の背中に頼んでみたものの、おゆんはすぐに後悔した。

近所のおかみさんが難儀していると聞いてすぐに訪《おとな》う性根《しょうね》であれば、ふらここ堂はもっと流行っているはずなのだ。風邪の患者が多い冬場はまだしも、陽気が深まるにつれてふらここ堂では閑古鳥が鳴く。

あんのじょう、「五十肩は病《やまい》じゃねえ。そのうち治る」と、気のない返事だ。

三哲は患者を診るのが「面倒臭《くせ》ぇ」と言って憚《はばか》らず、たまに忙しいと患者を追い返すか、もしくは自分が逃げ出す。

「じゃあ、せめて痛み止めのお薬、作ってあげてよ」

三哲はのっそりと起き上がると、縁側に尻をついたまま躰の向きを変え、煙管《キセル》盆から耳掻き棒を取り出した。

「ねえ、お父っつぁん」

「薬ねえ……」

耳掻き棒の先についた垢《あか》を睨《ね》め回してから、膝の上で叩いて払う。

「次郎助、お前《め》ぇがやれよ」

「俺って、そんな、無理に決まってんだろ。何も知らねぇもん」

「誰にでも初めはあるもんだ。お前ぇの処方で死ぬんなら、お安さんも本望だろう」

「勘弁してくれよ。五十肩で死ぬの生きるのって、何だよ」

今度は顔を逆に傾けて、耳を掻きながら目と口をにゅっ、にゅっと動かす。この父親は娘が何かを頼もうとすると決まって、どうでもいいことに熱心になるのだ。

「だいいち、知っての通り、俺は子供専門の医者だ。女は診ねえ」

「嘘《うそ》ばっかり。こないだ、湯屋の帰りに芸者さんを助けたんでしょ。そこの路地で」

あんまりな薄情ぶりについ、詰《なじ》り口調になった。すると三哲はふいに手を止めて、ぐふりと咽喉を鳴らした。

「おぬし、何ゆえそれを知っておる」

しまった、えらいとこに水を向けちゃった。芝居がかって驚いた風を装《よそお》っているが、その話を吹聴《ふいちょう》したい欲で満々の顔つきだ。

「お亀婆さんか。口止めしたのによぉ、あのお喋り婆《ばば》ぁめ」

おゆんは慌てて三哲から目を逸らしたが、次郎助がまんまと罠にはまった。

「芸者って、どこの路地」

三哲は「それがよぉ」と口の端を緩め、身を乗り出した。

「……で、俺がこう、帯の隙間に指を入れてよ、きゅっと鳩尾《みぞおち》を押し上げてやったわけよ。そしたらあら不思議、お姐《ねえ》さんの癪《しゃく》がすうっと治まったわけさ。まあ、ちょいと年増だったが風情のいい女でねえ、潤《うる》んだ目でしっとりと俺を見上げるや、ぬしさま、あなたはもしやお医者様であらしゃんすか、ときた。……姐さん、医者など相手になさらぬ方がよろしいぞ。患者を十人殺したらば藪だが、千人殺したとなれば名医と讃《たた》えられる、まことにもって因果な稼業でござる。いやいや、礼など無用。何、せめてお名前をだと。さほど懇願されたら仕方あるまい。我こそは、神田三河町の天野三哲ぅ……」

おゆんが聞いたのは、酔いが回ったらしいお姐さんがこの近くの水茶屋で一休みしていて、三哲は頼まれもせぬのに介抱を買って出て嫌がられた、だけだ。それが次郎助相手に法螺《ほら》の吹き放題である。

おゆんは隙を見て台所に入り、夕餉の支度を始めた。ようやっと顔をのぞかせた次郎助は精も根も尽きたように、背中を丸めている。

「帰るわ……俺、今夜、若者組の寄合だから。遅れたら大目玉を喰らっちまう。決まりに厳しいんだ、うちの組は。まあ、そこが鯔背《いなせ》なんだけどよぉ」

「お菜、少しだけど足しにして。味はわかんないよ」

次郎助は「そ、そうかぁ」と、包みを受け取った。

「助かるよ。親父も今日は帰りが遅くなるっつってたしな」

「だからもっと早く言ってくれたら、いくらでも手伝いに行ったのに」

次郎助は無駄口は多いのに、こんな大事なことに限っておゆんに頼んでこないようなところがある。妙に意地を張るのだ。

一緒に外に出ると、もう日が暮れかかっていた。前庭の大きな山桃の木も、その枝に吊るしたふらここも夕闇に紛れ、西の空だけが青と赤のだんだらに染まっている。

「おっ母《か》あ、またぼやきながら一人で店仕舞いしてんだぜ、きっと。大事を取って店は休めって言ったのによ。ほんに意地っ張りだ。他人《ひと》の面倒見はいいくせに、頼るのは下手っつうか」

生意気言ってる。あんたもそっくりなんだけど。

おゆんは肩をすくめながら、次郎助がお安をいたわる口吻《くちぶり》であるのが少し照れくさいような、嬉しいような気持ちになった。

次郎助は幼い頃から「おっ母さん子」で、ちょっと姿が見えないだけで不安げに辺りを見回し、泣き声になったものだ。お安はいつも次郎助が泣き出す寸前に「はいはい」と現れて、次郎助を躰ごと受け止める。

そしてぽつりと離れて立つおゆんをも、必ず手招きしてくれるのだ。

「おいで、おゆんちゃん」

迷いながら近づくと、お安は大きく両腕を開いて一緒に抱き上げてくれた。

「二人とも、ちちんぷいぷいね。ちちん、ぷいぷい」

あのおまじないの、何と温《あたた》かかったことだろう。

転んで膝をすりむいた痛さも、自分だけおっ母さんのいない心細さも、あの「ちちん、ぷいぷい」があれば束の間、しのぐことができた。

「手伝いに行くのはお前ぇの好きにすりゃあいいが、何もかも引き受けるんじゃねぇぞ。五十肩は痛いからって動かさねぇでいると、身の筋が固まっちまうからな」

ゆうべ、三哲にそう釘を刺されたものの、やはり精一杯、働いてしまう。本当はお安の腕にこの掌を当てて「ちちん、ぷいぷい」と唱えてあげたいのだ。でもそれをするにはもう気恥ずかしくて、その代わりのようにおゆんは朝早くからこの家に入って竈《かまど》に火を入れ、洗い上げた洗濯物を干し、はたきをかけた。

大小の竹かごを並べ終えると、店先で人影が動いた。

「いらっしゃい」

お安が先に、愛想のいい声を上げた。おゆんも慌てて倣《なら》うものの、咽喉の奥で言葉がひっかかる。初対面の相手には気後れして、口ごもってしまうのがおゆんの癖だ。

その客は三十くらいの男で、前垂れをつけているから商家の奉公人だろうか。男は店先を見回すと、「初物ですね」と呟いた。何をどう答えたらいいのか、それとも独り言なのかとどぎまぎしていると、男はすっと顔を上げて笑った。

「いよいよ、江戸の夏が始まる」

その言いようがあんまり清々《すがすが》しくて、おゆんはまた言葉に詰まる。

「ひとかご、これからお訪ねするお宅に差し上げたいので、包んでいただけますか」

おゆんは黙ってうなずくと、かごを胸の上に捧げ持つようにして板の間に上がった。するとお安は紙と紐《ひも》を膝の上に置いて、待ち構えている。

「いいよ、おゆんちゃん。御進物の包み方は角屋の流儀があるから」

短くそう言うなり、お安は手首から先だけを使い、紐を結わえるときだけおゆんにかごの底を持ち上げさせて、瞬《また》く間に体裁《ていさい》のよい包みを仕上げた。

「枇杷の葉、まだ残ってるだろ。持ってきて」

店の間に取って返し、艶《つや》のよい葉っぱを選《よ》る。中腰のまま ちらりと見上げれば、男は通りに出ていて、少し顎を持ち上げるようにして北の方を見ている。お安に葉っぱを渡すと、紐の結び目の下に一枚を差し込んだ。

包みを受け取るや、男は目許を涼しげにやわらげ、奥に坐るお安にも会釈《えしやく》して立ち去った。

「ありがとうございました」

やっとまともな声が出た。

あたしみたいな店番でも買ってくれた人がいた、そう思うだけで小躍りしそうになる。

「おばちゃん、商いって楽しいもんだね」

振り向くと、お安が店の間に下りてくる。最前とはまるで人が変わったような立ち居で、おゆんは呆気に取られた。お安は通りへ出て、爪先《つまさき》立ちになってしきりと伸びをする。「あれ、まあ」と頓狂な声を出した。

「あのお客、あんたんちに向かってるよ」

「ほんとだ」

お安はしきりと首をひねる。

「あんな容子《ようす》のいい男が、三ちゃんなんぞに何用かねえ」

風貌のぱっとしない三哲がつきあっているのはやっぱり形《なり》のむさい面々で、真夏ともなれば夕涼みに皆、集まってくる。お安の亭主である金蔵もその仲間で、団扇《うちわ》片手の賭《か》け将棋で馬鹿騒ぎ、下世話なお題で盛り上がる。

「おゆんちゃん、家に帰りな」

何を思ってか、お安が背を押した。

「まだいいよ。これからお客さん、いっぱい来るでしょ。あたし、店番、やれそうな気がするんだ」

「いいから、早く帰りなって。あたし、もう痛くないから」

お安は上気した顔で、急に早口になる。

「でもって、あのお客がどこの誰か、突きとめて」

二

お亀婆さんは器用に橙色の皮をむくと、ちゅうと音を立てて吸いついた。

「ん、これも甘い。よしよし」

「ほんと、皮がむきやすいのは甘いね、どれも」

「だろ。するりとむけないようなのは決まって渋苦いのさ。時々、あるんだよ。まだ熟しきってないのに無理に摘《つ》んだのが混じってる。近頃はあれだね、商いが先になっちまって、せち辛《がら》いね。……はあ、これでお腹がくちくなった。一丁上がり」

と、そこに起き抜けの三哲が現れた。ぼりぼりと肩や腋《わき》を掻きながら、自分もどっかと縁側に坐り込む。

「おゆん、婆さんに枇杷、喰わしたのか。寿命が延びちまうからやめろって言っただろうが」

「婆さんて言うな」

三哲とお亀婆さんは口の悪いのが似た者同士の、喧嘩友達だ。けれどお亀婆さんは凄腕の取上婆で三哲は藪の小児医、世間の評判は天と地ほど違う。

「何だ、この山。おい、全部喰っちまったのか」

かごには枇杷の種と皮がてんこ盛りになっている。おゆんが角屋に手伝いに通ったのが三日ほどで、その礼にと、とびきりの枇杷をもらったのだ。お安がなぜか突然、「もう痛くない」と言い張った五十肩はその夜、元の木阿弥《もくあみ》になっていたのである。

「俺、一つも喰ってねぇぞ」

「また、そんなこと。ほら、このあいだ、内藤屋《ないとうや》さんが手土産で持ってきてくれたじゃない」

「こっちの方が、実がでかかったんだよ。薬種屋《やくしゅ》が土産に持たせるもんなんぞ、安物に決まってら」

三哲は喰い物に執着するわりには味に頓珍漢《とんちんかん》で、大きさと量でしか判断できない。

「そりゃ、三ちゃん。あんたんちが流行ってないからさ。医者によったら薬種屋に注文する生薬《きぐすり》も半端な量じゃないからね、毎晩、吉原《よしわら》で豪勢におもてなしだってさ」

「よ、吉原でおもてなしだとうぅ」

三哲は太い眉を額の生え際まで吊り上げて、目をむいた。

「おゆん、あの野郎を呼べ。内藤屋の手代だ。注文してやる」

「なら、もうすぐ来るはずだよ。六日、昼四ツ頃にまたお邪魔しますって言ってたから」

「ぬぬぬ、早くしろい、内藤屋めえ」

内藤屋が急に待ち遠しくなったらしい三哲は、苛々と腕を組んだり解いたりして一向に落ち着かない。縁側からそのまま前庭に出ようと思ってか、躍起になって足の指を庭下駄に突っ込んでいる。

「おう、やっと来やがった。遅《おせ》ぇぞ、おぬしっ」

煙管を遣いながら三哲を笑っていたお亀婆さんが、皺だらけの口許から吸い口を離した。

「ちょいと。あれが内藤屋の手代かえ」

「うん。佐吉《さきち》さん」

すると次郎助が薬匙を持ったまま奥から出てきて、首を傾げた。

「あれ、うちのおっ母あ、だよな。どうした、紅《べに》なんぞ差して。で、なんで子供つれてんの」

おゆんも、お安と佐吉の間にいる子供に目を留めていた。五つくらいの男の子は右手をお安と、左手を佐吉とつないでいる。

お安はこちらに気づくなり、大きく腕を上げて手を振った。

「五十肩、完治……」

「みたいだね」

おゆんは次郎助と顔を見合わせた。

患者の待合場に使っている土間が、妙な具合だ。

板の間の框《かまち》に尻をのせた三哲は何を目論んでか、時折、いかがわしい目つきで佐吉を盗み見しているし、次郎助は母親であるお安が喋るたびに口の端を曲げる。

で、壁沿いの縁台に背筋を伸ばして坐っているのは佐吉で、その右手にお安と男の子、そして左手にはいつのまにかお亀婆さんが張りついている。

「佐吉っつぁんたら、ここんちに来る前にわざわざ足を止めてね。先だってはどうもって、挨拶《あいさつ》してくれたんだよ。でさ、嬉しいじゃないか、近々、三河町に越してくるんだって」

お安は皆を見回しながら喋り続けていて、息継ぎのたびに衣紋《えもん》をつくろう。

「今日、頃合いのいい長屋を探すつもりだって言うからさ、そんなことならこのお安が一肌も二肌も脱ぎましょうってね、まあそんな按配《あんばい》でさあ」

「おっ母あ、五十肩、もう治ったのか。治ったんなら治ったって、言えよ」

「馬鹿だね、この子は。これは、ただの肩こり。あたしはまだ三十と少しですよ、さんじゅう」

「じゃあ、もういいんだな。自分で帯、結べんだなっ」

「お黙り。今は佐吉っつぁんの家の話、してんの」

すると今度は三哲が四角い顎をしゃくって、お亀婆さんを責めにかかる。

「で、婆さんまで何でそこに坐ってる。ちょこなんと」

「へ、あたしですか。あのね、佐吉さん、あたしは取上婆でしてね。ろくでもない齢《よわい》を重ねてきましたけど、ふらここ堂のご一家にも角屋さんにもそりゃあ親切にしてもらってましてね。まあ、町内の皆さんのお蔭をもって、何とか暮らしを立てさせてもらっております。どうぞよろしく」

佐吉も丁寧に辞儀を返しているが、三哲とお安、次郎助は口を開けたまま、二の句が継げない。おゆんも、お亀婆さんが自ら年寄りらしく振る舞うのを初めて見た。

「で、ただいま聞き及びましたるお住まいですがね、ちょうど心当たりがあるんですよ。後でご案内しましょうかね」

「それはご親切に、有難うございます」

するとお安が前に身を倒し、小声でお亀婆さんに喰ってかかる。

「妙なちょっかい、出さないで。ここはあたしに任せて」

「それはそれは、ええ、あたしなんぞがしゃしゃり出る幕じゃありませんでしたねえ。気を悪くしないでちょうだいねぇ。ごめんなさいよぉ」

婆さんはしゅんと身を縮めた。すると佐吉は「いえ」とお亀婆さんに向き直り、「ぜひ、ご案内をお願いします」と頭を下げた。

「でもぉ」

「大丈夫ですよ。ね、お安さん」

佐吉の爽やかな物言いに、お安は「はあ」とうなずくしかない。この場はもう、思い切って年寄りらしさに打って出たお亀婆さんの勝ち、お安より役者が何枚も上だった。

三哲が待ちかねたように、口をはさむ。

「さ、女どもは退散してくれ。こっからは仕事の話だ」

お亀婆さんとお安は「はいはい」と素直に立ち上がり、佐吉だけに満面の笑みを振り向けた。

「じゃ、後でまたお目文字いたしますよ」

「お待ちしてますう」

いそいそとしている。おゆんはふと、さっきからの気がかりを思い出した。

「あの、佐吉さん、その坊や。ここじゃあ何ですから、よかったら茶の間で遊んででもらいましょうか」

「ご雑作《ぞうさ》をおかけします。勇太《ゆうた》、立ちなさい」

男の子は口の中で「はい」と答えたようだが、縁台から下りようにも足が届かない。佐吉が手を添えると、素早くお安が屈み込んで抱き上げた。

「さ、あっちで待ってようね。おやつ、何がいいかなあ」

そそくさと茶の間に向かう。お亀婆さんは「ち」と舌を打ち、慌てて後に続いた。

次郎助は「治ってんなら治ってるって、言えよ。さんざん、こき使いやがって」と、まだ零《こぼ》している。

三哲は佐吉に、無愛想な顔を向けた。

「あの子、あんたの子か」

「はい。申し訳ありません。いつもは近所の人に子守を頼んでいるのですが、今日は都合がつかないと断られまして」

「子づれで店に出てたのか」

「いいえ。今日は外回りでしたので、行く先々の近くで待たせておりました」

「女房は」

「亡くなっております」

「じゃあ、男手一つで育ててるのか」

「はい」

まるで御白洲《おしらす》の吟味みたいで、佐吉が少し気の毒になってくる。けれど佐吉は何をずけずけと訊かれても、言い淀むことがない。たぶん、ありのままに答えているのだろう。

「あの子、おとなしい子だな」

「はい」

「内藤屋にはたしか、この春からとか言ってたよな」

「さようです」

「慣れたのか」

「はい。まだ修業中ではありますが、今日は小児の病に特効のある生薬をお持ちしました。お試し用の、ごく少量ずつではありますが」

「違《ちげ》ぇよ。二本差しの身分を捨てて商家の奉公人になった、その生きようにはもう慣れたのかと訊いてんだ」

「ええ」と大声を出したのは、次郎助だ。

「お、お侍が何でまた」

ここでの話が筒抜けになっているはずの茶の間は、しんとしている。ということは、お亀婆さんとお安も察しがついていたのだろうか。あのお店《たな》の何代か前のあるじはお武家だったなんて噂は珍しくないけれど、侍から奉公人になったという人を目《ま》の当たりにするのは、おゆんは初めてだった。道理で、何となく佇《たたず》まいが違うはずだ。

「まあ、精進しな。これから、お手並み拝見だ」

「よろしくお願い申します」

「で、吉原はいつにする」

「は。吉原、ですか」

佐吉が目をしばたたかせた。

「おうよ。今日、お前さんが持ってきた薬種だがな、一貫《かん》ずつ注文しよう」

「お持ちした見本は三種ですが、それを一貫ずつでございますか」

「さあて、さてさて。俺は今夜でもいいぞ」

佐吉はしばらく眉頭《まゆがしら》に細い指先を当てていたが、ふっと顎を上げた。

「先生、不躾《ぶしつけ》ながら、それほど手前どもに注《つ》ぎ込んでくださるなら、ご自前で行かれた方がよほど」

「よほど、何だ」

「今、ご注文をいただいた通りに品をお納めしますと、畏《おそ》れながら、節季に頂戴する掛かりは三百両を超えます」

「さ、三百……文《もん》の間違《まちげ》ぇじゃねえだろうな。両だよな。けっ、三百両てか。上等じゃねぇか。そのくれぇ、どんと注文してやらあ。そのうち、たぶん」

卑しい目論見が、どんどん尻すぼみになっていく。おゆんは恥ずかしくて、膝の上に置いた盆で顔を隠したいほどだ。

が、佐吉は開け放しにしてある戸口の外に目を移した。立ち上がる。外で、人声がする。

前庭に面した縁側から、お亀婆さんとお安が叫んで寄越した。

「大変だ。患者がやってくる」

「そうか、患者か。おうよ、らっしゃい、らっしゃい」

三哲は生き返ったように、腕まくりをした。いつもは診療も往診も面倒がるのに、たぶん吉原遊びを奢《おご》ってもらいたい一心なのだ。

戸板に乗せて運び込まれたのは十歳ほどの子供で、躰を海老のように曲げている。

顔も手足も蒼白だ。

「三ちゃん、助けてやってくれ」

戸板を持った男のうちの一人が、前のめりになって唾《つば》を飛ばした。

「市《いち》じゃねえか。この子、お前んちの子か」

「いや、この子は向かいの子だ。うちのは後ろにいる」

外に出ると、戸板の列が前庭に続々と入ってくる。

「お父っつぁん、たぶん三十人、ううん、まだ通りにいる。もっとだよ」

おゆんはそう口にした途端、膝が震えた。

「その数ってぇことは、食傷《しょくしょう》だな」

三哲は土間に飛び降りると、先頭の子供の口許に鼻を近づけた。

「敗卵臭だな。何を喰わせた」

子供の父親らしき男が「それが、わかんねえんだ」と眉を曇らせる。

「子供組の集まりで、自分らで煮炊きしたらしいって聞いたんだけどよぉ。何日か前の潮干狩りで獲ってきた蛤《はまぐり》も焼いたって。三ちゃん、食傷って」

「食中《しょくあた》りのきついやつだ」

するると、次郎助が血相を変えた。

「そんな馬鹿な。今日は若者組の鶴次《つるじ》ってのが付き添ってたはずだ。子供らだけで煮炊きなんぞさせるわけがねえ」

子供組は日中、親が家にいない子らが一緒に学んだり遊んだりする集まりで、次郎助が説明するには、ここ三河町では若者組が率先して面倒を見ているらしい。

佐吉は懐から白手拭いを取り出して口でそれを裂くと、肩から背に回してたすき掛けにした。

「ともかく、ここでは場が足りません。前庭に戸板を並べてもらいましょう」

落ち着いた足取りで外に出て、大きな声で皆に呼びかけている。

「順に並べてください。頭は東に向けて。もっと間を空けて、そっと」

三哲は次郎助の背を音がするほど叩いた。

「さあて、面倒臭ぇことが始まるぞ」

三

嘔吐《おうと》と下痢の激しい子が十人もいて、どの子もひどく息が荒い。報《しら》せを受けて駆けつけた親や祖父母が子供を取り囲み、取り乱して三哲に摑みかかる母親もいる。

「先生、何とかして。こんなに吐いて下すなんて、尋常じゃない。早く薬を、薬をあげて。助けて」

「無闇に薬をやりたがるんじゃねえ。今はな、身中に回った毒を外に出してんだ。そりゃあ辛《つれ》ぇに決まってるさ、五臓六腑が口と尻から出ちまうような苦しさだ。だがな、毒を出す流れを薬で止めたら、それこそ御陀仏《おだぶつ》なんだよっ」

三哲はどら声で言い渡している。すると佐吉にまで泣いて縋《すが》る者がいる。佐吉はその場に片膝をついて、穏やかな声で諭《さと》した。

「先生がおっしゃるように、お子は今、一所懸命、毒を外に出しているんです。出し切ったら薬で養生できますから、それまでが辛抱ですよ。親はこんな時、辛抱するしかないんです」

おゆんは三哲に命じられるままに、吐《と》瀉物《しゃぶつ》を薬皿に採《と》っては差し出す。三哲はその色と臭いを確かめ、子供の脈を取って回る。

「三ちゃん、この子、胃の腑から出るのが水分だけになったよ」

お亀婆さんが五列向こうの戸板の傍で、手を上げた。

「わかった。じゃあ、その子も家に帰す。これだけ吐いて下してるからな、水を欲しがるはずだ。少しずつ白湯《さゆ》を与えてやれと、家の者に伝えてくれ」

三哲が指図をすると、十七、八歳の若い衆らは短く返事をして戸板を担いだ。

皆、次郎助が入っている若者組の仲間で、噂を聞いて駆けつけてくれたのだ。症状の軽い子を家まで送り届ける役を引き受けているが、激怒した親に殴られた者もいるようだ。

だが、今はまだ事情が詳《つまび》らかになっていない。わかっているのは、子供らが今日、神田川沿いの土堤に集って遊んでいたこと、鶴次という若者が付き添っていたこと、子供らは鶴次がその場を少し離れた隙に日にちの経った蛤を生焼けで食べたらしいことくらいだ。

鶴次はふらここ堂の前庭で、自ら進んで吐瀉物の始末を引き受けている。けれど己を責めているのだろう、血の気が失せた唇を嚙みしめるようにして立ち働いている。

鶴次がここに辿《たど》り着いた時、次郎助はいきなり飛びかかって拳《こぶし》を振り上げた。

「手前《てめ》えっ、何で場を離れた」

「すまねえ」

「あれほど子供らから目を離しちゃならねえって、こないだの寄合で取り決めたばっかじゃねえか。何で、何でこんな不始末」

鶴次はただひたすら詫びを繰り返すのみだった。

「おゆん、次郎助はどこだ」

三哲に訊ねられた。

「井戸端だと思う。水を汲んでるはず」

「診療部屋に入れって伝えろ」

裏庭に走ると、次郎助が眦《まなじり》をひきつらせて水を汲んでいた。盥《たらい》はもう一杯になって足元に泥濘《ぬかるみ》ができているのに、取り憑《つ》かれたように桶を引き揚げては水を注いでいる。

「次郎助、お父っつぁんが診療部屋に来てくれって」

聞こえていないのか、こっちを見もしない。おゆんは傍に駆け寄ろうとして、途端に足を取られて尻餅をついた。

「い、痛ぁ」

するとようやく次郎助が綱を放し、ぼんやりと向かってくる。

「あたしはいいから。早く。行って」

そう言うのに次郎助はおゆんの手を引き、立ち上がらせる。

「泥だらけだ。すまねえな、お前ぇにまで」

洟《はな》をすすり、しょげかえっている次郎助を前にして、おゆんは胸の中がいがいがとしてきた。ふいに、噴《ふ》き上がる。

「あんた、ちっさい頃から弱虫で馬鹿みたいだったけど、本物の馬鹿なの」

次郎助は「え」と洩らしたきり、目瞬《まばた》きをした。

「あの子供らのことより、若者組の面目《めんぼく》が大事って、そりゃ、ないよ。何なのよ、若者組って。誰かが何かしでかしたら、皆でその責めを負えばいいでしょ。そのために集まってんでしょうが」

「そうだけど。それが決まりだけどよぉ」

「だったら、あんたが今、できることをしなさいよ。あんたの仲間のあの子、あんたの何十倍も生きた心地がしてないよ。けど、己のことはこらえて、必死で汚れ物を始末してるよ。馬鹿は馬鹿なりに、懸命にやってるわよ」

吐き出すように叫んで、おゆんは裏口から台所の土間を通り、診療部屋に入った。

三哲はおゆんの姿を認めると、また手許の匙《さじ》にまなざしを戻す。粉にした生薬を秤にかけているのだ。

「薬、作るんだね」

「へっ、薬種の仕入れなんぞ、長い間してねぇからな。何人分、作れるか」

おゆんは秤が揺れないように、傍にそっと腰を下ろした。

「次郎助は」

どう誤魔化そうかと言い淀むと足音がして、「すいやせん」と当人が入ってきた。三哲は目も上げずに「あの、薬屋の、誰だったか」

「佐吉さん」

「そう、佐の字に注文だって伝えろ。沢瀉《たくしゃ》と茯苓《ぶくりょう》、それに猪苓《ちょれい》も足りねえ。五百匁《もんめ》ずつ。今すぐ持ってこさせろ」

「ええと。たくしゃとぶくりょう、それと、何だっけ」

すると三哲が、ぶ厚い歯をむいた。

「五苓散《ごれいさん》を処方するって言え。薬種屋ならそれで通じる」

次郎助はすぐさま土間に向かい、が、框に下ろしかけた足を止めた。振り返る。

「なあ、先生、俺が行ったら駄目かな。内藤屋に」

「じゃあ、誰が薬研を挽《ひ》く。半端な量じゃねぇんだぞ」

「佐吉さんに頼めねぇかな。俺がやれるんだから難しい仕事じゃねぇし、あの人、えらく落ち着いてるし。けど、内藤屋まで走って帰ってくんのは俺の方が速い。断然」

三哲は手を止めぬまま、鼻を鳴らした。

「お前ぇは頭の巡りは遅《おせ》ぇし肝玉《きもだま》もちっせぇが、足だけは速かったもんな。佐の字をここに呼べ。おゆん、お前ぇは外だ。婆さんと一緒に子供らの面倒を見ろ」

前庭に出た次郎助は裾《すそ》をはしょり、大きく息を吸い込む。と、凄まじい勢いで駆け出した。瞬く間に通りに出て、後ろ姿が町に吸い込まれていく。

入れ替わりに佐吉が診療部屋へ、そしておゆんは順に患者の世話をして回った。やがて一人の男の子に気がついて、傍に屈み込んだ。

七つくらいだろうか、独りぼっちで横臥《おうが》している。吐いて下して身を震わせているのに、身内らしき者の姿が見えない。

報せがまだ届いていないのかな。いや、お父っつぁんもおっ母さんも勤めを抜けられないのかもしれない。

山桃の木の枝に吊るされたふらここが木蔭でひっそりと、揺れもしない。胸が詰まった。今は可哀想だとか気の毒だとか、そんな気持ちにとらわれちゃいけない、それはわかっているけれど、目の前の子が不憫《ふびん》に思えてくる。

立ち上がって、見覚えのある横顔を探した。見つけて袖を引く。

「ちょっと訊きたいんだけど」

子供組の付き添いをしていた鶴次というその若者は、おゆんに対しても頬をこわばらせた。

「あの子の名前、教えて。あの三列目の、井桁絣《いげたがすり》を着た男の子。まだ誰も来てなくて。名前を呼んであげたいんだけど、わかんないの」

するとと鶴次は頬骨が崩れて、痛いような顔をした。

「あいつはいいんだ。俺の弟だから」

おゆんは目を見開いた。

「弟なら、どうしていいの」

「いいんだ。そんなこと、してる場合じゃねえ」

おゆんは思わず、目の前の手首を摑んだ。

「何すんだよ」

「いいから、来て」

無理やり引っ張って、子供の前に押し出す。

「何十人も患者がいるんだから、素人《しろうと》がみんなを何とかしようなんて、そんなの無理だと思う。医者だって一人ひとり診るしかないんだもの。だからあんたは自分の弟の世話をする。それが結句、皆の為にもなると思う」

鶴次はしばらく唇を震わせていたが、弾けたように駆け出した。弟の前に膝を突き、「けん坊」と呼びかける。

「ごめんよ、大丈夫か。兄《あん》ちゃん、ここにいるからな」

そしておゆんは、掠《かす》れた声があのまじないを唱えるのを聞いた。

「ちちんぷい。ちちん、ぷいぷい」

お亀婆さんがいつのまにか脇に立っていて、「久しぶりに耳にするねぇ」と呟いた。

「ちちんぷいぷい、知仁武勇《ちじんぶゆう》は御代《ごよ》の御宝《おんたから》」

「ちじんぶゆう」

「ああ。知仁武勇は御代の御宝、これが訛《なま》って、ちちんぷいぷいになったのさ」

婆さんは両手を腰の後ろに回し、兄弟を眺めている。

「御公儀のご先祖の、家光《いえみつ》公ってお人を知ってるだろ」

「ええと。ずいぶんと昔の」

「ああ、三代目の将軍だったお人さ。当たり前だけどその御方にもこの子らと同じように、子供時分があったわけだ。で、春日局《かすがのつぼね》って乳母《めのと》がこの文言《もんごん》をよく唱えたんだってさ。家光公は病勝ちで癇性《かんしよう》だったらしゅうて、実の母上に疎《うと》まれたんだね。お乳を差し上げた者としちゃあ、それが不憫でならなかったんだろう。泣きぐずる若君に、あなた様は知仁武勇に優れた、この世の宝にございますよって、唱えながらお抱き申したって。まあ、後々、誰かが勝手に作った話かもしれないけどね」

たとえ作り話でも、子供はこの世の宝、そこはまことだとおゆんは思った。母親であろうと乳母であろうと、赤の他人であっても。

垣根のそこかしこで咲いていた昼顔が、いつのまにかしぼんでいる。お亀婆さんは口許に掌を立てて、声を潜《ひそ》めた。

「三ちゃん、どうする気かね。こんなとこで看病し続けるわけにもいかないだろう。日が暮れたら、草の露が躰を冷やしちまうよ」

「薬さえ用意できたら、家に帰すと思うんだけど」

気を揉んでいると、三哲が外に出て来た。症の軽い子から順に診て回り、傍にいる身内に薬袋を渡している。

「家に帰ったらすぐに薬を煎《せん》じるんだぞ。ただし、また吐いたら無理に飲ませるんじゃねえ。白湯を少しずつやって様子を見るんだ。薬種がまだ手に入ってねぇからな、ひとまず一日分ずつ渡しとく。残りは明日、取りにきてくれ」

「先生、夜更けに具合が悪くなったらどうしたらいい」

「俺は、今夜は動けねえ。重篤な子らはここに残すからな」

「そんな。じゃあ、どうしたら」

「かかりつけの医者に来てもらえ」

「そんなの、いねぇよ。裏長屋住まいの貧乏人に、かかりつけなんぞいるもんか」

「あたしを呼びな」

お亀婆さんが、ととっと前に出た。

「亀の子長屋の、お亀んちに向かうっていやあ、木戸番はすぐに通してくれる」

「お亀って、もしや取上婆で有名な」

「そうだよ。あたしが、あの有名なお亀さんだよ」

顔じゅうに縦皺を寄せて、くわっと笑う。

「医者じゃないけど、大概の診立てはできる。だから安心してお帰り」

皆は安堵《あんど》の息をつき、しきりと婆さんに頭を下げて帰っていく。すると臍《へそ》を曲げるのが三哲だ。

「婆さん、何でいいとこ、持っていく」

「婆さんて言うな」

二人がやいやいと言い合っている間に、時の鐘が暮れ六ツを知らせた。

佐吉が外に出てきて、重篤な子を中に招じ入れ始めた。八人いる。

その中に、鶴次の弟、けん坊もいた。

お安が運び込んでくれた炊き出しで、一息ついた。

「勇太ちゃん、もっとお食べ。ほら、ひじきの煮たのだよ」

姿が見えないと思ったら、お安は佐吉の倅である勇太をつれて角屋に戻っていたらしい。

勇太は口数の少ない子供で、だがお安にはいくぶん慣れたのか、小さな唇を「はい」と動かした。

そのさまを目の当たりにして、おゆんはずいぶんと顔立ちの美しい子であることに気がついた。まだ幼いのに目鼻立ちがくっきりとして、睫毛《まつげ》は長く、口許がまた愛らしい。

父親の佐吉とはあまり似ておらず、亡くなった母親がさぞかし器量良しだったのだろうと思った。

「佐吉っつぁんもどうぞ、さ」

「頂戴します」

「それにしてもご苦労だったですねえ。薬研を挽き通しなんだもの」

症の重かった子らも峠を過ぎると、親は皆、口を揃えて家につれて帰りたいと言った。子にもその方がいいだろうと三哲も首肯して、若者組の連中に付き添わせて帰らせたのだ。

おゆんは握り飯とお菜を皿に盛り、診療部屋に運ぶ。次郎助と鶴次はけん坊の傍で胡坐《あぐら》を組み、小声で何やら話をしている。

「けん坊、どう」

「うん、やっと寝たよ」

腰を屈めて見てみれば、顔色もずいぶんと良くなったようだ。二人に皿を渡すと、次郎助が鶴次に向かって口を尖らせた。

「お前ぇ、一人前に喰うのか。ろくに役に立ってねぇくせに」

「はん、お前ぇは二往復したもんな。そりゃあ、腹も減るわな」

次郎助は自らその任を買って出ただけあって、みながどよめくほどの速さで戻ってきた。だが、意気揚々と差し出した薬種はまるで見当違いの品だったのである。

「赤茯苓《せき》に地黄《じおう》って、何を持って帰ってきやがった」

三哲は包みを開けるなり、次郎助に吠えた。

「何をって。先生の注文通りだろう。俺、内藤屋にちゃんと言ったぜ、五淋散《ごりんさん》だって」

「この、すっとこどっこい、五淋散は頻尿の薬だろうが」

そして、次郎助はまた走った。

「お前ぇってほんと、間に合わねぇ奴」

「じゃあ、お前ぇ、二往復してみろよ。ここから日本橋本町《にほんばしほんちょう》って、結構きついぜぇ。薬の包みがまた、めったやたらと嵩張《かさば》るんだ」

大きな包みを背に結わえて両腕にも持てば、方々で道行く人に当たってしまう。あちこちで「どいて、どいて」と叫びながら、ひたすら走り通す次郎助の姿が目に浮かぶ。

二人は互いのしくじりをつつき合いながら、皿ごと平らげるような勢いで食べ始めた。鶴次は握り飯を頬張ったまま、時折、弟のけん坊の寝顔をのぞいている。

台所でお安が菜箸《さいばし》を使いながら話したのには、鶴次の親は須田町《すだちょう》で何代も続く乾物《かんぶつ》問屋《どんや》を営《いとな》んでいたが、二人とも数年前の流行り病で亡くなったらしい。

「それから兄弟でね、遠縁の家に厄介になってきたんだって。けど、商いの跡目を巡って悶着が絶えないようでねぇ」

そして鶴次は今朝、養い親に急に言いつけられた用を果たしに、場を離れねばならなかった。そのほんの四半刻《しはんとき》の間に子供の誰かが蛤を桶ごと持ってきて、七輪《しちりん》で焼こうと言い出したらしい。

「大人の真似をしたがる年頃だけど、よくも火を扱ったもんだ。神田川沿いの野っ原だったとはいえ、風によっては火の粉が飛ぶからね。想像するだけで、ぞっとするよ」

明日、若者組の面々は町の顔役に呼ばれてこっぴどく叱責されることだろうと、お安は言った。

茶を淹れていると、鶴次と目が合った。

「お結び、もっと持って来ようか」

すると鶴次は「あ、いや、間に合ってます」と慌てて首を振る。

次郎助が沢庵《たくあん》を齧《かじ》りながら「何だ」と訊いた。

「何で畏《かしこ》まってんの。おゆん相手に」

「いや。全然違ってたなあと思って」

「違うって、何が」

「ふらここ堂のおゆんは引っ込み思案だって、お前ぇ、いつも言ってるじゃねぇか。けど、全然、違ってたもんな。あちこち泥まみれで、えらく勇ましい口をきくんだ」

それは己でも不思議だと、おゆんは肩をすくめる。一日に二度も誰かを怒鳴りつけるなんて、生まれて初めてだった。

「でも、次郎助、何であたしのことなんか喋ってんの」

「そりゃ、幼馴染みだもんよ。たまには噂くらいするさ。なあ」

鶴次の背中を叩きながら、次郎助は「あれ。何だ、この匂い」と鼻をひくつかせた。

「枇杷葉湯《びわようとう》だよ。お父っつぁんが煎じてくれって、おばちゃんに頼んだの」

佐吉が持ってきていた薬種見本は乾燥させた枇杷葉に肉桂《にっけい》、甘茶《あまちゃ》で、これらを配合すれば枇杷葉湯が作れるのである。枇杷葉湯は夏負けや暑気当たり、そして夏に多い腹下しにも効用がある。

「竹筒に入れるから、明日、子供らの家に配ってあげて」

「有難《ありがて》ぇ。……なあ、次郎助、お前ぇ、おゆんちゃんのお父っつぁんってのは大変な藪だって言ってたが、本当は名医なんじゃねぇの」

「誰が名医だってぇ」

障子の向こうから三哲が顔を突き出している。ああ、また自慢話の種に喰らいついた。

三哲はふいに小鼻をひくつかせて、台所の方に首を伸ばす。

「おい、佐の字、これ、えらく上物《じょうもの》の匂いじゃねぇか」

佐吉は悠々と出てきて、「はい。格別の芳香です」と微笑した。

「しゃらりと、何てこと抜かす。こんな上物を貧乏人に配ってどうすんだ。こういうのはな、銭を売るほど持ってる患者用に取っとくんだよ。ああ、三百両が。俺の三百両が煎じられちまった。痛《いて》え、痛すぎる」

佐吉は笑いを噛み殺しながら詫びているが、そもそも、これから始まる夏の病のために持ってきてくれた見本の薬種なのだ。しかも三百両など、間の話がすっぽりと抜けている。

が、三哲は「痛え、痛え」と身を揉んで口惜《くちお》しがる。

鶴次が気の毒そうな目をして、「ちちん、ぷいぷい」と呟いた。

三　駄《だ》々《だ》丸《まる》

一

山桃の木の下で、おゆんは勇太の背中を押した。ふらここが揺れるたび、勇太は小さなその掌で綱をひしと握り締め、膝から開いた足を前後に漕ぐように動かす。

ふだんは内気で、「うん」と「いいえ」も口の中で答えるような勇太が少し陽気な素振りを見せるのが嬉しくて、おゆんはまた柔らかな背を押す。

勇太はふた月前に近所に越してきたのだが、父一人子一人ゆえ、佐吉が勤めに出ている間はこうして時々、預かっているのである。

「こちら、小児医さん、よね」

声を掛けられて、おゆんは顔を動かした。見れば、女の子をつれた女が前庭に入ってきている。子供は鮮かな緋色の着物で、夏草が伸びた庭の緑の中ではことに目を惹く。

「ええ。さようですが、診療ですか」

通り名の上にもれなく「藪医」が付くことは、もちろん省《はぶ》いて答えた。夏の小児医は暇なのが相場ではあるものの、近頃は食中《しょくあた》りと寝冷えの子をつれた親がぽつぽつと訪れるだけで、三哲は日がな、ごろごろしているのだ。

医者としては患家に呼ばれて往診するのが通常で、しかもその方が薬礼も弾んでもらえるのだが、三哲は「面倒臭《くせ》ぇ」の一言で断ってしまう。そのうえ「あそこは待たされる」との噂も行き渡っている。三哲が恐ろしく朝寝坊であるのと、いざ診療を始めても、どうでもいい無駄話に興じるからだ。ゆえにふらここ堂を訪れる者はよほど暇があるか気心が知れているかで、なかなか新しい患家が増えないのである。

近づいて小腰を屈めると、女は数歩、さらに入ってきた。

「まあ、別に具合が悪いところはないんだけども」

妙なことを言う。

「ね、お時《とき》ちゃん」

女は後ろを見返った。お時と呼ばれたその子は六つ、七つくらいで、前髪を残したまま頭の頂《いただ》きで髷《まげ》を結っている。前髪は額の真ん中で切り揃えてあるので三日月形の眉がくっきりと際立ち、目尻の上がった二重瞼《ふたえまぶた》も利発そうだ。着物は緋赤に白で大きな格子模様を染め抜いてあり、珍しいことに浅葱《あさぎ》色の袴《はかま》をつけている。

「うちの娘、神童のお時ちゃん。お聞きになったことあるでしょ」

母親は自慢げに頰を盛り上げる。おゆんが首を傾げると、「あら」と不満げに鼻を鳴らした。

「おたくの坊、まだ手習《てならい》に通ってないの」

「あ……いえ、そろそろ」

どうやら、勇太の母親だと決め込んでいるらしい。

あたしも十八だから赤子を抱いててもおかしくはないだろうけど、勇太のおっ母《か》さんってのは無茶だ。

すると相手は「呑気ねえ」と畳みかけてきた。

「私はこの子がお腹の中にいた時から名歌を読んで聞かせて、名のあるお寺に詣《もう》でましたよ。近所で浮わついた三味線でも鳴らそうもんなら、こう、耳を塞《ふさ》いでね。子育てというのは、お腹ん中から始まってるものだから」

だったら、世の中のほとんどの子はもう手遅れということになりそうだ。

お父《と》っつぁん、この人、大丈夫かなあ。

三哲がこの母親と諍《いさか》いを起こす様子が目に見えるようで、おゆんはうんざりした。三哲は気に喰わない相手には頭からずけずけとした口をきいて、それも面倒になれば患者を放り出して行方をくらますのである。

でも、あとひと月もしたら盆の節季が来ると思うと、これもまた恐ろしい。近頃、三哲は佐吉からめったやたらと生薬を仕入れているのだ。内藤屋に吉原でもてなしてもらいたい一心なのだが、節季払いはどう算段するつもりなのだろう。

ええい、ままよと、おゆんは客引きめいた口をきいた。

「今はお待ちの方もいませんから、どうぞどうぞ」

「どうする、お時ちゃん」

母親は傍らに立つ娘の顔を覗き込む。娘は「そうねえ」と溜息を吐き、白々《しらじら》と辺りを見回した。

「ここ、流行ってなさそうだから腕が心配だけど、ぼんやり突っ立ってるのも時の無駄だから、さっさと済ませてしまおうよ」

年端も行かない子に何とも情けない言われようだと思いながら、おゆんは精一杯、愛想笑いを浮かべる。

「今夜はお琴《こと》のお浚《さら》いもしておきたいし」

「ああ、そうねえ。お琴もだけど、書も」

「そんなの、わかってる。おっ母さんがいちいち指図しないで」

「あ、ああ、ごめんなさい」

お時という娘は長い袖を振るようにして、母親より先に歩き出した。おゆんは「さて」と身を引き返す。

「患者さんがおいでだから、お姉ちゃん、中に入らないと」

患者に待ち札を渡したり、住まっている所や名を覚帳につけたりするのが、おゆんの仕事である。

「勇太も一緒に戻ろうか」

独りで遊ばせておいても大丈夫だろうけどと迷いながら、手招きした。勇太はもう六歳であるらしく、五日の後には女が口にした手習塾に通い始めることになっている。

勇太は少し残念そうに長い睫毛をしばたたかせたが、素直に尻を持ち上げてふらこから下りた。

二階で昼寝を決め込んでいた三哲はおゆんに起こされて不機嫌極まりなかったが、患者の身形《みなり》を見るなり揉み手をした。診療は面倒でたまらないくせに欲は深いので、相手の懐次第で薬代を吹っかける。

母親は診療部屋の中を不審げに見回していたが、三哲が腰を下ろした途端、つらつらと喋り立てた。

「お稽古の帰りにたまさか、ここを通りがかったもんですからね。いえ、お稽古は習ってるんじゃありませんよ。お時ちゃんが教えているんです」

驚くことに患者のお時は七歳にして名の知られた書家であり、琴に華道、茶道も能《よ》くし、大人相手に素読《そどく》の講義までするという。

「来月にはまた大事な会がいくつかあって、それまでに念を入れて躰の調子を整えておかないと。この子がどう筆を揮《ふる》うか、今から大変な評判になってますから。ええ、お時ちゃんはいつも江戸じゅうの耳目を集めてるんです。だから、この子のために出入りさせてる医者もいるんですけどね。お時ちゃんが厭《いや》がっちゃって、なかなか薬を飲んでくれないんですよ」

どうやら掛かりつけの医者の診立てが気に喰わず、ふらここ堂に立ち寄る気になったらしかった。

「違うわ、おっ母さん。あのお医者、迷ってばかりで処方が定まらないんだもん。頼りなくって」

娘のこまっしゃくれた言いようが気になって首を伸ばすとあんのじょう、三哲は白々とした顔で鼻の穴をほじっていた。無駄話は好きだが、他人の自慢話を聞かされるのは大の嫌いなのである。それでもまだ辛抱している方だとおゆんは思う。以前ならぶっ叩くように話の腰を折って、母娘を追い返したはずだ。

だが、三哲の背後には仕入れた生薬の包みが蒲団のように山積みで、三哲はそれにもたれて坐っているほどなのだ。背に腹は代えられない。

障子を隔てた板の間に坐っているおゆんには、患者の母娘は後ろ姿しか見えない。右手の奥に坐る次郎助が、「ふわぁ」と大きな欠伸を漏《も》らす声が聞こえた。仲間と集まって騒ぐのが好きなので、昨日も夜更けまで遊んでいたのだろう。

三哲は早《は》や処方を決めたらしく、次郎助を「おい」と呼んだ。

「抑肝散《よくかんさん》だ。あと、念の為に苓桂朮甘湯《りょうけいじゅつかんとう》もだな。匙加減は俺がするから、薬匙を寄越せ」

すると、七つのお時が肩をすくめた。

「お診立てが見当違いですね」

三哲は「なぬ」とばかりに目をむいている。

「抑肝散はもっぱら子供の疳癪《かんしゃく》や頭痛に処方するものと承知していますが、あたしは苛々したりしません。いつも、どんな時でも平静を保《たも》つことができます。それに、苓桂朮甘湯も感心しませんね。あたしはいかなお歴々が並んだお浚い会でも、立ちくらんだりなんかしませんよ。だいいち、その処方は両方とも躰が虚弱な子供向けでしょ。あたしはお腹が弱いわけでも、風邪をひきやすいわけでもないわ」

「あらあら、ここもちゃんと診立てられないみたいねぇ。どうする、お時ちゃん。ここで処方を考え直してもらうか、それとも明日、他所《よそ》に行ってみた方がいいかしら」

「明日って、もうそんなの、時の無駄。ここで御守がわりに少しだけ、もらっておくわ。ええと……調子を万全に整えたいだけだから、何にしようかな」

娘が自ら処方を考え始めたのを見て、母親は勝ち誇ったように三哲にうなずいた。

その途端、三哲がくわっと睨み返して片膝を立てた。

「お門違《かどちげ》えだ。御守なら神社でもらうんだな」

母親は「何という言い草」と唇を尖らせたが、お時は肩をすくめて立ち上がり、先に診療部屋を出て行く。そして去り際に振り向いて、三哲に言い捨てた。

「辛抱が足りませんね。先生こそ抑肝散をどうぞ」

「まあ、お時ちゃんが処方してあげるなんて。お医者が形無しよ」

母親はまた感心して、いそいそと娘の後を追った。


「何なんでえ、あの金魚と鯉《こい》は」

三哲は夕餉の後もまだ噴火している。金魚はお時、鯉は母親を指しているらしい。母親は娘と違って地味な貌立《かおだ》ちだったが、仕立て下ろしらしい薄物《うすもの》で洒落《しゃれ》込んでいた。


「三ちゃん、荒れてるねえ」

お亀婆さんは音を立てて茶を啜《すす》ると、傍らに坐る勇太に「ねえ、うるさいよねえ」と猫撫で声で話しかけた。勇太は戸惑って、まばたきだけをする。


「うん、まあ、七つの女の子にやり込められちゃったから」

しかも診立てだけでは薬代は取れないので、三哲は骨折り損だったのだ。それが余計に業腹《ごうはら》なのである。


「母親も母親でえ。生意気な糞《くそ》餓鬼を神童呼ばわりして、気ぃ遣ってやがる。ああ、胸糞悪《わり》ぃ」

お亀婆さんが勇太の耳に両の掌を当て、縁側に坐る三哲を叱り飛ばした。

「糞、糞ってやめなよ。そういう汚い言葉をね、この子に聞かせないでもらいたいね。子供ってのは生まれた時はまっさらなんだ。それがあんたみたいに汚れちまうのは、周りの大人が汚い物を目や耳に放り込むからさ。子供は大人の鏡なんだよ」

するとは三哲は尻の後ろに手をついて、振り返る。

「へっ。婆さんがこすかれぇのも、親のせいってか」

「婆さんて言うな」

お亀婆さんは片手を勇太の耳に当てたまま、もう片手を盆の上に伸ばした。煎餅を三枚取って、前垂れで包んでいる。三枚ってことは佐吉と勇太親子、そして自分の分だ。おゆんはそう気づくと可笑《おか》しくなる。婆さんは、勇太の父親である佐吉に夢中なのだ。

「三ちゃん、また誰かと揉めたんだってえ」

平たい風呂敷包みを両腕で捧げるようにして、お安が縁側から上がってきた。ややこしいことにこちらも佐吉にぞっこんで、事あるごとに婆さんの向こうを張る。

「あら、お亀婆さん。また来てんの」

「だから婆さんて言うなっ」

「近頃、ここでばっか夕餉をよばれてるよねえ。前はさぁ、近所を順繰りしてたじゃないか」

「あんたこそ、こんな時分に何さ。金蔵は」

わざわざお安の亭主の名を挙げた。

「じきに来るよ。近所の連中と呑むから、三ちゃんも誘うってさ」

早口に言いながらお安は腰を下ろし、風呂敷包みを置いた。

「勇太ちゃぁん、出来た、出来たよぉ」

風呂敷の結び目を解きながら、お安はいつもの声色《こわいろ》を遣う。両の手で広げたそれは、水色の麻裃《あさがみしも》である。勇太がつける裃なので大人の格式ばった形がそのまま小さくなっていて、それがまた無性に愛らしい。

「これ、おばちゃんが縫《ぬ》ったの」

「そうとも。昔、次郎助に着せたのは親戚からの貰い物《もらいもの》だったたし、それも近所にやっちまったからさ。ああ、よく似合うこと」

お安は勇太の躰の前に裃を当てて目を細め、お亀婆さんは皺だらけの口をへの字に曲げた。

江戸の子供たちのほとんどは六歳の、二月の初午《はつうま》の日に手習に入門する。それは男女共で、おゆんも同様であった。初めて塾に行く日は僧侶のように「初登山《しょとうざん》」といい、子供は麻裃、男親は羽織をつけて向かうのである。

　おゆんは次郎助と一緒に、お安夫婦につれられて行ったことを憶えている。三哲の元に患者が訪れていて手が離せなかったのか、それとも他の理由であったのかはもう朧《おぼろ》だ。

　佐吉は引っ越してきてまもなく、「この近くに手習塾はありませんか」と訊ねた。たぶん、毎日、おゆんやお安に勇太を預けることに気がねしたのだろう。

「この辺りにはまだ慣れてないんだから、そう急《せ》かなくっても。子を預けるのが目的で手習に通わせる親もいますけどね、あたしたちがこうしてついてるんだから、安心してまかせてくださいよ」

　勇太を手放したくないお安は、懸命に佐吉を説きつけたものだ。

　ふらここ堂でも、二月は腹痛の子をつれた親がやけに増える。親にとって手習塾は「読み書き算盤」を習わせるだけでなく、四六時中、目が離せなかった子を誰かに預けられることを意味している。それで母親も働きに出られるのだが、まだ親元にいたい子供は毎朝、急に腹が痛くなるのだ。

「読み書きは家でも教えられますが、人と交わることはその場に身を置かないと学べませんから」

佐吉はいつものように静かに、けれど己の考えをきっぱりと口にした。勇太は家移りしてくる前の町でいったんは入門したらしいのだが、人見知りが過ぎてほとんど通わなかったようだった。

おゆんも勇太に負けず劣らずの引っ込み思案で、よくよく考えれば毎朝、次郎助が誘いに来てくれたから手習に通ったようなものだ。むろん男女が席を同じくして学ぶことはないのだが、おゆんが通っていた塾は夫婦者が師匠をしていたので、同じ広間の中で分かれて坐っていた。

「おい、ちょっと行ってくるぞ」

三哲が縁側に腰を下ろして下駄を履《は》いている。傍には金蔵がいて、おゆんにうなずきながら手を上げた。

「金蔵、俺はとことん機嫌が悪ぃ。今晩は奢らねぇからな」

「三ちゃんが奢ってくれたこと、あったっけか」

次郎助もその後ろにいる。

「あれ、次郎助も一緒なんだ」

おゆんが縁側まで見送りに出ると、「おうよ。親爺らの面倒もたまには見てやらねぇと」と袖を肩までまくった。

「生意気言って。また酔い潰れて、皆に迷惑かけるんじゃないよ」

お安に怒鳴られた次郎助は「へへい」と剽《ひょう》げながら、三哲らを追いかけた。

台所で片づけをしてから茶の間に戻ると、勇太がとことことおゆんの傍に来た。眉を八の字にしておゆんを見上げる。勇太はこの辺りではちょっとお目にかかれないほど整った面立《おもだ》ちをしているのだが、表情や仕草はまだ乳臭さを感じるほど幼い。

「どうしたの」と訊いて、すぐに気がついた。お亀婆さんとお安がまた、競《せ》り合っているのだ。

「だからぁ、あたしがついてくから大丈夫だって。隣町の若嫁さんが臨月なんだろう。そろそろ産まれるんじゃないの」

「ああ。あれは他のに頼んどいた」

「他所《よそ》へ回したの。上客だってほくほくしてたのに珍しい」

「だって、勇太ちゃんの初登山じゃないか。あんた、わかってんのかえ。親子に主従、それに師弟。人を支える縦のかかわりってのは、この三つだ。初登山の日はそれまで他人だった師匠と手習子が盃《さかずき》を交わして縁を結ぶ、いわば嫁取り婿《むこ》取りと同じくらい大事な儀式だよ。ここはもののわかった者が後ろに控えて、ちゃんと見届けてやらないと」

「あたしは次郎助とおゆんちゃんの入門についてったんだから、そんなこと、先刻、承知の介《すけ》。だからこうして裃だって用意したんでしょうが。これ、夜なべして縫ったんだから」

「そりゃご苦労さん。それより赤飯に煮しめ、酒肴《しゅこう》の用意だ。配り物だからねえ、おゆんちゃん、明日っから忙しくなるよ」

「それもあたしが全部、段取ってるから。余計な心配しないで、しっかり赤子を取り上げておやりよ」

「いやいや、あんたこそ、店で西瓜《すいか》の番をしてな」

長くなりそうだ。

おゆんは勇太の手を取って、縁側に移った。辺りはもうすっかりと暮れ、叢《くさむら》では鈴虫が澄んだ声を立てている。昼間はまだ暑さが続いているけれど、日が短くなっているのだ。

「勇太のお父っつぁん、遅いねえ」

「うん……お仕事だから」

小さな声で勇太が呟く。おゆんはいじらしくなって、その背中を抱き寄せた。

おとなしい勇太は聞き分けの良い子であって、おゆんと同じく幼い頃に母親を喪った子供でもあった。

「ねえ。たまには駄々丸《だだまる》になっていいんだよ」

おゆんは独り言のように呟いた。

「お姉ちゃん。駄々丸って何」

勇太が身を動かして、訊ねる。

「駄々っ子のこと。周りに甘えて駄々をこねる。けどどうしよう、勇太が駄々丸になったら、お父っつぁんが大変だね」

笑いながら頰をつまんでやると勇太はきょとんとしていたが、やがて夜空を振り仰いだ。

二

三哲が「げっ」と煙管を取り落とし、傍らの次郎助は「勘弁してくれよ」と頭を抱えた。

今日は勇太が手習塾に初登山する日で、お亀婆さんとお安が揃ってめかしこんでいるのだ。

婆さんが着込んだ紋付の黒地小袖はめでたい熨斗《のし》模様を散らした豪勢なもので、しかも髷には娘のように赤い手絡《てがら》を掛け、顔はといえば皺を塗り潰すほどの白塗りだ。

お安も黒地に短冊や硯《すずり》、文車《ふぐるま》を描いた小袖で、唇には玉虫色の紅をつけている。

「おっ母あ、その紅、気色悪ぃ」

次郎助が心底、厭そうな声を出すと、お安は胸を張った。

「何だい、これ、流行ってんだよ」

「知ってるよ。けど、若い娘だぜ、そんなのつけるの」

おゆんは「へえ」と思いながら次郎助を見る。化粧をしたことのないおゆんは、当節、流行りの紅があることも知らなかった。

「若作りしたいのはわかるけどよぉ、土台が無理。脾《ひ》の臓《ぞう》が弱い病人みてぇだ」

お安が「本当かい」と三哲にたしかめると、三哲は首を横に振りながら指をこめかみに当てた。

「いや、こっちが弱《よえ》ぇんだろ」

すると婆さんが「だよねえ」と意地悪く笑う。その途端、顔から白い塊《かたまり》が落ちそうだ。

「婆さんもだ。勇太が怯《おび》えてるじゃねえか。なあっ」

おゆんの傍らに坐っている勇太は黙したまま、何も答えない。が、お安が仕立てた水色の袢がそれはよく似合っていて、凜々しいほどの晴れ姿だ。

「ところで、当の佐吉はどうした」

「勤めがあるからさあ、向こうで待ち合わせてんだよ。ほんの半刻だけ抜けてくるって」

お安が青緑色の唇を動かすと、勇太が顔を上げた。口を開いては閉じ、また開く。

「どうしたの」

おゆんが顔を覗き込むと、勇太は「あの」と消え入りそうな声を出した。

「こ、来られないみたい」

お亀婆さんとお安が、わさと躰を動かした。大層な小袖を着ているので、立てる音も嵩《かさ》が高い。

「来られないって、え、佐吉さんがかい。何で」

「な、何でか知らないけど」

勇太は口ごもって、うなだれる。

「可哀想に。まあ、まあ」

「仕方ないよ。お店者《たなもの》だからねえ。どっかの医者に手前勝手に呼びつけられて、無理な注文でもされたんだろう」

　こんな時だけ二人は気を合わせ、三哲を睨みつける。

「たあっ、二人ともその顔を何とかしろい。そのまま通りを練ったら、お縄になるぞ」

　婆さんとお安は顔を見合わせて、渋々と立ち上がる。

「おゆんちゃん、手水《ちょうず》、借りるよ」

　すると庭で荒い足音がして、見れば金蔵だ。

「お安っ、里のおっ義母《か》さんが転んで大怪我をしたって」

「おっ母さんて、え、うちの」

「当たり前《め》ぇだろ。今、義兄《にい》さんから遣いが来て。おい、次郎助も行くぞ。かなり危ねえらしい」

　お安は狼狽《うろた》えて、「どうしよう」とへたり込んだ。

「しっかりおし、あんたの兄さん、やもめだろう。こんな正念場で男は役に立たないからね。あんたがちゃんと死に水を取ってやんないと、おっ母さんが浮かばれないよ。次郎助、お安さんを抱えてやんな」

　お亀婆さんがきびきびと指図して、次郎助はお安の腋《わき》に肩を入れて立ち上がらせる。

「ごめんねぇ、おばちゃんがついてってあげられないなんて。この埋め合わせはきっとするからねえ」

両脇から亭主と倅に抱えられた格好のお安はまだ名残り惜しそうに振り返り、勇太に詫びる。「ううん」と、勇太はまたけなげに首を振る。

「やれやれ。おめでたい日にとんだ騒ぎだ」

婆さんが縁側で背筋を緩めながら、おゆんに向かって苦笑した。白い唐傘みたいな顔に、すさまじい縦皺が寄る。

三哲が縁側に出てごろりと横になると、お安と入れ替わりのように、赤ん坊を背負った男が前庭に入ってきた。

「おう、やっと患者様がおいでなすった」

閑古鳥が鳴きっぱなしのふらここ堂で、五日ぶりの訪れだ。

と、男はお亀婆さんを目にするなり後ずさりをして、くるりと背を向けた。早足で出て行く。背に負われた赤ん坊の頭がぐらぐらと揺れ、火がついたように泣き出した。

「婆さん、いつまでここに愚図愚図してやがんだ。こちとら、商売上がったりじゃねえか」

三哲は寝転んだままお亀婆さんに文句を言う。

「好き放題してきた藪医が急に熱心になったたって、世間がそう易々《やすやす》と振り向いてくれるもんか。あたしが凄腕だって評判が鳴り響いてんのはね、お産のたびに精魂を傾けてきたからさ。取上婆ってのは、人がこの世におぎゃあと出てくるのをお助けする仕事だからね」と胸を張ったが、「あれ」と声をすぼめた。

「うちの長屋の差配人じゃないかえ」

たしかに、亀の子長屋の差配人が血相を変えて駆けてくる。

「ああ、良かった。やっぱり、ここにいなすったか」

差配人は縁側の端に手を掛けると、肩で息をした。

「何事でい」

三哲が訊ねると、差配人は「それが」と汗を拭う。

「えらい難産だそうで、あんな取上婆じゃ手に負えないって、隣町から遣いを寄越されたんですよ。木戸口に迎えの駕籠も来てんです」

「難産。ほう」

三哲がまた婆さんの代わりに答える。どうやら面白がっているようだ。が、婆さんは寸分も動じない。

「初産《ういざん》だからね、まだまだかかる。今晩、きっと伺うから、それまでお待ちくださいって言っとくれ」

婆さんは今日、何が何でも勇太の初登山に伴って、その模様を佐吉に報告したいのだろう。これはお安を出し抜く、絶好の機でもある。

差配人は今頃、婆さんの様子に気づいたようで、髷から爪先までを見下ろして目を丸くしている。

「そう伝えますけど。もう頭が出てるのに、そこからがさっぱりだと言ってましたが、いいんですかね」

するとと婆さんがやにわに立ち上がった。

「頭が出てから、どのくらい経つ」

「たしか、一刻とか何とか、いや、遣いの者も慌てふためいて、あんまり要領を得ないから」

「一刻もまあ、何をやってるんだねえ、まったく」

婆さんは口惜しそうに舌を打った。と、勇太を振り返って、情けなそうに眉を下げる。迷っているのだ。

「さあて、さてさて。お産のたびに精魂を傾けねぇとなあ。江戸で名うての取上婆だもんなあ」

三哲にせっつかれて婆さんはなお迷っていたが、意を決したように褄《つま》をがばと持ち上げた。

「おゆんちゃん、後は頼んだよ。四丁目の松風塾《しょうふう》だから、ここからまっすぐ北の」

「うん、わかってるから。行ってらっしゃい」

縁側から飛び降りた婆さんは、差配人よりも先に庭を突っ切った。


塾に辿り着いた時、おゆんは汗だくになっていた。ずっしりと重い風呂敷包みを二つも両手に提げてきたのである。

お安が用意した赤飯と煮しめ、酒肴は五段重に詰められ、手習子たちに挨拶がわりに配る水菓子は何と瓜《うり》をいくつも用意してあって、今も腕が痺《しび》れて上がらない。勇太も天神机《てんじんづくえ》と文箱《ふばこ》を抱えてきたので、二人はしじゅう立ち止まって喘《あえ》いだものだ。

手習塾で使う天神机は自分で用意するもので、文箱には筆に硯、墨、水滴、それに文字の練習に使う草紙帳も納まっている。

松風塾は他の手習と同様、師匠の家の一部を使っているようだが、十畳の二間続きには男の子が二十人、女の子も十人はいて、蜂の巣をつついたような騒々しさだ。

羽織をつけた総髪の男師匠はおゆんと勇太の姿を認めると、気軽な声を出した。

「はいはい、そこでしばらく待ってて。今、女師匠が旅に出てるんでね。女の子の面倒も見なくちゃなんないんですよ」

腰を屈めて子供の背後に立ち、子供の手を後ろから持って筆の運びを教えている。

手習塾での稽古、学ぶ内容は一人ひとり異なっているのが尋常で、それぞれが何かを書いたり大きな声で読んだりしている。寝転がって算盤を弾く子がいれば前の子に背後から悪戯《いたずら》をしかける子、相撲《すもう》を取っている子らもいて、その賑やかさはおゆんが通っていた時分と少しも変わらない。

しかも広間の隅には天神机の上で棒満《ぼうまん》をさせられている男の子がいて、何とも情けない顔をしている。棒満はひとの学びの邪魔をしたり悪戯が過ぎると与えられる罰で、次郎助もよく立たされていたものだった。

天神机の前でめったにおとなしく坐っていなかった次郎助は誰かの顔に墨を塗りたくったり、おゆんら女の子の周りをうろついて踊ってみせては嫌がられていた。ふだんは穏和だった男師匠もしばしば堪忍袋の緒を切らせ、「次郎助、棒満っ」と叫ぶのだ。

何だか懐かしくなって、ひとりでに笑みが浮かぶ。

汗がようやく引いて、おゆんは塾の中を改めて見回した。壁には子供たちの手習がずらりと張り出してあり、「七夕《たなばた》」や「彦星」という字も見える。

「お待たせしました」

師匠はおゆんと勇太の前に坐るなり、鼻の穴を膨らませた。

「ずいぶんといい匂いのするお荷物ですな」

「あ。どうぞお納めください」

おゆんは慌てて包みを解いて重箱を差し出した。決まった口上があるのかもしれないが誰かに訊ねる暇もなく、おゆん自身、着物を改めもせずに家を出てきたのだ。

「はいはい。これはまた丁重なるご挨拶、いたみいります」

師匠は礼を言いながら重箱を抱え、奥に運んでしまった。手習子たちに配るはずの瓜も包み直してまた運ぶ。そしてようやく裃をつけた勇太を目にするなり、「これはまた、物々しい」と頭を掻いた。

おゆんは不思議に思って、おずおずと訊ねる。

「あのう……お盃事は今日、ですよね。それとも明日」

「盃事って」

「初登山に交わすお盃です。お師匠さんとの間で」

何日か前、お亀婆さんとお安が盛んに喋っていたことには、師匠からまず入門の子に盃を遣わし、次に一番弟子から順に盃を回して小謡《こうたい》を三番唄った後、納めは高砂《たかさご》である。それはおゆんにも覚えがあって、新しい入門者がある日は皆、晴着で打ち揃い、年嵩の男の子らは師匠と同じように羽織袴で威儀を整えていたものだ。子供心にもその日は少し気を張って、配られた赤飯を恭《うやうや》しくいただいた。

「ああ、そんな大仰《おおぎょう》なこと、今どきしませんよ。親が大変でしょう。近頃は万事、心安く済ませるのが肝心でね。はいはい、なるほど、それで坊は裃なんて着けてんのかあ」

軽く笑い飛ばされた。気さくなぶん、やけに軽々しい物言いの師匠だ。おゆんは不安になって、横に坐る勇太に目を下ろした。やはり顔を赤く染めて肩衣《かたぎぬ》に指をかけている。

「脱いでもいいよ」

そっと小声で言ってやるが、勇太は俯いたまま首を横に振る。

「やあ。お父っつぁんが来なすった」

師匠が顎を上げたので振り向くと、佐吉だ。今日は無理だと聞いていたのに良かった、お店、抜けられたんだと胸を撫で下ろす。佐吉は入門の申込みにここを一度訪れているらしく、さっそく師匠の前に膝を畳んで辞儀をした。

「よろしくお願い申します」

袱紗包《ふくさづつみ》を差し出している。世話になる束脩《そくしゅう》なのだろうと思い、おゆんも一緒に頭を下げる。

「どうもどうも、はいはい」

師匠は気軽にそれを懐に納め、佐吉とおゆんを順に見た。

「なるほど、年は少々離れておられるようだが、坊はどちらのいいところも受け継いでおられる」

師匠が勘違いしていることに気がついた途端、首から上に朱が散ったのが自分でわかる。また一気に汗が噴き出した。

「お師匠さん、この人は違います。先だっても申し上げましたが勇太は片親にて。このお人は私がお世話になっている小児医の娘さんです」

ちらりと佐吉に目を這わすと、鼻筋の通った横顔が間近にあった。

ぼんやりしているうちに勇太は師匠に命じられて天神机の前に坐り、文箱から道具を取り出している。入門の日からさっそく手習を始めるようで、佐吉とおゆんは先に引き揚げることになった。

広間の端を抜けると、周囲の子らが勇太をちらちらと横目で盗み見しているのがわかる。おゆんは引き返して、勇太の袢を脱がせてやった。勇太はほっとしたように生温い息を吐き、小粒な歯を見せた。

「じゃあね。気をつけて帰っといでね」

勇太がしっかりとうなずいたことに安堵して、佐吉と一緒に外へ出た。途端に気詰まりになって、ぎくしゃくと歩く。が、いくらもしないうちに佐吉は足を止めた。

「私はこのまま店に戻らないといけません。お送りすべきなのですが、申し訳ありません」

そこはちょうど四辻《よつつじ》で、佐吉は右に折れるようだ。

「いえ、そんな。送っていただくなんて」

「今日はまたお世話になりました。有難うございました」

「い、いいえ。私は何も」

そっと目を上げると、佐吉は少し目尻に皺を寄せて微笑を浮かべている。己の脈の音が外に洩れそうな気がして、身を硬くした。と、目の端をやけに赤いものが行き過ぎた。

気になって振り向くと、やはりあの娘だ。何日か前、三哲をやり込めた、お時である。今日は一人なのかと思ったら、おゆんの傍らを小走りで行き過ぎる女がいる。この間と同じ色合いの着物で、母親だと知れた。

「いかがされました」

佐吉に訊ねられて、おゆんは恐る恐る目を合わせる。もう顔が赧《あか》くならず、胸も波打たない。さっきのは何だったのだろうと戸惑いながら、「じゃあ。ここで」と頭を下げた。

「お時ちゃん」

ただならぬ声が聞こえて見返ると、お時が道の上に仰向けに倒れていた。母親は娘に取りついて肩を揺さぶっている。

「お時ちゃん、しっかりしてぇ、お時ちゃん」

佐吉が二人に向かって身を動かした。おゆんも慌てて後に続く。佐吉はお時の前に片膝をつき、母親に「揺らしてはいけません」と説いて手を放させた。お時の手首に指を当てて脈を診ている。

母親はもう泣き叫んでいて、辺りに人が集まってきた。松風塾から筆や算盤を手にした子供らも出てくる。佐吉が顔を上げて、「おゆんさん」と言った。

「三哲先生を呼んできてください。早くっ」

三

大人をやり込めるほどの神童であっても、こうして仰臥《ぎようが》している姿はやはり七つの女の子である。肩も手足も華奢《きやしや》で、見ているこちらが心細くなるほどだ。

三哲は黙ってお時の脈を取り、舌を見、帯を解いて腹に掌を当てた。足にも触ろうと三哲が立ち上がった途端、背後に積み上げられた天神机に腰が当たった。崩れそうになって、一瞬、皆が息を呑んだ。

佐吉が素早く動いてそれを支え、積み直してからもう一方の壁際に移している。手習子らは一日が済むと自分の机を順に積み上げ、明日、またそれを思い思いの場所に置いて学ぶのだ。

お時はここ松風塾の広間に運び込まれ、子供たちは家に帰されることになった。中には心配そうに近づいてくる女の子もいたが、母親は「何でもありませんよ。さ、皆、お帰り」と早口で追い払う。男の子たちは一瞬、好奇のまなざしを向けるものの、さあ、これから夕暮れまでたっぷり遊べるとばかりに騒いで外に飛び出した。

勇太だけは窓際に残って、師匠の手ほどきを受けることになった。ふらここ堂はもちろん長屋もお安の店も今日は出払って留守なので、勇太はおゆんを待って一緒に帰ることになったのである。

お時はよほど有名であるらしく、師匠は「はいはい、この娘さんですか。うちの前で倒れるとは、これもご縁ですなあ」と呑気な挨拶をして、母親にそっぽを向かれていた。

おゆんも佐吉を手伝って机を運ぶ。すると、お時の母親が近づいてきた。

「お時ちゃんは、どんな按配なんでしょう」

この母親は三哲が広間に上がるなり露骨に厭な顔をして、佐吉に相談したものだ。

「お時ちゃんにはちゃんとした医者をつけてるんです。誰か人をやって呼びに行かせますから、あの男だけは近づけないでもらえませんか。あの人、医術なんぞからきしの大藪ですよ」

何でまたあんなのをつれてきたのだと言いたいだろうに、不思議なことに佐吉には責め口調を使わない。

「まずは、三哲先生におまかせになったらいかがです。急を要する容態ではないようですから、娘さんの傍についてててあげてください。じきに、一緒に帰れますよ」

佐吉が親身な声で諭すと、母親は素直にうなずいてお時の枕許に戻った。佐吉はいつも争わずに、人を動かす。

「おい、佐の字」

三哲が鼻の脇を掻きながら、佐吉を呼んだ。それにしてもお父っつぁんはいつもながらむさい形だと、おゆんは溜息を吐いた。

縮れ毛を一つに結わえた根元は斜めに歪《ゆが》み、着物の前ははだけて腹が見え、胡坐を組んだ股からは褌《ふんどし》まではみ出ている。その横に坐った佐吉の佇まいは清々しいほどで、おゆんは自分の顔がまた朱に染まったことに気がついた。耳まで熱くなって、逃げるように勇太の傍へ足を運ぶ。

すると師匠が「いやあ、大した筆運びだ。坊は有望ですぞぉ」と大口を開けて笑った。

「これほどの手跡《て》には、めったとお目にかかれません」

草紙帳に初めて書かれた字は「丸」で、雄々《おお》しいほど墨が濃く、留《とめ》と撥《はね》はのびのびとしている。

「ほんとだ、凄いねえ」

ふだんの勇太とはまるで異なる面を見たような気がして、我知らず声が弾んだ。

「この子は神童かもしれませんな、おっ母さん」

だから、佐吉さんが母親じゃないって説明したでしょ。この師匠、人の話をまるで聞いてない。

「お時ちゃん、どうなの、大丈夫」

どうやら娘が目を覚ましたようで、母親が矢継ぎ早に問いかけている。

「おい、病人にぎゃあぎゃあ、わめくんじゃねぇ」

三哲に止められて、母親はきっとなった。

「このあいだ、おたくに伺ったの憶えてるわね」

「忘れいでか。いまだに金魚と鯉を見たら嚙みつきたくならあ」

「何なのよ、また、わけのわからないこと言い散らして。あのね、おたくがあの日ちゃんと診立ててさえいたら、こんな、往来で倒れるような破目にはならなかったんですよ。ちょっとは神妙にしたらどうなの」

「俺の診立てが気にいらねぇって押し返したのは、そっちじゃねえか」

「当たり前ですよ。お時ちゃんが見当違いな処方だって見抜いたから良かったようなものの、弁《わきま》えのない患者だったら藪の言いなりになってたわけでしょう。ほんと、怖いったら」

するとと三哲が己の頭に手を突っ込んで掻き毟《むし》り、「面倒臭ぇなあ」と鼻の穴を広げた。

厭な予感がして佐吉を探したが、姿が見えない。あれ、どこに行ったんだろう。

三哲は鼻から音がするほど息を吐き、だしぬけに話を変えた。

「この子、物心ついた時分から器用だったろう」

母親がまた口の端を下げ、横を向いた。

「ええ、そうですよ。お箸も筆も最初からちゃんとできて、墨の磨《す》り方なんてもういきなり書家の風格がありましたよ。絵を描かせたら誰が教えたわけでもないのに濃淡をつけて。さっきちらりと耳にしましたけど、そんな、ねえ。神童なんぞそうそう、いるもんじゃあないんです。お時ちゃんみたいな、本物の神童はね。お琴もお茶も教えを請われて、方々から書画会の引き合いもあるんですから」

母親は自慢を織り交ぜているうちにいい気になってきたのか、蒼褪《あおざ》めていた顔に色が戻ってきた。

「まあ、あんたがそんな風だから、この子も頑張るしかないわなあ。倒れちまうほどに」

「何ですって。あ、あたしのせいだって言うんですか」

母親が目の端を吊り上げた。

「あたしはねえ、お時ちゃんのためなら何だってしてきてるんです。片時もそばを離れないで、いつだって精一杯、お時ちゃんに尽くしてますよ」

「亭主は」

「知りませんよ。あの人は好きにやってるんでしょ。ほんと、何もかもだらしなくって、神童の父親とはとても思えない」

「だからぁ、あんたの娘は器用なんだよ。生まれつき手先が器用な子はいるもんでな。書画に音曲、舞なんぞでも、大人がびっくりするような才を見せる子はいくらでもいる。が、この子は身の処し方まで器用だ。あんたの気に染《そ》むように動くと見せかけて、まんまとあんたを利用してる。内心、見下しながらな」

「そんなこと、なんでおたくなんかにわかるのよ」

「大人が嫌いだってぇ顔してるさ。こんな大人になりたかねぇってのが周りに揃ってるから、大人そのものを小馬鹿にしてる」

お時はまた目を閉じているが、時々、眉根を寄せているので、三哲と母親の話は聞こえているのかもしれない。

「いくら器用でも利発でも、七歳はまだ躰ができてねぇんだぞ。なのにいつでも顔色を窺われて、どうしたいのかと迫られる。いや、周りの大人を従えて動かすってのは最初は面白かったかもしれねぇが、何もかも己で判断するってのは大人でもきついぜえ。頼れるのは己一人きり、駄々の一つもこねられねぇで、この子の肝玉はとっくに悲鳴を上げてら。たぶんあんたの知らないとこで疳癪を起こし、頭痛をこらえ、悪い物を喰ったはずもねぇのに気持ち悪くなったりしてたはずだ」

「強情な人ねえ。お時ちゃんが自分で話したでしょう。この子は疳癪持ちじゃないし、いつでも平静極まりないんです」

三哲はぎょろりと大きな目玉を動かして、母親に目を据えた。

「患者は嘘をつくもんだ」

「嘘ですって」

「躰の症を筋道立てて話せる者なんぞ、そうそういやしないってことさ。まあ、こちとら子供相手の小児医だからな、親の出鱈目は端《はな》から聞き流すが、あんたらみたいに母娘揃って嘘をついたのは珍しい」

「人聞きの悪いことを言わないでちょうだい。私もお時ちゃんも、嘘なんぞつく人間じゃありませんよ」

母親の顔色から血の気が引き、掌で畳の表を叩いた。しかし三哲は目をそらさない。

「なら、何で医者に診せる。どこも悪くねぇのに出入りの医者に薬を出させて、うちにも寄った。調子を整えるだの御守だのとほざいてたが、本当は認めたくないだけだったんだろうが。どこか、何かがおかしいってことを」

戸口で音がして、風が入る。佐吉だ。

「遅くなりました」

佐吉は三哲の傍らに寄ると、包みを二つ渡す。生薬の匂いがするので、どうやら内藤屋に走ってくれていたらしい。

「ご指示の通りに処方してあります」

三哲は母親に包みを差し出した。

「このあいだ、顔色と声、喋り方で察しはついていたが、今日、ぶっ倒れてはっきりした。俺の診立ては変わらねえ。処方はやっぱり抑肝散だ」

母親は顎を引き、ややあって口の中で言った。

「こんなに沢山、無駄ですよ。お時ちゃんは自分が得心しないお薬は、いえ、お菜だって口にしてくれないんです」

「いや。こっちの包みはあんたの分だ」

「あたしが、何で」

母親の声が裏返った。

「母子同服《ぼしどうふく》」

そう呟いたのは、横たわっているお時だった。

「お時ちゃん、今、何て」

「子供だけを治そうとしても無理だってこと」

そしてお時は肘《ひじ》を立てて身を起こし、母親に顔を向けた。上目遣いに、母親の気持ちを探るような目をしている。

「とくに、母親と子は症の根っこがつながってる、みたい」

母親はしばらく目を瞠るようにして娘を見返していたが、ふいに肩を下ろした。細く長い息を吐いて、二つの包みを膝前に引き寄せた。

三哲はやれやれとばかりに首を回し、今度はおゆんにしきりと目配せする。「ん、ん」と四角い顎をしゃくり、しまいには身振りまでする。

紙に、さらさらと、筆で。ああ、住まってる所と名を書いてもらっとけ、ってこと。

おゆんが口だけを動かしてたしかめると、三哲は季節はずれの獅子舞のように首を縦に振り、ぶ厚い歯をむき出した。

薬代をたっぷりとふんだくれそうで、笑っているのだった。


七夕祭の日になった。松風塾では夕暮れから「七夕会」が開かれることになっており、おゆんたちも招かれている。

あの、いかにも上っ調子な師匠はなかなかのやり手であるらしく、礼法を省いて手習子が入門しやすくするだけでなく、毎月、何がしかの催《もよお》しを行なって勤め帰りの親や祖父母を招き、子供が学ぶ様子を見物させて人気を集めているようだ。

ことに今日の七夕会では子供らが思い思いの字句を親の前で書いた後、あのお時が訪れて七夕の書を披露するらしい。三哲に負けず劣らず図々しそうな師匠は、もしかしたらお時が倒れて担ぎ込まれたあの日にすかさず頼んだのかもしれない。

けれどおゆんはあの子がどんな顔つきで筆を揮《ふる》うのか、何と書くのか、少し楽しみである。

勇太も塾に通うようになってから、よく喋るようになった。まだ声は小さいけれど、おゆんやお安の用意した弁当を持って「行ってきます」と言い、帰り道では友達と少し遊んでくることもあって、帰るなりおゆんにいろんな話を聞かせる。そして夕餉までは草紙帳を広げて、「七夕会で何て書こうかな」と思案するのだ。佐吉のように、顎に指を当てて。

「勇太ちゃんは近頃、ちっともうちに寄ってくれない。あたしにただいまって言うのも走りながらで、ここにまっしぐらだもの。ねえ、佐吉さんもここに帰ってきてるんだろ」

お安がおゆんに訊ねると、横に坐っているお亀婆さんも「ああ、まったく」と不服げな声を出した。

「しばらく佐吉さんに会えてないよ」

「お父っつぁんといろいろ薬の話もあって。帰ってくるのも随分と遅いし」

それは本当のことで後ろ暗いことは何もないのに、この二人相手にはつい言い訳めいたことを口にしてしまう。

お安はまだ残念そうに、瞼の上を掻いた。

「初登山さえ一緒に行けてたらねえ。んもう、どこでおっ母さんが危ないって話になったのか、ちょっと転んで足を挫いただけなのにさ。人の伝言ってのはいい加減なもんだねえ」

「あたしだって。もう赤子の頭が出てるって差配人が言うから駆けつけたのに、何のことはない。当の妊婦は腹が減ったとばかりに団子をくわえてたんだから。で、あたしが産屋《うぶや》に入った途端、陣痛が始まった」

「びっくりしたんじゃないの、あんな白塗り、見せたから」

「あんたのおっ母さんも緑色の口見たら、いっぺん息が止まったろう。気の毒に」

二人は初登山の日のことを蒸し返しては、憎まれ口を叩き合う。おゆんは土瓶を手にして台所に入ってから、こらえきれずに噴き出した。

初登山の数日後、三哲が佐吉に晩酌の相手をさせていて、妙なことがわかったのだ。


「勇太がそう言ったのですか。私が入門の挨拶に行けなくなった、と」

おゆんがちょうど煎《い》り豆を持って、茶の間に入ったばかりの時だ。勇太はもう寝てしまっていたので声を潜めて問い返した。

「違うんですか」

そういえば佐吉は少々、遅れてきたものの、ごく当たり前のように広間に入ってきた。駄目だったはずが急に都合がついたとも何とも、口にしなかったのだ。

「ははん。あいつ」

三哲が妙な笑い方をして顎をしゃくった。佐吉は首を傾げたが、おゆんは勇太の寝顔を見るうちに「あ」と思い当たった。

「あの二人についてきてもらいたく、なかった、とか」

「おうよ。あんな仰々しい、御殿女中の成れの果てみてぇな白塗りを従えて入門してみろ。いろいろからかわれて、後が大変だぁな」

佐吉は「申し訳ありません、それでおゆんさんにご厄介をかけることになったんですね」と詫びた。

「いいえ、あたしはいいんですけど」

勇太には驚かされる。佐吉が同席しないと告げたら、お亀婆さんもお安も伴をあきらめてくれると、よく思いついたものだ。

「後で叱っておきます。さんざん世話になってるお人らに、そんな嘘をついて」

佐吉は頭を下げたが、三哲は「ほっとけ」と言った。

「子供の嘘は知恵の回り始めってことよ。いや、勇太はよく辛抱してたぜ。子供によったら、ひきつけを起こしてもおかしくねえ形相《ぎょうそう》だったんだ、あの二人」

「そんなに凄かったんですか」

「まあ、二人とも人が呼びに来て都合が悪くなったのは、勇太にツキがあったってことだぁな」

　そこで三哲は、「ん」と目玉を上に向けた。

「おゆん、なんか臭わねぇか。平仄《ひょうそく》が合いすぎだ」

「そういえば、え、けど、まさか勇太がそんなこと」

「当たり前ぇだ。勇太が今からそんなことができりゃあ、本物の神童でぇ。末はお代官か大泥棒になれらあ」

　不得要領な顔をしている佐吉に事の顚末《てんまつ》を話すと、顎に指を当ててしばらく考えていたが、つと口を開いた。

「刺し違えた、んでしょうか」

　佐吉は元は侍なので、時々耳慣れない言葉を使う。が、三哲は膝を打った。

「お安を押しのけようとした婆さんが陰で嘘の伝言を仕組んで。で、お安も同じことをやらかしてたってか。一方だけならすぐに露見したろうが、何せ、刺し違えたからなあ」

　腹を抱えて、馬鹿笑いだ。

「お父っつぁん、しっ、勇太が起きちゃう」

「いいえ、おゆんさん、お構いなく」

佐吉も眉を下げて笑っている。

「それにしてもなあ、佐の字。めったな後添《のちぞ》えはもらえねぇぞ。あの二人がどんな横槍を入れるか」

そうか。勇太のおっ母さんになる人は、もれなくあの二人を敵に回すということだ。たしかに、想像するだけで恐ろしい。


「おゆんちゃん、そろそろ出ようか」

お安の声がして、はっと気を戻した。土瓶を持ったまま、思い出し笑いをしていたのだ。慌てて前垂れをはずして、戸締まりをする。

「三ちゃんと佐吉さんは、向こうに直《じか》に行くんだよね」

お安が今度こそとばかりに、佐吉の名に力を籠《こ》めた。

「うん、内藤屋さんから向かうって」

三哲は今日、内藤屋に招かれて、といっても吉原でもてなしてもらえるわけではなく、近頃、やたらと注文を増やしたので、主《あるじ》が挨拶をしたいとのことだった。

通りに出ると、家々の屋根高くにずらりと聳《そび》えた笹竹が一斉に風に靡《なび》く音がした。竹に結わえられているのは色紙《いろがみ》の綱に吹き流し、数珠《じゅず》のごとく連ねた酸漿《ほおずき》、それに紙で作った硯や筆、算盤や大福帳まであって、風が吹くたび秋空がさわさわと鳴る。

「勇太、今日は何て書くんだろうね。そうだ、亀とか」

お亀婆さんは歩きながら、期待を膨らませている。お安がすかさず言い返す。

「だめだめ、亀は画数が多いよ。ややっこしい」

おゆんは何となく、それを知っている。

勇太の草紙帳は上から何度も書いてもう真っ黒になっているのだが、筆の運びで三文字を練習していることは知れた。脇からそっと窺っていると、勇太はそれを書くたび、にっこりと笑うのである。

——駄々丸
何が気に入ってかわからないが、勇太はそう書いていた。

もしかしたらこれからえらい駄々っ子になって、手こずらされる。

まさかあの子に限ってそんなことあり得ないと思いながら、勇太が悪戯をして天神机の上に立たされている姿をちょっと見てみたいような気もした。

暮れかかる東の空ではもう、星がたくさん瞬いている。

四　朝星夜星《あさぼしよぼし》

一

風に運ばれてきたのだろう、縁側の上には木の葉の黄色いのや茶色いのがそこかしこに落ちていて、この陽溜《ひだま》りも秋草の匂いがする。

おゆんは中腰になって次郎助の顎を左手で摑み直し、そっとたしなめた。

「し、黙って」

次郎助は胡坐を組んで坐っていて、おゆんのちょうど胸の下に顔がある。薄目を開けて、息をつめている。

こんなに間近に見るの、久しぶりだなあ。

昔はぽっちゃりとして、頰《ほ》っぺなんか女の子みたいに赤かったのに、いつのまにか眉が濃くなって鼻筋も通っている。掌の中の顎はごつりと硬くて、指先にちくちくと当たるのは髭なのだろう。

「ふうん、大人になったんだねえ」

まじまじと見下ろすと、次郎助の黒目がきょろりと動き、目と目が合った。

ふと、次郎助がここに通ってくるようになってから、もう随分と日が経つことに気がついた。次郎助が弟子になりたいとおゆんの父である天野三哲に申し入れたのは、去年の暑い盛りである。

「お前が小児医になるってか。何で」

三哲が訊ねると、次郎助は鼻の下に汗の粒を並べたまま答えたものだ。

「いや、俺、子供、好きなもんで」

「なら、やめとけ。小児医ってのは、子供にいっち嫌われる稼業だ」

言下にはねつけられたが、次郎助は粘ってあきらめなかった。その時、何と口にしていたかおゆんはとうに忘れてしまったが、次郎助が子供好きだとは初耳だったので首を傾げたものだ。

三哲も面倒そうに、縮れ毛の頭を掻いていた。

「まあ、医者になるのは本人の勝手。お墨付きが要るわけじゃなし、なりたきゃなりやあいいが」

次郎助が実のところ、どういう料簡《りょうけん》を持っていたのか、いまだにおゆんは知らない。たぶん何も考えずに「医者にでも、なってみるか」だったのだろう。

世間の医者にはその手合いが山といて、「でも医者」などと揶揄されている。侍の子なら家を継げない次男三男の放蕩者《ほうとうもの》、百姓の子なら無精者、商人の子なら算盤が立たず、職人の子であれば手先が不器用といった具合に、家業ではいかんともしがたい輩《やから》が「仕方ない、医者でもやるか」と開業するからである。

「お安さん、いいのかえ。角屋は」

そういえばお亀婆さんがお安に訊ねる場に、おゆんは居合わせたことがある。次郎助には兄がいたが幼い頃に亡くなったそうで、独り子なのだ。

「ああ、いいの、いいの。うちなんて小さい商いだからさあ。朝は朝星、夜は夜星《よぼし》をいただくまで働いたって食べるのがやっとの稼業だもの。まあ、うちの亭主も呑気だから、古い暖簾《のれん》があるわけじゃなし、本人が継ぎたいってぇ気にならないと、どのみち続かないって言ってるさ」

お安はどっしりと構えて笑っていた。

母親を赤ん坊の頃に喪ったおゆんはお安の乳をもらい、次郎助と一緒に育ててもらったようなものだ。七五三も手習塾の初登山にも、お安が付き添ってくれた。

「けど、よりによって、師匠が三ちゃんでいいのかえ」

お亀婆さんはまた訝《いぶか》しむ。

「まあ、近所だから通いやすいんじゃないの。住み込んでまで修業する性根なんてないもん、あの子」

「たしかに。昔っから弱っちかったもんねえ、いつだってあんたにくっついて回ってさぁ。今はほれ、いい若い衆ぶって歩いてるけどね。ちゃらちゃらと雪駄《せった》鳴らしてさ」

「馬鹿なんだよぉ、あの子。見栄えだけ繕《つくろ》ったって、中身はとんとお子様なのにさ。お気楽と言うか一本調子と言うか、ほんと悲しいほど馬鹿。いったい誰に似たんだろ」

お亀婆さんとお安は煎餅を齧りながら、こき下ろしていた。しかも溜息まじりのしみじみとした口調なので、一々がうなずける。

ところが当の本人は、三哲の口癖がうつってか、生意気なぼやき方をするのだ。

「子供ってのは面倒臭《くせ》えなあ。じっとしてねぇわ、すぐにぴいぴい泣くわ、おまけに洟垂れなくうるせぇ親がついてくる」

次郎助は子供の頃から軽々しい性分で、身近な者の物言いがすぐにうつる。しかもめっぽう、口数が多い。おゆんが待合場に坐って待ち札を渡している最中もしじゅう薬匙を持ったまま顔を覗かせ、話しかけてくる。

「若者組の先輩が、二股かけられてたのがわかってよう。昨夜は荒れた、荒れた」

「へえ」

「今度、皆で集まって、引越し祝いをするんだ。お前も来いよ」

「ふうん」

ほとんどが実のない話なので、おゆんはつい生返事になる。

そして今日は大慌てで奥の小間から出てきたかと思ったら、「紙縒《こよ》りを作ってくれ」だ。

おゆんはちょうど縁側で、お安にもらった梨を選り分けていた。

「いいけど。でも紙縒りなんて何に使うの。何か、厄介な症なの」

おゆんは声を潜めながら診療部屋に目をやった。今日、昼過ぎに訪れた母子で、初顔である。

「違《ちげ》ぇよ。俺だ、俺。何だ、お前《め》ぇ、医者の娘のくせに知らねぇの。紙縒りを鼻の穴に突っ込んで、それでくしゃみが出たら治んだよ」

胡坐を組んでえらそうに講釈する間にも、ひっく、ひっくと咽喉仏が上下に動く。

「ああ、しゃっくり。こんなので、治せるの」

「うちのおっ母《か》あは昔っから、まずは紙縒りだ。それで駄目なら、背中に生姜汁を塗る」

「じゃあ、家に帰ってお安さんにやってもらったら。さっき、梨を持ってきてくれたけど、この後は店番だって言ってたよ」

「うちまで帰るの面倒じゃねぇか。この後、まだ仕事が残ってんだよ。今のうちに、な、頼む。薬研を挽いてる間も手許が狂って仕方ねぇんだよ」

次郎助はまだ患者を診たことがないが、薬研挽きには熱を入れているようだ。

「仕方ないなあ。じゃあ、ちょっと待ってて」

おゆんは反古《ほご》紙を探しに診療部屋に入った。

ふだんは子供にも親にも「何で来た」とばかりに無愛想な三哲が神妙な顔つきで子供の胸に手を当て、「坊、舌を見せてみな」と、親身な声をかけている。

母親はその傍らで前屈みになって見守っている。おなごにしては横幅が広く、胸も腹もたっぷりとしている。

おゆんが頭を下げると、首を斜めに傾げるようにして辞儀を返した。

何事もなさそうで、少しほっとする。

おゆんは縁側に戻って反古紙を裂き、紙縒りを作った。

「こんなんでいいのかな。ま、いいや。はい、この前に坐って」

次郎助はしゃっくりをしながら、おゆんの真正面に坐り直した。おゆんは膝を立てて中腰になり、次郎助の顎をぐいと持ち上げる。

「へへ、悪《わり》いなあ」

鼻の穴に目を凝らすと、見たくない物がいろいろとくっついている。

「あんたさあ、いつも鯔背《いなせ》がどうとか粋《いき》がってるけど、こんな鼻じゃあお笑い草だわ」

そろそろと紙縒りを挿《さ》し入れると、意外と奥が深い。

「へえ。何だか面白い」

「ああ、ああ、くすぐってえ。おい、ちゃんとしてくれよ、変なとこに入れねえで」

しゃっくりをしながら文句を言う。

おゆんは中腰になって次郎助の顎をぐいと左手で掴み直し、たしなめた。

次郎助の顔はおゆんのちょうど胸の下にあって、次郎助は胡坐を組んでいる。それでつい、「ふうん、大人になったんだねえ」と口にした。

　と、次郎助の肩が動いた。

「ちょっとぉ、何で動くの。じっとしてて」

　引き留めるのに、次郎助はおゆんの手から逃《のが》れるように顎を上げ、咳《せ》き込んでいる。いや、噎《む》せているのか、首から上が熟柿《じゅくし》みたいだ。

「みょ、妙なこと、言うんじゃねえよ」

「妙って何よ」

「俺、もう、いいわ」

「もういいわって、そっちが紙縒りを入れてくれって頼んできたんでしょうに。だいいち、そのまんまじゃ変だよ」

　次郎助の鼻の穴には紙縒りが挿《さ》さったままで、しゃっくりをするたび間抜けに揺れる。おゆんはこらえ切れなくなって、思わず噴き出した。

　と、大きな音がした。

「何なんですか、いきなり。大きなお世話です」

　診療部屋だ。次郎助と顔を見合わせる。と、入口の土間で甲高い駒下駄の音がした。振り向くと、子供を脇に抱きかかえて前庭を突っ切っていく母親の後ろ姿が見えた。背中と尻が横揺れしている。

「おう、随分と楽しそうじゃねえか、若者たち」

気がつけば、三哲が傍に立って見下ろしていた。妙な目つきだ。知らないうちに、おゆんは次郎助とひどく間近で向かい合っていた。

「ち、違っ、これは、しゃっくり」

次郎助が言い訳をするのを、三哲は「ふうん」と下唇を突き出す。

「俺が患者を診てる間に。お前ぇらも隅に置けねぇなあ」

「お父《と》っつぁん、ごまかさないで。また患者さん、怒らせちゃって。いったい、何したの」

「何もしてねぇよ」

茶の間に引き返した三哲は、火鉢の前に腰を下ろして目の上をこすっている。

「じゃあ、何か言ったんでしょ。大きなお世話、したんでしょ」

「おゆん、そういう決めつけ方、やめろよ。先生はこれでも一所懸命やってんだから、そこは認めてやんないと、立つ瀬がねぇだろうが」

次郎助が鼻から紙縒りを抜きながら、妙な庇《かば》い方をする。いや、たぶん庇うことになっていない。

「うるさい、あんたは黙ってて」

次郎助は口の中で「ちぇ」と舌打ちをした。

「引っ込み思案のくせに、何で俺にはそうも強いの」

「だってお父っつぁん、まるでわかってないんだもん。藪のふらここ堂なんて通り名がついて、何とかかんとか、やり過ごしてきたけどさ、もう藪とも言えないでしょ、うちは。竹の子だらけでしょ、こんなんじゃ」

そう言った途端、次郎助が大きなくしゃみを落とした。

おゆんはその拍子に、あれ、と気がついた。

「どうしたの、お父っつぁん、そこ」

左の目の周りが、大きな判を捺《つ》いたみたいに赤く腫れていた。

二

お亀婆さんは歯も丈夫で、梨に皮ごとかぶりつくのが常だ。

「この、皮と実の間にも甘い汁があるじゃないか。むいて捨てちまうなんて、もったいない」

お亀婆さんは銭を貯め込むのが生き甲斐で、いつのまにか自分の住む亀の子長屋の家主に納まっていた。

それが発覚したのは、薬種商内藤屋の手代、佐吉が亀の子長屋に移ってきてからしばらく後のことである。

「なんだとぉ、あの長屋の沽券《こけん》、婆さんが買い取っちまったのか。いつ」

三哲が仰天したので、佐吉は何かまずいことでも話したのかと、おゆんを見た。けれどおゆんはすぐに俯いてしまう。近頃、佐吉の顔をまともに見られないのだ。あたふたと焦《あせ》って、首から上が熱くなったり冷たくなったりする。

「いつかは存じませんが、差配人がお持ちになった店賃《たなちん》の受け取り書に、たしかにお亀さんの名が記してありました。……いや、皆さん、とうにご存じかと」

「ちくしょう、婆さん、持ってやがんなあ」

三哲はお亀婆さんの甲斐性をそれは口惜しがっていた。

「ところで、三ちゃん、張り倒されたんだって。患者の母親に」

お亀婆さんは唐傘みたいに皺を縦に寄せて、ぶほほと笑った。

「おばちゃん、相変わらず耳が早い」

たぶん次郎助が母親のお安に喋ったのだろう。

三哲がつけたおしるしは赤から青黒へと色を変えつつあり、斑犬《ぶちいぬ》みたいだ。だが本人にはちっとも懲《こ》りた風がなく、今日も鼻唄まじりで湯屋に出かけたので、また町内で噂が広まるに違いない。

「よくもまあ、おなごに向かってまともに肌荒れしてるなんて言ったもんだね。そりゃあ大きなお世話さ」

三哲は子供の患者を診た後、「首や背中を冷やさないようにして休ませ、ごはんはお粥《かゆ》にするように」と指示を出したという。このところ朝夕が急に肌寒くなったので、おそらく風邪のひき始めの症だったのだろう。

「額が熱くなけりゃあ暖かくして休ませて、ああ、いや、暖め過ぎは本人が治ろうとする力を妨げるからな。首に手拭いを巻いてやって、汗をしっとり出させてやるくらいでいい。この子はあまり丈夫じゃねぇから、そうだな、桂枝湯《けいしとう》を処方するか」

すると、母親が「先生」と胸の前で手を組み合わせたらしい。

「私が何も申してませんのに、ご覧になっただけでおわかりになるんですか、この子が弱いこと」

「まあな。名医に説明は要らねぇんだよ」

「それで、しゃべるなって書いてあるんですね」

六月頃だったか、三哲は口数の多い親をうるさがって、「しゃべるな」と大書して壁に貼り出したのである。

それでも親にすれば、子供がいつからどんな具合かを訴えたいのが人情だ。すると三哲はだんだん不機嫌になり、話をぶった切る。

「親は黙ってろい。脇からあれこれ喋られたら、躰の音が聴こえねぇんだよ」

だからますます、患者が減る。ところが昨日の母親はそれに感心をして、三哲によれば「目の奥を潤ませ、まるで生き仏を拝むような素振りを見せた」ので、つい調子に乗った。

「この坊みたいに肌のかさついた子は、あまり丈夫じゃねぇんだな。季節の変わり目に風邪をひきやすいだろう。な、そうだわな。まあ、気にしない方がいい。弱いと決めつけるのも子供の気を殺《そ》いじまうからな。ところであんたこそ、肌荒れがひでぇなあ。乾いた苔《こけ》みてぇだ。相当糞《ふん》づまりだろう」

三哲はその後、「山梔子《さんしし》を処方するから、煎じた汁で飯を炊くといい。鮮やかな黄色の飯になるが、これが肌荒れの症に効く」と、教えるつもりであったようだ。

ところが形相を変えた母親が立ち上がったと思ったら、いきなり張り手が降ってきた。

「まったく。相談されてもいないのに、どうして余計なことを言うかなあ。おなごが面と向かって肌が苔みたいだって言われたら、そりゃあ怒るわ」

するると、お亀婆さんは梨の芯をしゃぶりながら目だけを動かした。

「何か、妙だねえ。おゆんちゃん、その母親、どんなだった。あんた、会ってんだろ」

「どうだったかな。たしか、大柄な人だったね。首も太くて、肩に埋もれてる感じ。でもごく当たり前の、どこにでもいるお女房《かみ》さんだよ」

「別嬪《べっぴん》か、不細工か」

「まあ、目を惹くような目鼻立ちじゃあ、なかったかな」

途端に思い当たって、おゆんはお亀婆さんの腕に手を置いた。

「ほんと、妙だ」

「だろ。三ちゃんらしくないんだよ」

いつもぶっきら棒な三哲がごくたまに、蕎麦《そば》屋のように「らっしゃい」と愛想良しになることがあって、でもそれは子供をつれてきた母親が別嬪である場合に限ってのことだ。渋い声で喋り方まで二枚目を気取るので、毎度、失笑を買っている。

「でも昨日は、やけに熱心だったんだろ。まあ、横滑りして怒らせちまったにしろ、本人は親切で教えようとした」

「どうなってんの」

「もしかして藪に飽きて、名医にでもなろうとしてんのかねえ」

「そんなの、目指してなれるもんなの。だいいち、名医ってどんなの」

「さあ。取上婆ならこのあたしが手本だが、はて」

婆さんは左手で頬杖をついて思案顔を作ったが、右手はすばやくかごの梨を摑み、己の合財袋《がっさいぶくろ》に詰め込んでいる。おばちゃんは何につけても凄腕だなあと、おゆんは妙に感心してしまう。

「さぁて、勇太ちゃんがそろそろ、手習から帰ってくる頃じゃないかえ」

「ああ、うん」と、おゆんは縁側の向こうの前庭に目をやった。

「そういえば、おゆんちゃん。次郎助の友達のあの子、何てったっけな、若者組で一緒だとかいう」

お亀婆さんといい、お安といい、いつもいきなり話を変える。今日、持ってる話の種は全部披露して帰らないと、忘れ物をしたような気分になるのだという。

「ああ、鶴次さんのこと」

今年の夏の初め、町内の子供らの集まりで食傷を起こし、大勢が担ぎ込まれた騒ぎがあった。その中に鶴次の弟、けん坊もいたのだ。

「そうそう、鶴次だった。近頃、いけないねえ。顔は憶えてるのに名前が出てきやしない。あの子、亀の子長屋に越してきたんだよ」

「へえ、そうなんだ」

「次郎助が朝から祭みたいに張り切って、引越しを手伝ってたよ。若者組の連中も大勢きてたけど、小娘らも一緒でさ。家鴨《あひる》みたいに路地をうろついて、手伝いに来てんだか遊びに来てんだかわかりゃしない」

そういえば次郎助が引越しがどうとか、口にしていたことがあったような、ないような。なるほど、それで今日は休んでいるわけだとおゆんは今頃、腑に落ちた。

と、婆さんが相好《そうごう》を崩した。

「勇太ちゃん、お帰り」

「ただいま」

婆さんとおゆんに向かって勇太は手を振り、縁側まで走ってくる。内気で、「うん」と「いいえ」も首を振る仕草で答えるような子だったのに、よほど手習塾が気に入ったものか、手足が伸び伸びと動いている。

勇太は縁側の前で下駄を脱がず、「ちょっと置かせて」と半身をよじり、背中に負っていた巾着袋の紐を肩から抜いている。青と黒の格子縞のそれは、お安が縫ってやったものだ。

「おやつ、あるよ」

「ううん、いい。行ってきまあす」

勇太はくるりと背を向け、また引っ返して駆けていく。山桃の大きな木に吊るしたふらここのそばに、勇太と同じ年頃の男の子が待っているのが見えて、おゆんは笑みを浮かべた。

「日暮れまでに帰っておいでよ。今夜はごはん、ここだから」

佐吉は帰りが遅いこともしばしばなので、三日に一度はここで勇太を預かり、夕餉を一緒に済ませて待つのだ。勇太は大抵は寝てしまい、佐吉は背負って長屋に帰ることになるのだが。

勇太は首だけで見返って返事をして、勢いよく手を振った。

通りの木々が黄色に染まった葉を舞わせたかと思うと、前庭に生《お》う草々が波のように揺れて光った。

勇太は飯を口に運びながら、時々、ちらりと三哲の目の周りに目を這わせている。

「面白いか、この青たん」

勇太は白い小粒な歯を見せてうなずく。

「先生、痛みは大丈夫なんですか」

勇太と並んで箸を使っている佐吉が訊いた。今日は思ったより早く仕事を切り上げられたらしく、暮れ方には帰ってきたのである。お亀婆さんが後で聞いたらさぞ悔しがるだろう。取上婆の仲間内で集まりがあって、ちょっとでもいいから佐吉に会いたい、でも長老なので集まりに顔を見せないわけにもいかないと、さんざん迷っていたのだ。

「痛《いて》ぇよ。痛ぇに決まってんじゃねぇか。こんな、熊手みてぇにでっけえ掌だぜ。昨夜なんぞ疼《うず》いて、寝られやしねえ」

三哲は酒の肴《さかな》のように呑みながらぼやいていたが、いつのまにか横になって、大《おお》鼾《いびき》をかいて寝てしまった。

片づけを済ませると、佐吉と勇太はもう帰り支度をしていた。

「おゆんさん、私らはこのまま湯屋に寄って帰ることにしたんですが、一緒にいかがですか」

佐吉に誘われて、おゆんはどぎまぎする。

「どうしようかな」

行きたいような、でも気ぶっせいなような心持ちだ。

「お姉ちゃん、行こう、行こう」

勇太がおゆんの手を引いたので、ついうなずいた。


外に出ると、星が降ってくるような空だ。

おゆんは言葉もなく、勇太の右手を握って歩く。勇太の左手は佐吉とつながっていて、勇太は二人の間で両足を上げてみたり、はしゃぎ通しだ。

「それにしても。先生、とんだ災難でしたね」

佐吉が歩きながら喋りかけてきた。

「お父っつぁんが悪いんです。柄にもないこと、しようとするから」

不思議なことに、三哲の悪口ならつっかえずに、しかも笑いながら話せる。たぶん顔も赧らんでいないはずだ。

「柄にもないって、どういうことですか」

「よくわかんないんですけど、お亀婆さん、じゃなかった、おばちゃんがね、お父っつぁんが藪に飽きて名医でも目指してんじゃないかって」

「名医」

「よくよく考えたら、昨日は患者の坊やにも何となく親身だったんですよ。その挙句に張り倒されたんですから。ほんと、情けない。親切な藪って、ただの藪よりたちが悪いです」

佐吉がふいに立ち止まって、「おゆんさん」と呼んだ。

「何でしょう」

我知らずうろたえて、勇太の手を握りしめる。

「もしかしたら、私のせいです」

佐吉が何を言い出したのかがわからなくて、おゆんは首を傾げた。

「いつでしたか、先生が私にお訊ねになって。佐の字は、名医をどんな医者だと考えるかと」

「お父っつぁんが、ですか」

「ご承知の通り、私どもはお医者が相手の商いですから、いろいろ内情も存じております。おそらく、それで私にお訊ねになったかと」

「じゃあ、本気で目指してるんでしょうか。やだ、今さら何を考えてんだろう」

「はい、私もそう申し上げました」

佐吉の声が少し柔らかくなる。

「三哲先生の腕はよく存じ上げております。先生が大勢の子供の食傷を首尾よく捌《さば》かれるのを現場で目の当たりにしましたし、薬の匙加減はいつも的確です。世間のでもい、医者らは風邪ときたら葛根湯《かっこんとう》しか処方を知りませんが、先生は同じ風邪でも、虚弱の子と丈夫な子とでは処方を変えておられます」

腕がいいかのように聞こえる話しぶりだ。これまで人を怒らせたり陰で笑われることはあっても、褒《ほ》められることなんて、ついぞなかった。

佐吉さんてば、よほど人がいいんだ。きっとお父っつぁんの本性に気づいていないに違いない。

「でも、ほんと無愛想だし、親御さんには喋るなって止めるし。銭を持っていそうな家からは薬代をふんだくって、銭を取れそうにない家の子には薬も出さないで、帰って寝ろ、ですよ」

「余計な薬を呑ませないのは、子供の躰が生来、持っている力を見ておっしゃってるんだと思いますよ」

佐吉はそこでいったん言葉を切って、後を続けた。

「私どもがお納めしている薬ですが、随分と大量にご注文くださいました」

そう、三哲は内藤屋に吉原でもてなしてもらいたい一心で注文を続け、けれど患者は減る一方なので山積みになったままなのだ。佐吉はそれを申し訳ながって、先月、盆の節季払いを待ってくれた。

「すみません、ご迷惑をおかけして」

「違います、おゆんさん。じつは、お納めした生薬の色と艶をご覧になって気づかれたんです。いつもの品と違うことに。それで不審に思われて、他の生薬も次々と手許に寄せて検分してくださったようです。生薬は膨大な種類がありますから、検分されたその残りが」

「あの山ってことですか」

「はい。恥ずかしながら、私も先月、先生に訊ねられてようやく事の次第に気づきました。先生はこうおっしゃったんです。近頃、畑を変えたのか、と」

そこで仕入れ先を調べたところ、薬草を作っている百姓が栽培の手を抜いて、いろいろと混ぜ物をしていたことがわかったという。

「お父っつぁん、そんなこと、一言も」

「おそらく私どもの信用を考えて、伏せてくださっているんです。ですから盆の節季の払いをお待ちしているのではなく、あれはお代を頂戴できない荷です。本来は引き取って私どもで処分すべき物ですが、先生は毒があるわけでなし、重篤な患者以外には充分使えるから残しておくとおっしゃって。ただ、うちは患者が少ないからなかなか捌けねぇなと、半ば笑いながら頭を掻かれたものですから」

夜もこの界隈は人通りが多く、酔った者が大声を上げて行き過ぎる。おゆんが勇太に身を寄せると、佐吉もまた間合いを詰めた。

「それで、患家の多い医者にはどんな特徴があるかを、私なりに思い起こしてみました。立派な身形《みなり》と門構えを整え、往診には紋入りの薬箱と、弟子も何人も従えています。難しい医書をいつも携《たずさ》えて、それも患家の信頼を得る秘訣でしょう。もちろん患者やそのお身内の機嫌を取り結ぶのが第一ですから、日に二度三度と病人の様子を見に赴《おもむ》き、年始や暑中見舞いも欠かしません」

「そんなことまで、するものなんですか」

三哲はそのどれもしていないし、できそうにもない。

「そんな医者にも腕のたしかな人はいますが、怪しい人も少なくありません。死ぬか生きるかの瀬戸際にあれば、身内はもう藁《わら》にも縋りたい心持ちになりますから、そこにつけ込んで、あの手この手で薬代を絞り取るんです。近頃は手の込んだ詐欺のような手口もありますし、組合仲間を作ってうまく評判を操作する連中もいます。互いの患家にふいに訪れて、世間話の合間に仲間のことを褒めておくんです。私から見れば、先生の振舞いはすべてそんな医者らの逆です」

たしかに、お父っつぁんには医者の仲間がいない。

「ただ、その医者が名医かどうかは、患者が、世間が決めることです。目指せば目指すほど、たぶん医者の本分からはずれましょう。ですから私はこう申し上げました。人は何者になるかではなく、何をするかが肝心ではないでしょうか、と」

「何者になるかではなく、何をするか……」

おゆんはその言葉をなぞるように呟いた。けれど難しくて、よくわからない。

「ただ、やはりこのままではあれほどの量の薬は捌けません。いえ、そんなことより、本当に先生の腕を必要としている親子が先生と出会えない、私はそのことを惜しいと思いました」

そう、なのかなあ。佐吉さんはやっぱり、お父っつぁんを誤解してるような気がする。

「もしかしたらそれで、お父っつぁんに教えてくださったんですか。患者さんが増える方法を」

「病を抱えている子供の親御さんは看病で気も躰も疲れていますから、そのお役に立つことをして差し上げれば歓《よろこ》ばれるのではないですかと申し上げました。医者と患家もつまるところ人と人のかかわりですから、距離を縮める鍵は相手が持っています。相手をよく観察して、その望むところを掬《すく》い上げる」

おゆんはもう、ほとんど話についていけない。たぶん三哲もよく呑み込めぬまま、「お役に立つ」つもりで大きなお世話をしたのだろう。

湯屋の前に着いておゆんは佐吉に礼を言い、勇太にも「また明日ね」と手を振ってから溜息を吐いた。ひどく疲れていた。

三

七日の後、おゆんは待合場に面した板の間に坐っていた。

土間に並べた縁台で待っているのは一人きり、薬だけを取りに寄越された奉公人だ。うつらうつらと舟を漕いでいる。

診療部屋に入っているのは近所のご隠居で、孫の療治はとうに済んだはずなのだが、世間話はまだ終わりそうにない。

「そうそう、お伊勢《いせ》詣りの土産に萬金丹《まんきんたん》をもらいましたんで、先生にお裾分け」

「ほう、万病に効くってぇ薬だよな。これがそうかあ。けど、俺は伊勢白粉《おしろい》が良かったがな」

「またまた。青たんに塗っても隠せやしませんよ」

「やっぱ駄目か」

三哲の目の周りはその後、黄色く変色して、いっそう品《しな》が落ちている。空《から》元気にも思えるその笑い声を耳にするたび、おゆんは佐吉の言葉を思い出すが、やはり同じ人間のことを指しているとは思えない。三哲が本当は腕のいい医者だなんて、どうにも据わりが悪いのだ。

それとも、世間が気づいていないだけなんだろうか。

まさか、ね。

障子がすっと動いて、次郎助が顔を出した。難しい顔をして、おゆんに黙って処方箋を突き出す。薬代は節季ごとに患家に掛取りをするので、覚帳につけておかねばならない。それはおゆんの受け持ちである。

小筆に墨をつけると、まだ次郎助がいた。おゆんが顔を向けると、ぷいと中に入ってしまう。何だか、睨まれていたような気がする。このところ、ずっとそうなのだ。

また若者組で何かあったのだろうけれど、眉根を寄せてろくすっぽ口をきかず、それでいて何をするにも剣呑《けんのん》な音を立てるので、こっちはつい次郎助に目を向けることになる。すると向こうは顔を強張《こわば》らせて目をそむけるのだ。

何なのよ、もう。やな感じ。

気になるけれど、でもおゆんはすぐにあの問いに思いを戻す。あの夜からずっと考え続けているのだ。

何者になるかではなく、何をするか。

入口の外で物音がして、大柄な女が入ってきた。小さく会釈をして、縁台に遠慮がちに腰を下ろす。子供をつれていないので「薬だけですか」と訊ねると立ち上がり、近づいてきた。

「先生に折り入って、ご相談したいことがありまして」

「これまで、うちにお越しになりましたか。それとも初めて」

と言いかけて、おゆんは「あ」と声を洩らした。

三哲が肌荒れと便秘を指摘して怒らせた、あの母親だった。

おゆんは気になって、いつも次郎助が薬研を挽いている小間に入り、障子の陰から様子を窺う。次郎助も肩を並べ、目をぱちつかせている。

「その節は、あいすみませんでした。さぞお痛みになったでしょう。相すみません、先生に向かって手を上げるつもりなんてなかったんですけど。気がついたら、この手が」

母親は膝の上に置いた自分の右手を左手でおおうようにして、肩をすくめる。

三哲は胡坐ごと後ずさりをして、目の下に手を当てた。怖がっているのが丸わかりだ。

「けどまあ、あんた、大した力持ちだな。亭主は逆らわれねぇだろう、お前さんに」

「はあ。在所にいた頃は女相撲《ずもう》で鳴らしたもので」

「へえ、そいつぁ」

三哲はまた半身を引く。

「で、その、相談てのは」

母親は大きな躰を縮めるようにして、「じつは」と切り出した。

「先生もご存じの通り、うちの子、弱くって。このままじゃあ、七つまでは生きられないだろうって言われたこともありました。それであたし、方々のお医者につれてって、いろんな薬を買い漁《あさ》ってきました。亭主とあたしは三度のご飯を二度、いえ、一度にしてでも、あの子の薬代に使ってきたんです。本当です。あたし、ろくすっぽ食べなくても瘦《や》せない性質《たち》なんです」

「うん、わかる。そういう性《しょう》の者はいる」

母親はそこで泣き笑いみたいな顔をした。稚気《ちき》が頰に浮かんで、金太郎のような可愛らしさだ。けれど気の毒にやはり肌荒れがひどく、白い粉《こ》を吹いたように見える。

「それで」

三哲が先を促すと母親は膝を進め、袱紗《ふくさ》包みを膝の前に出した。包みを自身で開く。

「これ、見ていただけませんか」

母親が三哲に手渡したのは、蓋つきの壺《つぼ》のようだ。金茶色の地に紫や白の唐草文様が描かれ、いかにも高直《こうじき》そうだ。三哲が蓋を開けた。鼻を近づけ、匂いを嗅《か》いでいる。

「秘薬なんだそうです。これを毎日、一年ほど服《の》んだら躰の中の毒がすっかり外に出て、壮健になると聞きました」

「旅の土産でもらったか」

三哲は中の物を指で摘まみ上げ、背後の窓越しの光に向けて目を凝らしている。

「いえ、買ったんです」

「どこで」

「五、六日前でしたか、十徳をつけた男がうちにふいに訪ねてきたんです。なんでも、名医で有名なお医者の一門だと言ってましたけど、そんなの、いくらだって嘘がつけますもんね。相手にしなかったんですが、おたくの子は風邪をひきやすいのではないかと見通されたものですから、つい話を聞く気になってしまって」

「まあ、風邪をひきやすい子供は五万といるがな」

「そうなんですけど、そのお医者、良かったらこれをお試しなさいって、五粒の丸薬《がんやく》が入った包みをくれたんです。それで明日か遅くとも明後日《あさって》、黒い便が出たら薬がよく回った証ですぞと言って、あっさりと引き揚げたんですよ」

「服《の》ませたのか」

「いえ、まずはご自身でお試しをと言われたものですから、私が。はい、次の日の朝、びっくりするほど黒いのが」

「なるほど」

「ああ、毒が出たとわかったら、もう矢も楯《たて》もたまらなくなって、でもどこのお医者なのかちゃんと訊いてなかったことに気がついて焦りました。何て迂闊《うかつ》なんだろう、あたしはって。そしたら昨日、その男がまた訪ねてきてくれたんです。ほんと有難くって、これを、見本よりももっと上質の物なんだそうですけど、買い求めました。身分不相応なのはわかってますが、一緒に住んでる舅《しゅうと》に頼んで貸してもらいました。孫のためだと思ってって、拝んで」

母親は丸い肩を寄せ、両の掌を合わせて揉むような仕草をした。

「ただ、出所のよくわからない薬を子供に服ませるのはどうにも怖い、信の置ける医者に相談してこいって、舅にうるさく言われまして。はい、亭主にも。それで、いろんなお医者の顔を思い浮かべたんですけど、こっちの機嫌を取るばかりでどうにも頼りない。迷っていたら、先生のことを思い出しました」

母親は眉を下げ、小さく笑った。

「二度と思い出したくありませんでしたけどね。なにせ、面と向かって苔だ、糞づまりだですから。でも先生なら、あたしの気持ちにお構いなしに本当のことを告げてくれるような気がしたんです」

「これ、いくらなんだ」

母親は少し口ごもり、上目遣いになった。

「六百文です。十日分で」

米の三升がだいたい百文だから、これを一年も続けるとなると相当な負担になるだろう。次郎助が脇で、「たつ、高《たけ》ぇ」と声を洩らした。三哲が四角い顎をこっちに振る。

「次郎助、出て来い。おゆんは茶だ。茶を淹れろ」

盗み見をしていたのがばれて、次郎助はあたふたとしながら診療部屋に入っていく。おゆんも茶の間に飛び込むように入ったものの、土瓶の中で茶葉が開き切っていないうちに湯呑みに入れてしまい、随分と色の薄いものを運び込むことになった。

湯呑みを差し出すと、女は小首を傾げるようにして辞儀をする。

次郎助はさっき三哲がしていたように丸薬をためつすがめつしていたが、三哲は腕組みをして顎で指図した。

「口に入れてみろ」

「え、俺が」

「大丈夫だ。死にゃあしねえ」

次郎助はしばらく迷っていたが、観念したように目を閉じて口を開く。一粒を放り込み、ぐむっと変な音を立てて呑み下した。

「馬鹿野郎、呑み込んでどうする。舌で味わってから嚙み砕け」

「味わうって」

「薬ってのはな、慣れたら味で大概のことはわかるようになる。内藤屋の佐の字なんぞまだ勤めも浅いのに、基本の生薬は味で質の良し悪しを判じるぞ」

「佐吉っつぁんが」

次郎助は途端に頬を強張らせ、三哲を睨み返した。

「何だ、そんなに味見が怖《こえ》ぇか」

「怖ぇもんか」

次郎助は壺を鷲摑《わしづか》みにすると、壺ごと口に当てて仰向いた。ざざと一遍に何十粒も流れ込んだ音がする。

「ああ、何という服み方を」

母親がもったいないとばかりに腰を浮かせ、手を伸ばした。

次郎助は両頰から口の周りも膨らませたまま、懸命に上下に動かしている。噎せそうになるのか口許を押さえ、目を白黒させている。

「次郎助、大丈夫なの」

心配になっておゆんは次郎助の傍に移った。背中に手を回してさすると、次郎助はうんうんと首を縦に振っている。丸薬を嚙む音が洩れ始め、咽喉仏が大きく動く。べえっと妙な息を吐きながら肩肘を緩めたので、おゆんは咄嗟《とっさ》に湯吞みを持たせようとした。

だが次郎助は首を横に振る。

「いや、後にする。味が薄れたら困る」

「そ、そうなの」

おゆんは三哲を見た。三哲は「どうだ」と次郎助に訊く。

「わかるか、材料が」

すると次郎助は少し俯いて、また首を横に振る。

「俺には佐吉っつぁんみたいな真似、できねぇよ。消し炭の味しかしねえもん。こんな味の生薬なんぞ、俺にはわからねえ」

「消し炭の味ってか。お前ぇ、笑ってみろ」

「笑うって」

「いいから、にいと歯を見せてみな」

次郎助が渋々、口角を上げる。母親が息を吞んだ音が聞こえた。次郎助の歯も舌も、真っ黒に染まっている。

「ん、こいつぁ、やっぱり掃墨《はいずみ》だなあ」

三哲も幾粒かを口に放り込み、顎を動かしながら言った。母親が「え」と、身を乗り出した。

「掃墨って、あの、眉墨に使う掃墨ですか」

「ああ。油を燃やした油煙を集めて、膠《にかわ》を混ぜて固めてある。こんな物を服んだら糞《くそ》が黒くなるに決まってら」

「私、騙《だま》されたんですか」

母親は拳を握りしめた。顔がみるみる赤く染まっていく。

「まあ、掃墨は毒消しに使わねぇこともないが、薬は患者の症に合わせて処方して初めて薬になる。だいいち、毒を出したら躰が壮健になるってのはまやかしだ」

「そんな。じゃあ、どうしたらうちの子は元気になれるんです。よそのお子みたいに」

粉を吹いた顔が土気色に変じ、気の毒なほどうろたえている。

「まずはよその子と比べねぇこった。子の育ちは一人ひとり違うのに、親が心配し過ぎて小さい時分から薬に馴染ませたら、本人も己は弱いと思い込んじまう。そうさな。朝晩、乾いた布で躰をこすらせるといい。親がやってやるんじゃねぇよ。自分でさせるんだ。胸を張って自分の腕を上下左右に使ったら、肌も肺の腑も鍛えられる」

三哲は茶をずっと啜って、また言葉を継いだ。

「それで風邪をひきにくくなったら、精々、家の手伝いをさせることだ。水汲み、米洗い、遣い走り、何でもいい。いろんなことをやらせて、一つでもちゃんとできたら、心《しん》から褒めてやれ。それが子供の気を育てる」

「やってみます、けど」

母親は曖昧《あいまい》にうなずいてから、ふいに目を伏せた。

「あたし、あの子の前に女の子を死なせてるんです。三つの時に、風邪をこじらせさせて。だから」

口ごもり、そのまま黙り込んでしまった。

たぶん、この母親は怖かったのだろうとおゆんは思った。二度とあんな悲しい、辛い思いをしたくないと思い、つい薬に頼るようになってしまったのだろう。

おゆんは思いきって、話しかけてみた。

「坊はおいくつですか」

「六つです」

「じゃあ、もしよろしかったらですけど、半年に一回くらい、たとえ元気に過ごしておられても、坊をつれてきてあげてください。いえ、もちろん薬が要らないようになっていればそれで万々歳なんですから、薬代はいただきません。ただ、声の力や身肉の付き方を診ておくだけで育ち具合がわかります。きっとお役に立てると思います」

するど母親は「有難う」と言い、大きな胸をゆっくりと上下に揺らした。


五日の後の夜、おゆんは次郎助とつれだって、亀の子長屋に向かった。亀の子長屋に越してきた鶴次兄弟に会いに行くのである。

丸薬を持ってきた母親が帰った後、おゆんは井戸端で口をすすぐ次郎助に手拭いを持って行ってやった。

「うわ、黒いねえ」

もう何度も吐き出しているはずの水が、まだ墨色だ。おゆんはふと想像して可笑しくなる。

「次郎助、明日は真っ黒なのが出るよぉ。気持ち悪いのが」

すると次郎助は腰を屈めたまま、顔を上げた。

「お前ぇなあ、うちのおっ母ぁやお亀婆さんとばっかつるんでるから、そういうことを平気で口にする」

また苛ついた目つきに戻っているので、こっちもむっと来た。

「あんたさあ、いったい何が気に入らないの。何日もつんけんしちゃってさ。おばさんたちはそういうこと、しないよ。言いたいことがあったら。何でもちゃんと口にする。今日の働きに免じて聞いてあげるから、掃墨だと思って吐き出しちゃいなさいよ。若者組で何があったの」

するとと次郎助は、おゆんの手から手拭いをひったくった。おゆんを睨みつけたまま、口を拭っている。

「お前ぇ、何、言ってんの。鶴次の引越し祝い、すっぽかしといて」

「引越し祝いって、何」

「はあっ。ちゃんと言ったろうが。なのにお前は来ねぇで勇太と、さ、佐吉っつぁんと歩いてたろうが。うちの親父が見かけてんだよ、店仕舞いしながら、お前らを」

「ああ、あの晩なら湯屋に行ったんだけど」

「まるで親子みたいに睦《むつ》まじかったって親父が言うもんだから、うちのおっ母あが妬《や》いて妬いて」

「もう、お安さんたらまた、張り合っちゃって」

おゆんはくすりと笑ったが、次郎助は頬を歪めるだけだ。

「え、あたし、本当にすっぽかしたの。行くって言ったの」

まるで憶えていなかった。

「鶴次がいつもお前のこと口にするから、きっとつれてくるって約束したのに。あいつ、ようやっと親戚の家を出て、弟と二人で頑張ってんだぜ」

それは憶えている。

「いつか、親がやってた乾物問屋を始めるんだって、今、懸命に稼いでんだ。朝も夜も行き帰りは星空だって、あいつは笑うけど、お武家の雇い中間《ちゅうげん》に料理屋の下働き、人足仕事まで掛け持ちしてんだ。だからやっと休みを取れたあの晩に、皆で集まって祝いをしたんだよ」

「そう……朝は夜明け前から、夜は日暮れまで働いてるんだ」

「違ぇよ、あいつは日が暮れても働いてる。だからけん坊のことは、皆で順番に面倒見てる。飯、喰わせてやんねえと」

「だったら、うちにつれてきてやってよ。勇太もしじゅう来てるんだし」

「うちのおっ母あもそう言ったよ。いくらでも預かるって。そりゃあ、その方が楽かもしれねえ。けど、俺たちは自分でやりてぇんだ。自分たちで鶴次の役に立ちてえ」

ずんと、こたえた。無性に。

あたしはこんなにも、誰かの役に立ちたいと願ったことがあっただろうか。次郎助はまだ何者でもないけれど、今、何かを懸命にしようとしている。自身で積み重ね始めている。

「ごめんなさい。本当に、ごめん」

次郎助にいつのまにか大きく遅れを取ってしまったような気がして、まともに目を合わせることができない。

「やめろよ。別に、詫びてもらいたかったわけじゃねえ」

次郎助は鯔背ぶって、手拭いをすいと肩にかけた。


亀の子長屋に向かう道すがら、次郎助はいつもの調子で無駄口の叩き通しである。だからつい面倒になって生返事になるんだけどなあと、おゆんは肩をすくめる。

「なあ、先生が作る丸薬《がんやく》、売れたらどうする」

「売れないよ。売れる気がしない」

「お前、ほんときついよなあ、父親と俺にだけ」

「だって」

ほんのちょっとだけ、おゆんは三哲を見直したのだ。

三哲は何日か前、生薬の見本を持ってきた佐吉に事の顚末を話しながら、こう講釈した。

「医者ってのは、病人の症に合わせて診立て、処方を考える。でもって、経過を見ながらその処方を変えていくのが本来だ。薬屋のお前さんを前に言うのも何だが、薬ってのは医者の腕次第よ。これはのぼせ用、これは腹痛用ってぇ病名ごとに用意できるもんじゃねえ。腹が痛いと訴える患者でも、腹ん中が病んでるとは限らねぇからな。医者の前には治すべき病人がいるだけだ。病名は、ねえ」

診療部屋で、おゆんも次郎助と一緒に話を聞いていた。

またもや、わかるようなわからないような話だったけれど、佐吉が言うように、本当は藪ではなく腕のいい医者なのかもしれないと思ったのだ。そんな三哲を摑まえて、藪ですらない、竹の子だなんて腐《くさ》したことを反省もした。

ところが、三哲は舌の根も乾かぬうちに、佐吉にこう持ちかけたのだ。

「ついては、俺も丸薬を作ってみようと思うんだが、おぬし、どう思う」

「は」

佐吉は顎に指を当て、しばらく何も答えなかった。

「丸薬、ですか」

「おうよ、材料は売るほどある」

己の背後に山と積んだままになっている生薬の包みを顎で示して、三哲はにたりと笑った。

「ねえ、お父っつぁん、たった今、病人の症に合わせて処方を考え、変えていくのが医者だって、格好いいこと言ってなかったっけ」

「そうかあ、格好よかったか」

ぐふりと妙な笑い声を零す。

「けどな、掃墨に六百文を出す客がいるんだぜ。俺が丸薬を考えりゃあ、江戸土産になるかもしれねぇじゃねえか。伊勢の萬金丹みたいに。なあ、佐の字」

佐吉は返答に困ったまま、黙って三哲の背後の、包みの山を見上げていた。

次郎助は「俺はいいと思うけどなあ、丸薬」と言い、雪駄の音をちゃらりと鳴らす。

「ちゃんとしたいい物を作りゃあ、いいんだろ。何だかんだ言ったって、医者にかかるより薬を買う者の方が多いんだ。一家に一袋売ったら、どんだけ儲《もう》かるよ。はて、今、江戸の町人って何人だ」

次郎助が妙な計算を始めた。

「あんたさあ、呑気に構えてるけど、お父っつぁんは処方を考えるだけだよ。作るの、誰かわかってんの」

「へ」

「薬研を挽いて粉にして、膠を混ぜて丸めて。ああ、大変だ」

「そんな、俺がすんのかよ」

もし本当に作ることになったら、あたしもたぶん薬を丸めたり、袋詰めをするんだろうな。

一筋縄ではいかない、厭な予感もするけれど、身を動かしてみないことには何もわからない。

「朝は朝星、夜は夜星をいただいて働こう」

我ながら、珍しく張り切った声になった。

「いや、それはちょっと厳しいかな。若者組もあるし、何かと忙しいんだな、俺も」

次郎助はいつまでも愚図って、腰が引けていた。

五　果て果て

一

吐いた息が白く見えると思ったら、外でちらつくものがある。

雪だ。

おゆんは嬉しくなって、指をかけた障子を一気に開け放した。

縁側に立つと、見渡す限りが白い。

ふらここ堂は通りに面した場が前庭になっていて、といっても庭木や草花を丹精しているわけではなく、南西の角に大きな山桃の木があるだけの芝地である。

常緑の梢《こずえ》から枝々、ふらここまでが白におおわれているのを眺めていると、目が覚めるような気がする。

背後で大きなくしゃみが聞こえた。振り向けば、次郎助が「うぅ」と海老のように身を丸めている。

「寒《さび》いぃ」

褞袍《どてら》を着込んでその上に掻巻を掛けていたはずなのだが、寝ている間に撥ねのけてしまったらしい。

「ごらんよ、次郎助。雪だよ」

「いやいや、もう呑めねえ」

むにゃと寝ぼけたことを口にして、寝返りを打った。

近頃、次郎助は薬研を挽くのに忙しい。ゆうべも遅くまで頑張って、倒れるように茶の間で横になってそのまま寝てしまったのだ。おゆんも袋詰めを手伝って、寝間に入ったのは夜更けだった。

――藪医者や　泣く子にも　笑われて
近頃、界隈の湯屋ではそんな句を引き合いに出して、「ありゃ、三ちゃんのことだ」と皆で腹を抱えるらしい。その中には当の本人もいて、家に帰ってきてから得意げに腕を組んだ。

「いやぁ、かなわねぇなあ。子供に嫌われて何ぼの小児医が、お江戸の人気者ってか」

人の口の端《は》に己の名が挙がりさえすれば、たとえ笑いものでも嬉しいらしい。

ところがこの冬に入って、いきなり様子が変わった。三哲の性根ではなく、ふらここ堂だ。

患者が闇雲に増えた。

事の発端は、三哲が「丸薬を作って売る」と言い出したことにあった。

三哲は吉原でもてなしてもらいたい一心で、薬種商、内藤屋から生薬《きぐすり》を山と仕入れたものの、閑古鳥が棲《す》みついたふらここ堂ではそうも易々と包みが減らない。しかも三哲には、患者に薬を出したがらない癖《へき》がある。

ところが江戸者は具合が悪くなると頼るのは医者ではなく、まず売薬なのだ。中には薬好きとしか言いようのない者もいるし、効があると信じれば銭の算段をしてまで買う。そのさまを目の当たりにして、欲の皮を張った三哲はこんなことを口走った。

「俺が丸薬を考えりゃあ、大当たり間違《まちげ》ぇなし。ひょっとして江戸土産になるかもしれねぇぜ、伊勢の萬金丹みてえに」

実際、江戸開府の前から子供薬で有名な金匱救命丸《きんききゅうめいがん》など、一粒が米一俵と同じ値で取り引きされたこともあったらしい。

これは内藤屋の手代、佐吉からおゆんが聞いた話だ。

「先生、私でよろしければお手伝いいたします。何なりとお申しつけください」

助力まで申し出てくれた佐吉に、おゆんは申し訳ないような気を抱いたものだ。診療も面倒がって厭々の三哲が、真面目《まじめ》に薬作りに取り組むわけがない。

あんのじょう、神妙に筆を持って何やら書きつけているかと思えばすぐに飽いて鼻の穴をほじり、足の爪を切っている。そしていつのまにか大の字になって鼾をかいているのだ。木々がすっかり葉を落とした頃、やっと考えついたのは薬名一つである。

「名付けて、三哲印《さんてつじるし》って、佐の字、どうよ」

自信満々に問われて、佐吉は苦笑いを浮かべるばかりだった。

佐吉は女房を亡くした寡《やもめ》で、倅、勇太を男手一つで育てている。元は二本差しの侍であったらしいのだが致仕《ちし》をして、今は薬種商の内藤屋で通いの手代を勤める身の上だ。昼間は留守になるので勇太の面倒は近所の者らで見ていたが、勇太が手習塾に通い始めてからはこのふらここ堂で父親を待つのがもっぱらになった。といっても「ただいま」と縁側に手習道具を置いたかと思えば、すぐに遊び仲間と駆け出していく。

三哲印を「どうよ」と訊かれた夜も、佐吉は勤めの帰りに勇太を迎えに寄っていた。遊び疲れて寝てしまった勇太を佐吉はおんぶして、亀の子長屋まで帰る。おゆんは見送りがてら戸口の外に出て、「すみません」と詫びた。

「お父《と》っつぁんてば遊び半分なことしか考えつかなくて、ほんと人騒がせですよね」

すると佐吉は半身を前に倒して勇太を背負い直しながら、「いいえ」と笑った。

「新しい処方が右から左へ出てくるとは、私も思っておりません。何年でもお待ちするつもりです。ご心配なく」

何ゆえかさっぱりと解《げ》せないけれど、佐吉は三哲の腕を認めているような節がある。

しかも佐吉の「ご心配なく」は頼もしくて、本当に安堵できるから不思議だ。おゆんはほっとして、夕間暮れの中を帰っていく親子の後ろ姿を見送った。

ところが三哲は薬名を考えただけで、もう出来たような気になったらしい。診療部屋はむろんのこと、湯屋や一膳飯屋、呑み屋でも所構わず「三哲印」を吹聴した。

「おゆんちゃん、売れるといいなあ、三哲印」

通りに面した角屋の前を行くと、主の金蔵に励まされたりする。

「無理無理。物笑いの種を拵《こしら》えるのが関の山よ」

お安も軒先に吊るした干柿を揉みながら、亭主をたしなめた。

「お前さん、あまり言い触らすんじゃないよ。迷惑すんのはこの子なんだから」

ところが、世間には妙な風が吹くことがあるらしい。噂がどう味付けされたものやら、効験《こうげん》あらたかな薬を作る名医だと勘違いした者らが子供をつれて押し寄せて、引きも切らなくなったのだ。

おゆんは茶の間の長火鉢で餅を焼きながら、お亀婆さんに打ち明けた。三日ほど前のことだ。

「また新顔の患者さんだと思ったら、三哲印のお医者はこちらですか、いつ、どこで買えるんですかって訊かれるんだよ。最初はまだ思案中ですって正直に答えてたんだけど、家に常備しておける妙薬があったらこれほど心丈夫なことはありませんよ、心待ちにしてますよって。皆、期待してくれてるんだよねえ。それでつい、もうすぐです、来春《らいはる》にはきっとお手許になぁんて、いい加減なことを」

そしてもう師走に入っているのだ。ひと月もしたら、その春が来てしまう。

「あたし、この頃、お父っつぁんに似てきたんじゃないかって、怖くなるんだよね。懸命に真顔を作ってごまかしてるうちに、だんだん慣れちまったんだもの。三哲印の妙薬、ほんとに、影も形もあるような気がして喋ってるの。全然、つっかえない」

婆さんは茶を啜りながら、ぶほと笑った。

「おゆんちゃんもあっぱれ、嘘の上達だ」

醤油の小皿を箸でかき混ぜ、掌に箸先をつんつんと落としている。それを舐《な》めて、

「うぅん」と口の端を下げた。

「ちょいと砂糖が足りないね。もっと甘辛い方が旨《うま》いよ、焼き餅は」

おゆんが台所に立って砂糖を足していると、婆さんは茶の間からついでを言って寄越す。

「七味唐辛子はあるかい。海苔《のり》も」

「そうそう、七味だ。おばちゃん、海苔は火鉢の抽斗《ひきだし》ん中」

「あいよ」

小皿と薬味入れを持って戻ると、婆さんは海苔を出してあぶり始めた。

「まあ、そのうち三ちゃんが処方を考えさえすりゃ、済むことさ。佐吉っつぁんの言うように気長に待ってりゃいい。人の果て果てってのは、誰にもわかんないもんだからね。ああ、そっちの、焦《こ》げそうだよ」

慌てて餅を引っ繰り返す。

「けど、結構じゃないか。三ちゃんが法螺を吹いたお蔭で、患者がぞろぞろご到来だろ。町内でも評判だよ、藪で鳴いてた閑古鳥がどこかに飛んでったらしいって」

おゆんは、「そう、そこなんだよねぇ」と猫板の上に頬杖をつく。

「上手《うま》く回り過ぎちゃって、気が咎《とが》めるんだ」

かつてない妙薬を手掛けている医者だという評判に惹かれて、随分と遠い町からも患者が訪れる。待合場だけでは足りなくて、茶の間に上がって待ってもらう日もあるほどだ。

「小児医は夏よりは秋、秋よりは冬の方が忙しいものだけど、でも今年は尋常じゃない。こんなに患者が多いんだから噂通りの名医だと思い込む人もいて、それでまた患者が増えてるみたい。それに前はさ、身も蓋もないことをお父っつぁんが言うもんだから、怒って帰っちゃう親御さんも多かったでしょ。大喧嘩になったりして」

「ああ。三ちゃんは何が上手いって、他人《ひと》の気を損《そこ》ねることにかけちゃあ名人だ」

婆さんはあぶった海苔を、ぱりりと手で割った。

「でしょ。洟水《はなみず》が出てるくれぇで医者に診せにきてどうする、この寒空をつれ歩いてねぇで、とっとと家で寝かせやがれ。ここの待合で一刻《いっとき》も過ごしてみろ、本物の風邪ぇ伝染《うつ》されちまうぞって、追っ払う。ところがさ、相手は前みたいに怒んないのよ。なるほど、さようですかって、お父っつぁんの言うことに素直にうなずくの」

「有難がられる」

「そう。そんな感じ。薬だけをもらいに遣いを寄越す家も去年とは比べものにならないくらい増えてるし、お蔭で次郎助がてんてこ舞い。時々、夜なべしてるんだよ。若者組の集まりにも出ないで」

　おゆんは焼き上がった餅を砂糖醤油に浸した。渡してやると、婆さんは待ってましたとばかりに海苔を巻いて口に入れている。

「まあ、まだお父っつぁんの指図通りに匙を使ってるだけみたいだけど」

「そりゃもう、立派な修業さね。そういえば、うちの長屋に住んでる次郎助の友達がいたろ」

「ああ、鶴次さん」

「うん。あの子もよっく頑張ってるよ。弟の面倒見ながら、朝から晩まで働いてねえ。長屋の者らが感心してさ、お菜を分けたり洗濯を引き受けてやったりしてるみたいだ」

　婆さんは目尻を下げて、また網に餅をのせた。

「皆、お尻の青いのがそろそろ抜けてきたのさ」

　婆さんが呟いた独り言の意味は、よくわからなかった。

「ふぇえ、雪じゃねえか」

寝ぼけ眼《まなこ》の次郎助が縁側に出てきて、傍らに立った。

「うん、初雪」

「道理で、寒ぃわ」

目鼻をぐしゃりと畳んだ次郎助は、また大きなくしゃみを落とした。唾まで散ったのが見えて、おゆんは飛び退《の》く。

こういう風情の欠片《かけら》もないところは、師弟ともどもだ。台無しな気分になって、つい節介口を叩いた。

「縕袍を引っ掛けなよ。風邪ひいちまうよ」

「馬鹿言うんじゃねえ。真冬でも素肌に着物一枚、これが鯔背《いなせ》ってもんよ」

「火消しのお兄さんじゃあるまいし。だいいち、あんた、めっぽう寒がりじゃないの。子供ん時は、こぉんなに着膨れてさ。すぐに達磨さんが転んだ、だったよね」

次郎助は今でこそ足の速いのが自慢だが、五つくらいまでは太っちょの鈍間《のろま》で、よく転んでは泣いていたのである。

「へん。そういう思い出は、忘れておあげのお稲荷様だ」

酒落つつ、またも寒そうに背を丸めて足踏みをする。と、「あれ」と顎を上げた。

「もう患者か」

「まさか。いくら何でも早いよ」

このところ、「ふらここ堂は待たされる」とばかりに診療が始まる前から患者が訪れるので、待合場の大火鉢には朝五ツ前から炭を埋めるようにはしている。

「まだ六ツ半を少し過ぎたばかり……」

だが、誰かが前庭に入って来ているのはたしかだ。二人づれである。まださほど積もってはいないのに蟹股《がにまた》の抜き足差し足で、時々、こちらに向けて顔を上げる。

「子供をつれてねえな。往診を頼みにきたか」

近づいてくるうち、綿入れの黒羽織に仙台平《せんだいひら》の袴と、二人の身形《みなり》が大層、立派であることがわかった。それでいて傘も持たず、雪除けの蓑《みの》も着けていない。

「何用だろう」

急に寒さを感じて、肩をすくめた。

二

おゆんはずっと上の空で、患者に渡す待ち札を度々《たびたび》間違えた。来客の用向きが気になって、仕方がないのだ。

「ちょいと、順番違いだよ。この人より、あたしが先なんだから」

「何を言う。待合場には俺っちが先に鼻先を入れたんだ」

「おあいにくさま。その前にうちの子のでんでん太鼓が入ってんだよ。お姉さんもさあ、ちゃんと見ててくれないと困るよ」

三哲には誰も不服を言い立てないが、待合場に面した板の間に坐って応対をするおゆんには皆、遠慮会釈がない。

おゆんは障子の向こうに時折、耳を澄ませてみるものの、こうして親同士が順番争いをしたり、子供が泣いたり騒いだりと、すぐに気を逸らされる。以前なら次郎助が診療部屋での顚末を注進してきたのだが、薬だけを取りにくる者も多いので薬研を挽く音が途切れない。

お父っつぁん、ちゃんと応対してるかな。

今朝、おゆんは難儀して三哲を起こした。三哲は患者がいくら待っていようが平気で朝寝する。

「朝っぱらから他人《ひと》んちにやってくる奴ぁ、ろくでもねえ」

「し、静かにして。もう診療部屋に上がって待ってもらってんだから。聞こえる」

「顔の役人って何だ。俺《おら》ぁ、本道だ、顔の造りなんぞ治せねえぞ」

「だから、三河町の顔役さん。町役人《ちょうやくにん》さんだってば。用件はあたしが代わりに聞ける雰囲気じゃないんだから、わかんないのよ」

さんざん手こずらされて、最後は次郎助の手を借りて客の前に押し出したのだ。

今のところ、客も三哲も声を荒《あら》らげてはいない。むしろいつになく静かで、かえって不気味だ。

――妙薬を売り出すなどと触れ回って患者を集めるとは不届《ふとど》き千万、以《もっ》ての外《ほか》。

もしかして、御公儀《おかみ》のお咎めだったりして。

おゆんはぶるると首を横に振る。

そんなわけないよね。だったら町奉行所の人が来るもんね。あれ、向こうからわざわざ来るんじゃなくて、呼び出されるのかな。遣いが来て。

あれ、町役人さんがその遣いってことか。ああ、だから傘も持たずに慌ててやって来たんだ。

好事、魔多し。

そんな言葉まで浮かんで、もう居ても立ってもいられなくなった。そうだ、お茶を淹れ替えよう。それで中の様子がわかる。

茶の間に向かいかけると、障子が動いた。はっとして身を返すと、騒がしかった待合場が一斉に静まった。小児医の診療部屋から、りゅうと立派な羽織袴姿の二人が出てきたのだ。目を丸くして、口を半開きにしたまま見上げている子供もいる。

二人とも訪れた折とまったく変わらぬ面持ちで、気を損じているのか満足しているのかもとんと窺えない。一人は四十がらみの目鼻が立派な人相で、眉毛もえらく長い。もう一人はもう少し若そうな丸顔で、おゆんを見ると目だけで会釈を返した。

「あの、お構いもしませんで」

外に一緒に出て辞儀をしたが、「ああ、いえ」と丸顔が曖昧な笑みを浮かべる。

「お邪魔いたしました」

雪はもう降り止んでいるが、陽射しで解けて方々に泥濘《ぬかるみ》ができていた。眉毛の長い男はそれを見てか、首を揉みしだくように手を当てた。肩がふいに上がり、またすとんと落ちる。溜息を吐いたのかもしれない。

っ返した。
まるで侍のように武張った所作で少し振り向いてから、二人はまた蟹股で前庭を引
「では、御免」

最後の患者の診療が終わると、八ツ半を過ぎていた。

「ただいま」

勇太が手習から帰ってきて、「え、もうそんな時分」と驚いたほどである。患者を入れて見送って、薬の袋詰めを手伝い、覚帳に処方した薬名をつけた。昼餉を食べるのも忘れていた。

「お結びでも作ろう。勇太も食べる」

訊いてやると、「ううん、いい」とさっそく出かけようとする。

「雪だるま作るんだ。みんなで」

「へえ、いいね。行ってらっしゃい」

茶の間に入ると、三哲と次郎助が仰向けに倒れていた。

「腹、減ったあ」

「うん、ちょっと待ってて」

前垂れをつけて台所に駆け込む。すぐにでも三哲に今朝のことを問い質《ただ》したいけれど、まずは腹拵えだ。腹が減ったまま面倒を耳に入れられたら、我慢しきれないかもしれない。

おゆんは子供時分から内気で、勇太の父親である佐吉に対してなどまともに目を合わせることができない。近頃は随分とましになったものの、妙な拍子で顔が真っ赤になってしまうのだ。なぜだかはわからない。いったんそうなると焦って、火膨れたみたいに耳まで熱くなる。

ところが三哲と次郎助には時々、己でもびっくりするようなことを言い放ってしまうのだ。

「お前、ほんときついよなあ、父親と俺にだけ」

次郎助はいつもぼやいている。

塩結びを六つ作ると、飯櫃《めしびつ》の中が空になった。次郎助が茶を淹れて待ち構えていて、茶簞笥の中から沢庵や焼き塩鮭の皿など残り物を出し並べている。

三人で黙々と食べた。ようやく腹がくちくなって、おゆんは茶をごくりと飲み干す。

「ところで」

話を切り出したのは、次郎助と同時だった。

「今朝のお客って」

三哲は煙管を遣いながら、「ああ」と気のない声だ。その呑気な顔つきからはお咎めを受けたらしき風がなく、内心で胸を撫で下ろしながら身を乗り出した。

そうだよね。お父っつぁんのことだから、お叱りを受けたんなら噴火して、お結びどころじゃない。もしくは、とうに逃げ出している。

「あれなあ」

三哲はぎょろ目を押し開くようにして、天井を見た。

戸口を引く音がする。

「ごめんください」

佐吉の声だ。

「さあさあ、着替えを持ってきてるからね。ああ、顔まで泥んこだわ」

次郎助が「あれ」と顎を動かした。

「うちのおっ母《か》あ」

「今日に限って、何で降ったんだ。あたしゃ、晴れ女なのにさ」

三哲が眉根を寄せた。

「婆さんじゃねえか」

「婆さんて言うな」

お亀婆さんは勇太の手を引き、もう片方はお安がしっかかと握っている。その後ろには佐吉が立っていて、小さく辞儀をした。

「何でえ、皆でめかしこんじまって。お揃いでお出かけか」

三哲が茶化す。

「お出かけかって、三ちゃんもだろう。ほれ、おゆんちゃんも次郎助もさっさと支度しないと。さあさ、勇太ちゃんはまず顔を洗いに行こうねえ」

お安は海老茶地に蕨《わらび》柄を白く散らした小袖だ。

「うちの人は向こうで待ってるってさ。来なくていいって言ったのに、美濃惣《みのそう》なんぞ自前で行けるもんじゃねえって。ほんと口が卑しいんだから」

袂《たもと》を手早く帯に挟むと、勇太の肩を押しながら茶の間を横切った。

お亀婆さんは佐吉にぴたりと張りついて、炬燵の前に坐る。小さなしぼのある常盤《ときわ》色の小袖で、帯は南蛮渡りのような珍しい草文様だ。

「おばちゃんも素敵だねえ」

「なぁに、こんなのお茶の子さ。さ、あんたらも早く」

「え。あたしも行くの」

するると婆さんは額の皺をぎゅっと寄せて、三哲を睨む。

「三ちゃん、あんた、忘れてんじゃないだろうね」

三哲が「あん」と寝ぼけた犬のような声を出した。佐吉が遠慮がちに口を開く。

「今夜、手前どもがお招きすることになっていたんですが」

「え。今日か。今日、何日だ」

「六日にございます」

「ああ、そうか、そうだった。内藤屋におもてなししてもらう日じゃねえか。って、何でこんな瘤《こぶ》どもがくっついてんでえ。吉原行きに」

「いえ、あの、ですから今夜はそちらではなく。私どもの主が御歳暮と致しまして、根岸《ねぎし》の美濃惣さんでおくつろぎいただこうと。先月の末に、そうお話し申し上げたんですが」

「お父っつぁん、あんまりだ。あたしにだけ内緒にして」

「いいえ、おゆんさんにも昨日、勇太を迎えに来た折にお伝えいたしました。手前どもの主がお身内、ご近所の皆様もご一緒にお越しくださいと申しておりますので……と」

「そういえば、身内とか聞いたような気が」

よりによって佐吉の言を話半分に聞いていたなんて、忙しいとは本当に恐ろしいものだ。

「てっきり明日また、勇太を頼みますってことかと早呑み込みしちゃって。ごめんなさい」と頭を下げた。

でもまだ混乱している。吉原のおもてなしが御歳暮になって、身内と近所でお出かけって、どうなってるの。

「おゆんが詫びるこっちゃ、ねぇよ。このところずっと立て込んでんだ。こちとら、呑気に遊んでられるかってんだ」

次郎助が声を尖らせた。と、いつのまにかお安が戻ってきていて、ぱちんと次郎助の頭を張った。

「痛《いて》っ、おっ母あ、何すんだよ」

「私らまでお相伴《しょうばん》に与《あずか》るってのに、佐吉さんに生意気な口きくんじゃないよ。半人前のくせに」

「は、半人前よりはちっと進んでらあ」

「ああ、いいよ、いいよ。じゃあ、あんたは行かなくていい」

すると、三哲がとうとう大きな声を出した。

「だからよぉ、何でお前《め》ぇらが一緒なんだよお。何で吉原じゃねぇんだ」

そう、それがよくわからなくて、おゆんも首を傾げた。


二間《けん》はありそうな床の間には、早や松竹梅に鶴亀の掛物絵が二軸掛かっている。脚付の花入れには、横に大きく枝を張り出した花木だ。点々と蕾《つぼみ》をつけている。

「あれ、早咲きなのかな。梅だよね」

おゆんが隣りのお安に小声で訊ねると、お安も顔を寄せてくる。

「南国から取り寄せてるんだろう。近頃は水菓子も初物が早くなっててさあ。そのうち、蜜柑が年じゅう出回るようになるんじゃないかえ」

「まさか」

くすくすと笑ったが、すぐに話が途切れる。女中らがそれは品よく膳を運んでくるものだから、皆、畏まってしまっているのだ。

上座の三哲だけは偉そうに膝を崩し、しかもとうとう着替えず仕舞いだ。こう言っては失礼かもしれないけれど、金蔵でさえ羽織をつけている。ところが三哲は着流しに頭は総髪を一つに結わえたむさい形《なり》のままで、挨拶に訪れた美濃惣の女将《おかみ》は束の間、目を泳がせていた。

「勇太ちゃん、食べてるかい」

斜め向かいのお亀婆さんが訊ねている。

「うん、おいしい」

この座敷の中で最も悠々と箸を運んでいるのは、お亀婆さんと勇太かもしれない。

金蔵と次郎助はずっとしゃっちょこばっていて、女中が皿を運んでくるたび大袈裟《おおげさ》に礼を述べ、部屋を出て行くと途端にむさぼり喰う。

「もったいない食べ方はおよしよ。こんなに綺麗に盛りつけてあるんだ。ちっとは目でも味わったらどうだえ」

柚子《ゆず》の実をくり貫《ぬ》いて器に仕立てたその中に、まぐろと山芋を紅白の賽《さい》の目に切ったものが盛られている。煮豆腐にかかった葛餡《くずあん》にも銀杏《ぎんなん》の実が添えられて、箸をつけるのが惜しいほどだ。

「ちまちまと七面倒な膳だなあ。俺ぁ、かけ蕎麦をずずっと一気に喰いてえ」

三哲は上座で罰当たりな台詞《せりふ》を吐いて、また次郎助を睨みつける。

「次郎助、その辺の屋台を摑まえてこい」

「もう、さんざんあやまったじゃねぇですか。勘弁してくだせえよ」

「このとんちきめ。世の中にはな、勘弁できることとできねぇことがあらあっ」

次郎助は首をすくめて上座に背を向け、立て続けに酒を呷《あお》っている。

神田から根岸に向かう途中で、下手人《げしゅにん》が次郎助であることがわかったのだ。佐吉が主の意向を三哲に伝えているのを次郎助は小耳に挟んで、何気なく家でそれを喋ったらしい。

「歳暮代わりに料理屋でおもてなしだってさ」

「へえ、どこの」

「美濃何とか」

「え、美濃惣か」

「たぶん」

金蔵は他人事でも浮かれ立つ。

「そいつぁ豪儀だ。三ちゃん、さてはいよいよ本物の名医か」

で、お安も佐吉が角屋の前を通りかかった時に、「そういや、今度、美濃惣なんだ

ってねえ」と喋った。長屋に帰ればお亀婆さんまで、「美濃惣、ありゃ、なかなかの

もんだね」と声を掛けてくる。

そこで佐吉は思案して、「皆さんもご一緒に」と主《あるじ》に提案したらしい。よくはわか

らないが、吉原はひとまずお預けになったようだ。まあ、そんなこんなで次から次へとお喋りが伝播《でんぱ》して、そしてもしかしたら誰もが少しずつ己の欲を盛り込んで、佐吉はそれを察して気を回したのかもしれない。

三哲はともかく佐吉からすべてを知らされていたはずなのだが、次郎助を槍玉に上げて呑むつもりのようだ。

「手つかずの物は折に詰めといとくれ。お持ち帰り」

こういう名代《なだい》の店にも慣れているらしい婆さんは、すかさず女中に言いつけている。

佐吉も皆に酌をして回るのが今夜の務めであるらしく、膳の上の物に箸を伸ばしている様子がない。

おゆんにまで酌をしに来てくれたので、そっと伝えた。

「ちょっとは坐ってください。お世話になってるの、本当はうちの方なんですから」

「有難うございます」

佐吉は笑みを浮かべながらうなずくものの、おゆんの盃に酒を満たしてくれる。

向かいの次郎助と目が合った。と、顔をそむけて「ち」と舌打ちをする。次郎助は佐吉の何が気に喰わないのか、誰かが持ち上げるたび、全力で落としにかかるのだ。

える。

「よろしゅうございますか」

訪《おとな》いを問う声がして、銀髪の男が入って来た。佐吉が立ち上がって、男の背後に控える。

男は六十を少し過ぎたように見え、所作も悠揚としている。羽織と小袖は漆《うるし》を掛け流したかのような黒だが、帯だけが白い。

「あれ、博多献上《はかたけんじょう》だ。役者みたいに渋い出で立ちだねえ」

お安がまた小声で囁《ささや》いて寄越した。

「三哲先生、手前どもの主がご挨拶に伺いました」

三哲は不愛想な目をちろりと動かして、それでもともかく「ああ」とうなずいた。

内藤屋で引き合わされたことがあるようで、初対面ではないらしい。

主は一年の注文の礼を述べ、折目正しく膝前に手をつかえて頭を下げている。

「明くる年もどうぞ相変わりませぬ御贔屓《ごひいき》を賜《たまわ》りますよう、よろしくお願い申し上げます」

「どうも」

三哲はふんぞり返って、気楽なものだ。

内藤屋の主は羽織の裾を払ってそのまま膝で後ろに退《さ》がり、入口の敷居際で皆に向き直った。

「皆様、お初にお目にかかります。手前、内藤屋の主、内田藤左衛門《うちだとうざえもん》にございます。手前どもの佐吉が皆様には一方ならぬお世話になっておりますそうで、篤《あつ》く御礼申し上げます。実は年明けより、佐吉を内藤屋の三番番頭に取り立てることに相成りました由《よし》、つきましては代々の番頭名であります修兵衛《しゅうべえ》を継がせることと致しました。向後も何卒《なにとぞ》、相変わりませぬお引き立てを賜りますようお願い申します」

佐吉は主の背後で、共に深く頭を下げた。

おゆんは呆気に取られて、呑み込めないでいる。三哲もそれは知らなかったようで、ぽかりと口を開いたままだ。

「では、今宵《こよい》はどうぞごゆるりとお寛《くつろ》ぎくださりませ」

主は佐吉を呼んで、何やら耳打ちをしてから部屋を出て行った。

佐吉は辞儀をして、それからゆっくりと皆を見回し、黙って頭を下げた。

まだしんとしている。

と、お亀婆さんが膝を打った。

「ああ、そうか。佐吉っつぁんの出世祝も兼ねて、皆を招いてくだすったのか」

「うん、そういうことだね、きっと。勇太ちゃん、良かったねえ、お父っつぁん、番頭さんだって」

お安も勇太の肩を抱くようにして、満面に笑みを浮かべている。

金蔵はさっそく銚子《ちょうし》と盃を持って前に出て行き、佐吉に「さ、一献《いっこん》」と勧《すす》めている。三哲も身を移して、三人で小さく車座になった。

「どうも広すぎて落ち着かねぇわ。俺ぁ、隅《すみ》くらがお似合いよ」

ひとりぼっちの上座から離れて、ようやく調子が出てきたようだ。

お亀婆さんもおゆんの傍に坐り込み、お安と一緒に勇太を構い始めた。

笑いながら正面に顔を戻すと、次郎助がまたもや剣呑な目つきで車座の三人を見ている。独酌でやりながら、佐吉を睨んでいるのだ。

何で佐吉さんの良さをわかろうとしないんだろう。佐吉さんを認めたからって、それで己の値打ちが下がるわけでもないだろうに。

小《ち》っせえ奴。

と、次郎助がいきなり蹴るように立ち上がった。

「気に入らねぇなあ、まったく」

腰に両手を当て、皆をぐいと見回した。

「これだから下々はだらしがねぇのよ。みんな、とっとと席に戻っておくんな。親父も、先生も。あ、婆さんはもうそこでいいや」

「もういいって……」

お亀婆さんは口の端を下げたが、三哲と金蔵は次郎助のあまりの剣幕に気圧《けお》されてか、命じられるまま元の席に直っている。

「佐吉っつぁんはそこでいい。そんな下座に戻らなくていいんだ。そこに、いや、床の間の前だ。そう、先生の横に並んでおくんな」

あっという間に皆を思い通りに動かした次郎助はすとんと腰を落とし、膝を揃えて坐った。

「さあ、皆、正坐だ。お、勇太は偉いな。膝が強《つえ》ぇわ。先生、駄目だ、そんなんじゃ。これは縁起もんだぜ。ちゃんと坐ってくんないと」

三哲は口を尖らせながらも、渋々と胡坐の足を組み直した。膝頭は割れているが、ともかく正坐である。

「じゃあ、お手を拝借」

次郎助が両腕を大きく八の字に開いて、掌を上に向けた。おゆんはやっとその意図がわかって、胸が一杯になる。

「佐吉っつぁんの出世を祝《いお》うて、一本締めと行きやしょうっ」

「いよォォッ」と、皆が声を揃えた。

一斉に打ち鳴らした掌の音が座敷に響く。

「おめでとうごぜぇやす」

次郎助が丁寧に辞儀をしたので、皆も慌ててそれに従った。

顔を上げると佐吉は身じろぎもせず、ただ茫然としている。そんな姿を目にするのは初めてだった。

三

お安が唄い、お亀婆さんと金蔵が踊る。

佐吉は主が別の座敷で他の客をもてなしているとかで、挨拶をしに中座をすることになった。

「申し訳ありません」

勇太は畳の上にころんと横になり、寝息を立てている。

「ちゃんと見てますから、お気遣いなく。もし先に帰ることになったら帳場に言付《ことづ》けておきます。今夜はうちで泊めますから」

「……助かります」

「ううん。お互いさまです」

佐吉は皆にも辞儀をして、静かに出て行った。

「大変だよなあ。お店者《たなもの》ってのは」

次郎助が佐吉の後ろ姿を見やりながら、呟く。

さっきはありがとね。

おゆんはそう口にしようとして、止《よ》すことにした。佐吉の代わりのように礼を言うのは、次郎助の一本締めを無下《むげ》にするような気がした。

おゆんは家を出る前に塩結びを二つ食べたのに、膳の最後の蒸し鮓《ずし》も綺麗に平らげた。酒も上方下《かみがたくだ》りらしく、まだいくらでも呑めるような気がする。

三哲はとうに酔い潰れて、上座で大の字になって大鼾だ。こうも騒々しい所でよく寝られるものだと思いながら、誰も三哲に頓着していない。お亀婆さんなど、三哲が投げ出した脚をひょいひょいと跨《また》ぎながら踊っている。

「勇太のこと、ちょっと見てて」

その後は声に出さずに「手水《ちょうず》」と伝えると、お安も婆さんも唄いながら踊りながらうなずく。

廊下に出て、中庭沿いに四角く廻っている広縁を進んだ。酒と料理の匂いから少し離れると、真冬の冷たさが急に肌に戻ってくる。手をこすり合わせながらしばらく歩いて、やっと雪隠《せっちん》のある場を見つけた。いったん中庭に下りて、その際《きわ》に入る。

用を足してから広縁に上がると、中庭のそこかしこにともされた灯《ひ》に目を奪われた。目を凝らせば、透き通ったぎやまん鉢の中に百目蠟燭《ひゃくめろうそく》が立ててあるのが知れた。おかげで夜の庭の隅に残っている雪や南天の実の赤さ、葉っぱの艶やかさまでよく見える。

「よいか」

脇から声を掛けられて、おゆんは後ろに身を引いた。

「すみません。どうぞ」

爺さんが庭下駄を履き、雪隠の前に降り立った。

慈姑《くわい》頭に長羽織をつけているので、豪勢にやっているお医者なんだろうと思った。

そうか、内藤屋さんが他の座敷でもてなしている先生か。

長羽織は己が富貴な名医だと世間に物申しているような身形で、いわゆる徒歩《かち》医者と呼ばれる町医者よりも格上とされているらしい。お亀婆さんいわく、患家への往診にも四枚肩の駕籠に乗り、従者や薬箱を持つ弟子も、皆、歩かない。その駕籠代は薬代に上乗せされ、すべて患者が持つのだそうだ。

三哲も相手が分限者《ぶげんしゃ》だと知ると薬代をふんだくり、大層な駕籠にも乗りたがる。けれどなぜか、長羽織の医者とはつきあおうとしない。あ、さかさまか。本物の名医らが藪の町医者なんぞを相手にしないのだろう。

荒い足音がして、三哲が広縁を進んでくるのが見えた。酔っているのか寝ぼけているのか、少々、足許が怪しい。

「先生、大丈夫かよ」

次郎助が後を追ってきた。

「馬鹿野郎。俺の脈を取るたあ、七十年早《はえ》ぇわ」

「七十年ってまた、中途半端」

おゆんは小走りで二人の傍に寄る。

「次郎助、あたしがついとく」

「いいから。こういう親爺の世話、俺、慣れてっから。おゆんは先に座敷に戻れ。勇太が起きたから、そろそろ引き揚げようかって」

「じゃあ、ごめん。お願いね」

「おゆん、勝手にお願いするんじゃねえ。次郎助も、皆、帰《けえ》れ。俺はこれから佐の字と、行くとこがある」

「だからさ、先生、それは今夜じゃねぇの」

三哲の顔を見ると、三白眼《さんぱくがん》になっている。

「駄目だ、お父っつぁんがこの目になってる時はかなり来てるよ」

「だなあ。ま、ともかく座敷にはちゃんと運ぶからよ」

長羽織の爺さんが広縁に上がってきたので、入れ替わりに次郎助が三哲の腰のあたりに手をやった。

「そこ、石の上に下駄があっから。見えてっか、もう」

「わかってらあ。俺は酔ってねぇんだ。ちと、黙ってろい」

長羽織が数歩行きかけて、ふいに足を止めた。後ろを見返り、しげしげと三哲を見つめている。

「篠崎殿《しのざき》では、あるまいか」

爺さんも酔っているのか、見当違いの名を口にした。

三哲は中腰のまま顔だけを上げ、爺さんを見返している。背後に次郎助がいて帯の結び目を摑んでいるので、捕えられた下手人のような格好だ。

「やはり、篠崎殿の御次男にござるな。そうそう、長瑞《ながよし》殿だ」

「いや、あ、ふぅん」

三哲は妙な息だけを吐く。

次郎助は「お人違いですよ」と、掌を横に振った。

「いや。間違いない。通り名は三……そうだ、三哲殿であられた」

おゆんは「え」と声を洩らしそうになって、口に掌を当てた。次郎助も三哲の帯を持ったまま棒立ちになっている。

「此度《こたび》は御尊父が急なことで。衷心《ちゅうしん》よりお悔み申し上げる」

すると三哲が観念したかのように、庭下駄に伸ばしかけていた足を縁に戻した。黙って辞儀を返している。

「それにしても、かような場でお目にかかるとは奇遇と申すべきか。兄上も先程、着到されましたぞ。挨拶をされるなら取り次ぐが」

「いや、結構」

三哲は即座に、取りつく島もない返し方だ。すると長羽織は鼻白んだように眉を顰《ひそ》め、咳払いをする。

「今は何を稼業にされておられるのか存ぜぬが、お手前もそろそろ不惑の歳頃であろう。心して身を慎《つつし》み、これ以上、篠崎家の御名に泥を塗るような真似は控えなされよ。よろしいな」

最後はまるで若造に説きつけるような言いようをした。

三哲はその後ろ姿からついと目を逸らし、「へっ」とうそぶいた。

「とうとう、くたばったか。さ、小便、小便」

剽《ひょう》げるように背を丸めて下に降り、雪隠の戸を引いた。


座敷に戻ると、皆が帰り支度を始めていた。

「何だ、唄と踊りはもう仕舞《しめ》えか」

三哲はつまらなそうに腹を掻く。

「三ちゃんが先に帰れって言ったんだろう。まあ、佐吉さんを待っててもくたびれ儲けだと思うけどね。次郎助、ぼんやりしてないで、勇太を背負ってやって」

お安の指図に、次郎助は「ああ、うん」と曖昧な返事をする。

おゆんは背中がぐにょりとして、立っているのがしんどいような気がした。畳の上に手をついて坐り込む。

「どうしたの、おゆんちゃんまで。大丈夫かえ」

「ちょっと呑み過ぎちゃったかなあ」

笑ってごまかす。本当は眠気も酔いも引いていて、頭の中で妙な問いだけがびゅんびゅんと飛び交っている。

いったい、どうなってんの。

篠崎って誰よ。

お父っつぁんのお父さんが亡くなったって、あのお年寄りは言ってた。そんな人がこの世にいたこと自体、あたしは知らなかった。

目の端で三哲を捉えると、胸の中が騒ぐ。

お父っつぁん、大工の弟子や包丁人、寺の納所まで渡り歩いて、小児医になったんだよね。それでおっ母さんと知り合って一緒になった。

ふらここ堂を開いた。

でもって、生まれ育ったのはどこ。

おゆんはそれを聞かされたことがなかったし、自ら訊ねたこともなかった。

「ねえ。内藤屋さんも苦み走った、いい男だよねえ」

「おや、いつもいつも気が合うねえ。ちょいと誰か、あたしの襟巻、知らないかえ」

「この折詰、ずっしりしてるわ。お前さん、持ってやって」

「婆さん、襟巻、あった、あった。屛風の裏だ」

「婆さんて言うな」

皆がばたばたと行き交うのを三哲は眺めながら、煙管を遣っている。

今日はせっかくの御祝だ。このまま帰ろう。

何とも気持ちが悪いけれど、明日でいい。

どうせ十八のこの歳まで何も教えられていなかったのだ。それが今日であろうが明日であろうが、大して違いはない。

すると膝を抱えて俯いていた次郎助が、きっと目を上げた。

「先生、ありゃ、何のことだ。きちっと聞かせてもらわねぇと、俺、今夜、気になって寝られねぇんだけど」

「なら、起きてろ」

おゆんは次郎助の腕に手を置いた。小声で制する。

「お開きお開き」

「けど、おゆん。お前ぇ、何も知らなかったんだろ。あんなに目ぇ丸くしてよ」

「そうだけど、ここで問い詰めたって、のらくら躱《かわ》されるだけよ。明日、明日にしよう」

次郎助は不承不承、片膝を立てる。おゆんは勇太をそっと抱き上げて、次郎助の背中に負わせた。

「ひゃあ、重くなったなあ、こいつ」

「背丈も伸びてるよ。この秋からまた伸びたかも」

全員が立ち上がって、金蔵はもう廊下に出ている。次郎助も座敷を横切った。

「お父っつぁん、帰るよ。あんまり愚図愚図してんなら、ほんとにほっぽって帰るからね」

おゆんが促すと、三哲はぐふりと妙な笑い声を落とした。

「男振りってのはよ、相応の波風が作るってことだぁな。いろいろあるさ、人生にはよぉ」

もう。今頃、何を言い出してるんだろう。

おゆんはとうとう大きな声を出した。

「だからもう、今夜はお開きだってば」

「俺はちっとも眠くねえ」

お亀婆さんとお安が障子にもたれるように立ち、首を横に振る。

「ほんと、間の悪い男だねえ」

「三ちゃんは酔い潰れて高鼾だったから寝は足りてるだろうけどさ、あたしらは明日、朝が早いの。さ、こんなの相手にしてたら切りがない。帰ろ、帰ろ」

すると三哲は煙管の雁首《がんくび》を手焙りの縁に、こんと当てた。

「おい。今朝、何の遣いが来たと思う」

「今朝……」

目の中にいきなり雪景色が甦《よみがえ》った。

そうだ、あの二人づれが何をしにやってきたのか、それも聞かず仕舞いだった。

「そう、それだ」

次郎助もお亀婆さんとお安を押しのけるようにして、引っ返してきた。勇太をおぶったまま、三哲を見下ろす。

「先生、手短に教えて。前置きとか、そういうの要らねぇから」

「そうかあ。いい話なんだがなあ」

三哲は勿体をつけて、首の後ろを掻く。

「じゃあ、いいよ。また明日」

次郎助が素っ気なく動くと、「いや、それがな」と引き止めるようなことを言う。

しかも、妙な笑みを満面に浮かべている。

「あのなぁ。御召《おめし》だってよ」

「おまんまか」

「馬鹿野郎。奥医師の候補に、俺の名が挙がってるんでい」

「奥医師って、何、それ」

次郎助はきょとんとしているが、皆、座敷の中に戻って三哲を取り囲んだ。

「三ちゃん、奥医師ってどちらの殿様だえ。諸藩諸侯、お屋敷もたくさんあるんだよ」

お亀婆さんが子供に質《ただ》すように訊ねている。

「たあっ、公方様の奥医師に決まってらあな。日にちの御達しが来たらば面接を受けに登城しろってよ。ま、そういう内々の話を持ってきたってわけだ。顔の役人が」

おゆんは仰天した。

「お父っつぁん、また益体《やくたい》もない法螺だったら、あたし本当に怒るよ」

「そういや書状を持って来やがったぞ。あれ、どこへやったっけな。次郎助、お前え、知らねぇか」

「んなもん、知るわけねぇよ。で、先生、お遣いの人に何て答えたんだ」

「果て果て、どうすっかなあ。……まあ、こちとら江戸一の人気医者だ。今や、蟻《あり》ん子よりも忙しい。そっちの都合で呼び出されたってたぶん行けねぇよって、そう答えといた」

皆が再び、仰天した。

六　笑壺《えつぼ》

一

天野三哲。神田三河町にて、小児医を生業《なりわい》とする。

元の名は篠崎三哲長瑞《ながよし》。生まれは小川町《おがわちょう》、父は篠崎三玄長堅《さんげんながかた》。紀州藩藩医。藩主吉《よし》宗《むね》公が八代将軍に就《つ》かれて後、御公儀本丸に御召の儀あり、奥医師となりて法印《ほういん》号を賜る。宝暦九年十一月三日没。

篠崎家の現当主は長瑞の長兄である、篠崎三伯長興《さんぱくながおき》。紀州藩藩医。家督相続前は京の御典医に学び、古方派《こほうは》をも能くして本道の医薬に通ず。諸国より弟子雲集し、一家一門の繁栄、ここに極まれり。

篠崎家次男の長瑞も幼時より医の修業に勤《いそ》しむも、十八歳の折に出奔《しゅっぽん》。

「以来、行方《ゆくかた》知れず。……ま、そんなとこだな」

三哲はお亀婆さんに問われるまま、渋々と答えた。

「行方知れずって、お前さん自身はわかってんだろう。神妙に白状おし」

お亀婆さんは御奉行のように吟味を進める。といってもおゆんは御白洲の様子など見たこともないのだが、三哲は気のない素振りで耳の中をほじりながら返事をする。

「だからそっから、いろいろだ。大工に左官、坊主の見習、武家の中間部屋にも住み込んだし、辻占《つじうら》や古着買い、そうそう、俺《おら》ぁ役者もやったんだぜ。贔屓もついてよぉ。初代団十郎《だんじゅうろう》の再来かと謳《うた》われたもんだ。しくじったなあ。あのままやってたら今頃、成田屋《なりたや》を継いでよぉ、千両役者だ」

ぐるりと目を寄せて、見得《みえ》を切るような仕種《しぐさ》をした。からっ下手《ぺた》だ。

「口から出まかせはもう聞き飽きたぜ、三ちゃん」

「いつだって悪ふざけなんだから。たまにはまともに喋れないもんかね」

「子供よりたちが悪《わり》いな、先生は」

金蔵、お安夫婦、そして次郎助も呆《あき》れ返っている。

昨日の朝、ふらここ堂に町の顔役である町役人が訪れた。いったい何がどうなっているのか、御公儀奥医師の候補として三哲の名が挙がっているという。昨夜、料理屋でもうお開きという時分に三哲がそれを打ち明けたので皆、仰天して、座敷は蜂の巣をつくような騒ぎになったのだ。が、佐吉の倅である勇太は寝入ってしまっていたし、夜も更けていた。

それで吟味は今日に持ち越しとなったのである。お亀婆さんは昼前から茶の間に坐り込み、金蔵とお安も明るいうちにやってきた。

「親父もおっ母あも早《はえ》えなあ。店、どうしたよ」

「早仕舞いしたさ。もう昨夜っから気になって気になって、蜜柑なんぞ売ってる場合じゃない」

次郎助は「しゃあねぇなあ。こっちはまだ患者が残ってんだぜ」と口を尖らせながら、「なあ」とおゆんを見た。

ふらここ堂を訪れる患者は今日も引きも切らず、てんてこ舞いだ。おかげで今朝から三哲とは一言も口をきかず、目も合わせていない。何かが胸の裡《うち》にわだかまっていた。

お父《と》っつぁんって、誰よ。何で娘のあたしが何も知らないのよ。

けれど、患者の様子を訊ねたり覚帳に処方を記しているうちに、いつのまにか屈託を忘れていた。おゆんは今さらながら、ふらここ堂の繁盛を有難いと思った。己の気持ちに頓着する暇がないほど忙しいって、案外といいものだった。

「だから夕餉は私が拵えようと思って、材料を持ってきたさ」

「おばちゃん、助かる。これ、やっちまったら手伝うから」

「いいよ、いいよ。おゆんちゃんは気にしないで」

お安はそう請け負って台所に入り、「大根を洗え」だの「鍋を運べ」だのと亭主の金蔵を追い回している。

お亀婆さんだけは悠々と炬燵に膝を入れて煙管を遣っていた。が、一人で黙って坐っていられないのか、おゆんの方に首を伸ばしては何だかんだと話しかけてくる。

「勇太ちゃん、今日はどうしたえ。手習からとっくに帰ってもいい時分だろう」

「友達の家に遊びに行ってる。佐吉さんは直にそこに迎えに行くって、今朝、勇太が出がけに寄って言ってたよ」

「何だい、今夜は会えないのかい」

佐吉親子とは昨夜も一緒だったのだが、お亀婆さんは気落ちを露《あら》わにしていた。

最後の患者が帰ってしばらくしてから、三哲は診療部屋からのっそりと出てきた。

「また婆さんか。たまには自分ちで喰え」

「婆さんて言うな」

三哲は台所の様子を見てか、「おうおう、金蔵とお安さんまでお揃いか」と、からかうような口調だ。

「毎晩、毎晩、集まってよぉ。そんなに俺の顔を拝みてぇか。……参るなあ。江戸一の人気医者は、ご近所でも人気者」

「何言ってんだい。あたしらは昨夜っから、いろいろと積み残してんだよ」

「馳走の残りは全部、折に詰めて持って帰ったじゃねぇか。あれで五日はしのげんだろう。まったく、どんだけ貯めりゃあ気が済む。あんまし貯めると躰に毒だぜ、婆さん」

「あたしの懐はどうだっていいんだよ。それより三ちゃん、あんたじゃないか。お前さん、昨夜、奥医師の面接に行かないような口ぶりだったけど、本気で断るつもりかえ」

「まあな」

三哲がずっと音を立てた。皆、手が空かないので自分で淹れたのだろう、茶を啜っているようだ。

「何で」

「何でって、面倒臭《くせ》えだろう」

途端に、方々で物音がした。

「ちょっと待ったあ」

振り向くと、台所からお安が包丁を持ったまま飛び出していた。そして次郎助も薬匙を手にして片足を大きく踏み出している。

「ずるい。抜け駆けじゃねぇか、婆さん」

「次郎助の言う通りさ。御白洲は皆が揃ってから開いとくれ」

二人に真顔で睨まれて、さしものお亀婆さんも口と肩をすぼめた。

そして夕餉を黙々と、なぜか通夜のようにしんと済ませてから、吟味が始まったのである。

「その方《ほう》、天野三哲ってのは、偽《いつわ》りの名であるか」

お亀奉行はいきなり核心を突いた。

「偽りじゃねえよ。お千寿《ちず》の家に婿に入って、天野になったんでい」

すると、金蔵が「ああ、そうか」と小膝を打った。

「そうかい。お千寿さんの、ねえ」

お千寿はおゆんの母親の名だ。まだ赤ん坊の時分に亡くなったので、おゆんは母親の顔を憶えていない。

　お安もしみじみとした声を出して、頬を包むように掌を当てる。

「三ちゃんがここにやって来た時、お千寿さんのお腹はもう膨れていたからねえ。産み月が近かったもんだから、三ちゃんの素性なんぞ確かめる暇もなかったよ」

「まあ、そんなもんだよ。素性なんぞ根掘り葉掘り探らずとも、口をきいたら人となりはわかるからねえ。まあ、三ちゃんはともかく、お千寿さんは気性の朗らかな、さくい人だったから。……産後の肥立ちが悪くて、ほんに気の毒なことをした。あれだね、いい人ほど若くして逝《い》っちまうってのはほんとだね」

　お亀婆さんは己の長寿を棚に上げて、遠い目をする。

「お千寿さんはたしか、手習の師匠をしていなさったとか。あたし、そんな話を聞いたことがあるけど」

　お安が呟くと、三哲が「まあな」と首肯した。

「父親がどこかの、ああ、もう忘れちまった。ともかくお取り潰しになった藩の侍だったのよ。で、喰い詰めた牢人夫婦は大坂に出て、それでも喰えずに江戸に出てきた。手習塾を始めてからお千寿が生まれて、母親が死んでからはお千寿が女師匠になったってえわけだ。十四、五の頃から町の娘らを集めて教えてたらしい」

「で、そこに三ちゃんが転がり込んだのかえ」

「違わあ。お千寿の父親が俺を見込んで、是非にも入り婿にってぇ頼むからよ。まあ、仕方あるめえって」

そのじつは怪しいものだと、おゆんは三哲から目を逸らした。こんなにいい加減なお父っつぁんを見込むなんぞ、奇特が過ぎる。

お亀婆さんも苛立って、煙管の雁首で火鉢の角を叩いた。

「これ、三哲、神妙にありのままを申さぬか」

また御奉行に戻っている。

「まんまを喋ってるさ。偽るのも飾んのも、面倒臭ぇじゃねえか」

三哲は総髪に指を入れて掻きむしった後、言葉を継いだ。

「だからよぉ、俺が松屋で働いてた頃だったたか、お千寿の家に呼ばれて入ったわけよ」

「お父っつぁん、松屋もやってたの」

「まあな」

松屋とは庭木を植えて手入れをする稼業で、主に松樹を扱うことから町ではそう呼ばれている。それにしてもまあ、次から次へといろんな職を渡り歩いてきたものだ。

堪《こら》え性がなさすぎる。

するとと次郎助と目が合った。同じように呆れているようで、眉を下げながら苦笑いを浮かべている。

「で、まあ、庭に入ってちょっきん、ちょっきん、鋏《はさみ》を使ってたらよ。家の中で騒ぎだ。手習子がひとり、具合が悪くなってぶっ倒れた。まだ十歳ぐれぇだったか、顔が蒼くて唇もな、もう黒かった」

「三ちゃん、それって」

お亀奉行の問いに、三哲がうなずいた。

「何の因でそんな容態に陥ったかはわからねぇが、危ねえってことは知れた。で、俺は気がついたら梯子を下りて中に上がって、その子の脈を取ってたってわけだ」

「ってことは、その時にはもう医術の心得があったことになる。その、松屋で働く前に竹の子修業をしてたのかえ」

そこで三哲は頭を横に振って、篠崎という医家の生まれであることを白状したのだ。

「役者をしてたってえのはどうにも眉唾だけどよ、じゃあ、先生はぶっ倒れたその子を助けて、それでおゆんの祖父《じい》ちゃんに婿に入ってくれって頼まれたのか」

次郎助は話を戻すと、蜜柑の入ったかごに手を伸ばした。

「凄《すげ》えな」

なぜか半身を揺すって、はしゃいだ声だ。蜜柑はお安がかごごと持ってきてくれたもので、皆もつられたように掌に置き、皮をむき始めた。おゆんも一つを手に取る。やがて甘酸っぱい香気が漂って、辺りを満たした。

次郎助は「甘いな、これ」ともう二つ目を摑み、房を口の中に放り込む。

「あんた、うちでは見向きもしないくせに。ここんちにあげたもんに限って、むしゃむしゃ食べるんだから」

お安に叱られている。お亀婆さんが「して」と、膝の上に煙管を立てた。

「その子供の容態は、いかに」

三哲はしばらく黙っていたが、太い鼻筋にぎゅうと皺を集めた。

「助けられなかったよ。んなもん」

次郎助は満面に浮かべていた笑みをそのまま張りつかせて、三哲を見返した。

「し、死んじまったのかよ、その子」

三哲は「ああ」とうなずいた。

「面《おもて》は蒼く唇黒き時、脇腹に青筋が多き時、そして声が嗄《しやが》れて烏《からす》のごとくなる時。これが子供の死相だ。憶えとけ」

お亀婆さんは取上婆であるので、小児についても心得があるのだろう。

「やっぱりね」

深々と溜息を吐いた。

よくよく考えれば、おゆんや次郎助が生まれる前の話である。たぶん二十年は遡《さかのぼ》る出来事だろう。けれど目の前でその子が息を引き取ったような気がして、おゆんは目を伏せた。

皆も同じ気持ちになったのだろうか、誰も口をきかない。

御白洲はやがて尻切れ蜻蛉《とんぼ》のまま終《しま》いとなり、蜜柑の残りはお亀婆さんが懐に入れて帰った。

二

今日は珍しく、昼八ツ過ぎに患者が引けた。

「湯屋に行っつくる。そのまま呑みに行くからよ、飯は要らねえぜ」

三哲は手拭いを襟巻のように首に巻くと、鼻唄混じりに出て行く。

丸薬の処方はどうすんのと咽喉まで出かかったが、このところは患者から逃げ出しもせずに診療に精を出している。

今日のところは見逃してやろうか。

次郎助は炬燵に足を突っ込んで、大の字になったまま「行ってらっさあい」と気のない声を出した。

「けど。先生、三哲印、どうするつもりなんだ。あちこちに知れ渡っててんのによぉ、今さら、できませんでしたって言えねぇんじゃねえの」

三哲は何のひねりもない、己の名をつけただけの薬名を考えついたきり、処方にはまるで手をつけていないのだ。

「だよねえ。その丸薬を売り出すって評判が評判を呼んでこんなに患者が押し寄せるようになったのに。何だか騙してるみたいで気が差すけど、でもまあ、こっちがやきもきしたって始まらない。当の本人がどこ吹く風なんだもの」

次郎助は寝そべったまま片肘を立て、肘枕をした。じっと、おゆんの顔を見る。

「ふうん」

「何よ、変な笑い方して」

「いや、べつに」

「あたし、買物に出るから、勇太が帰ってきたらお安さんに頼んでくれるかな。戸締まりもお願い」

「俺が留守番かよ」

「だって、醤油や塩が切れかけてるし、炭も届けてもらわないと間に合わないんだから」

このところ一段と寒さが増して、待合場の大火鉢にさらに手焙りを足したのである。それでも土間は底冷えがする。

次郎助は急に半身を起こして、立ち上がった。着物の裾を払っている。

「ついてってやるよ、その買物」

「じゃあ、勇太、どうすんの」

「勇太、勇太って、他人んちの子にうっせぇなあ、お前《め》ぇも。うちの親父とおっ母ぁに頼んどきゃいいだろ。どうせ、うちの前を勇太が通りかかるの、楽しみに待ち構えてんだからよぉ。さ、戸締まりしようぜ」

やけに張り切った次郎助に先導されて、おゆんは家を出た。角屋に寄って勇太の面倒を頼むと、お安は「ああ、いいよ、いいよ」と頬を緩める。

「あれ、親父は」

次郎助が通りに立ったまま中を覗くように背伸びをすると、お安はにんまりと笑った。

「それがさあ、三ちゃんに誘われて湯屋に行ったんだよね。どうせそのままどっかに繰り出す算段だろうから、何かおいしいものをこさえて佐吉っつぁんを待とうかね、勇太ちゃんと。だからあんたたちもゆっくりしといで。たまには羽、伸ばさなきゃ。ゆっくり、とね」

念を押すように繰り返すので、おゆんは半笑いを浮かべる。

「おっ母ぁ、魂胆が丸見えだけどな。そうは問屋が卸《おろ》さねぇのがいるだろ、強敵が」

お亀婆さんのことだ。

「うちでお八つを食べてたんだけどね。今夜、産気づくかもしれない御新造がいるって、さっき出かけたよ」

「おっ母ぁ、また仕組んだだか」

「違うってば。婆さんが自分で駕籠屋を呼んだんだから。そういえば、おゆんちゃん。あれ、どうなったの。三ちゃん、本当に断っちまったのかえ」

「ああ、御公儀の奥医師」

「そう、それ」

「それが、あのままなんだよ。面接の日取りのお達しがまだ来ないから、お父っつぁんてば、そのまんまにしてる」

「そうなの。まあ、こっちからわざわざ断りに行く話でもないもんねえ。御召《おめし》はひょっとして年明けになるのかもしれないよ。もうそろそろ煤払《すすはら》いだもの」

今日は師走の十日で、十三日は江戸じゅうが一斉に大掃除をする。武家も町人も、そして御城もこの日が煤払いをする日と決まっていて、新年を迎える用意が始まるのだ。

「だんだんと気忙《きぜわ》しくなるねえ」

お安は一人合点をする。と、ふいに手を叩いた。

「ちょいと、寄っとくれ」

角を曲がりかけていた魚売りが「へい」と戻ってくる。

「え、すずきが安いって。駄目駄目、冬のすずきは痩せてるだろう。もっと上物、持ってないの。上物」

おゆんはお安の懸命さが可笑しくなる。噴き出すのをこらえながら、次郎助と共に歩き出した。

いざ買物に出るとあれもこれも目について、大変な荷物になった。

「な、俺がついてきてやって良かっただろう」

両腕に荷を抱え込んだ次郎助は、何度も手柄顔をした。

「うん、助かる助かる」

「面倒臭そうな言い方するな。有難味がちっとも伝わってこねぇわ」

「だって、次郎助、お礼を無理強いするから」

日はもうとっぷりと暮れていて、夜風が冷たい。

「寒《さび》いな」

「うん」

「腹、減ってねえか」

「ぺこぺこ」

「空きっ腹だと余計に寒いよな」

「うん。早く家に帰って、あったかいもの食べたい」

「面倒なこと言うんじゃねえ。家に帰ったって自分で作るんだろうが。何か、喰って帰ろうぜ」

「いいけど。……あたし、外であんまり食べたことないから、お店なんてわかんないよ」

「なあに、勝手知ったる町内だ。ついてきな」

次郎助はずんずんと先を行く。おゆんはめったと出歩かないので、路地をいくつも抜けるとどこに向かっているのか、家に近づいているのか遠ざかっているのかもわからなくなった。

しばらくすると軒行灯《のきあんどん》が並ぶ界隈になって、辺りがぼんやりと明るい。

次郎助はその中の一軒の前で足を止めた。行灯には「豆腐田楽《でんがく》　わらじや」と墨書されている。

「流行ってんだ、ここ。安くて旨《うめ》え」

次郎助に背中を押されるようにして中に入ると、いろんな匂いが、燗酒や煙草《たばこ》、味噌の匂いが一度に押し寄せてくる。ふらここ堂の待合場より少し広いほどの店内には、ざっと見積もっても二十人近くの男たちが床几《しょうぎ》に坐っていた。赤い顔をして隣りの男の肩を叩いている者がいるかと思えば、大声で笑い転げている者、一人で俯いて頭をぐらぐらと揺らしている者がいる。

その犇《ひし》めきの中を抜けるように、歯切れのよい声が飛んできた。

「らっしゃい」

若い娘の声だ。その途端、客が一斉にこっちを見た。おゆんは気後れして、引っ返しそうになる。

「次郎助じゃないか。久しぶりだねえ」

娘は渋い縞模様の前垂れをつけていて、おゆんの背後に向かって親しげな笑みを投げた。

「よぉ。相変わらず混んでるなあ」

「どうしたの、その荷物。いつも重い物は鶴次に持たせるくせに。色男は力がないんじゃなかったっけ」

「そんな話は要らねえから、坐らせろよ。二人。……おゆん、突っ立ってねぇで中に入んな」

背を押された。すると娘はおゆんがいることに初めて気づいたように、「あら」と言った。

「この子が、おゆんちゃん。へえ」

すると次郎助はおゆんの前に出て、「奥、空いてるじゃねえか」と進む。両肘を上げて荷物を持ち上げているが、客らの頭に当たりそうだ。

「すいやせん。後ろ、通りやすよ」

皆、慣れているのか、迷惑そうな顔もせずに身をよじったり頭を傾げたりしている。

「おい、さっさと来いよ」

次郎助に顎をしゃくられて、おゆんはむっと来た。すると娘が「やだねえ」と鼻を鳴らした。

「えらそうに、亭主面《づら》してる。さ、入って。むさいとこだけどさ、うちの田楽はちょっとしたもんだよ」

娘が肩に手を当ててくれたので、おゆんは「お邪魔します」と奥に進んだ。

「次郎助は燗だね。おゆんちゃんはどうする。ご飯と味噌汁《おつけ》くらいならすぐに出来るけど。田楽は豆腐に蒟蒻《こんにゃく》、厚揚げもやってる。あと、煮卵も」

「おせん、何でもいいから早く喰わせてくれ。もう目が回ってんだよ、俺たち」

「俺たち、ねえ」

おせんという娘は次郎助とおゆんをしばらく見下ろしてから、次郎助の背中をばしんと打ち、さらに奥へと引っ込んだ。

「お父っつぁん、何でもいいってよ」

「何でもって、お前ぇ」

「次郎助だから」

「ああ、なら何でもいいやな」

奥でのやりとりが丸聞こえである。

「ここんちの娘さんなんだ」

「まあな」

「馴染みなんだ、ここの」

「いや、そうでもねえけど。若者組の集まりの帰りに寄るくらいかな」

そう言って、次郎助は顔を寄せてきた。

「あいつ、鶴次とちょっといい仲なんだ」

「え、そうなの」

おゆんが奥に目を動かすと、おせんがやってきた。

「お待ち。とりあえず燗ね。次郎助、そこの床几をこっちに寄せて」

次郎助が傍らの床几を動かす。おせんはその上に盆ごと置いた。銚子と猪口が二つのっている。豆腐と蒟蒻の田楽が並んだ平皿に、そして煮卵らしきものも二皿ある。

「いけるんでしょ、おゆんちゃんも」

おせんが銚子を持ち上げると、袖口の中で桜色の襦袢《じゅばん》が見えた。着物も前垂れも地味な鼠色《ねずみいろ》であるだけに、かえって色っぽい。

「おゆんちゃんって気安く言うけどな、こいつ、お前ぇより年上だぜ。酒もめっぽう、強い」

「嘘。年上なの。あたし、てっきり。ごめんなさいよ」

おせんの酌を受けて、おゆんは口の中でもぞもぞと「あ、どうも」と返すばかりだ。

こういう、しゃきしゃきとした娘とどう接したらいいのか、おゆんにはわからない。これはもう子供時分からのことで、引っ込み思案には年季が入っている。

「酌はいいから。勝手にやる」

次郎助が追い払うような手つきをしたので、おせんは「憎らしいねえ」と軽く睨むような目つきをしてからおゆんに愛想を添えた。

「ゆっくりしてってね」

次郎助は田楽の串を手にすると、ほふっと半分ほどを口に入れた。

「旨え。おゆん、何をぼうっとしてんだ。こういうのは熱々を喰わねぇと」

「次郎助、あんたさ、あたしのこと、あちこちで喋るの、やめてよね」

おゆんは小声で文句を言いながら串を持つ。味噌の甘さが口の中で広がって、豆腐は少し焼いてあるのか、角があんばいよく焦げてこれまた香ばしい。

「おいひいねえ、これ。鶴次さんもあたしのこと知ってたしさ。あの娘《こ》もあたしのこと、前から知ってるみたいな感じ。ほんとにお喋りだ、次郎助は」

「だろう。蒟蒻も行ってみな……べつに俺、喋ってねぇけどな。鶴次から聞いてんじゃねぇの。まあ、いいじゃねえか。俺とお前ぇは幼馴染みだしよ、俺はお前ぇんちで修業してる。話に出すなっつう方が、どだい無理ってもんよ」

「やっぱ喋ってるんだ」

するとと次郎助は煮卵を丸ごと口に入れた。

「あっつ、あつ、あつ」

次郎助は顎がはずれたかのように騒いで、足を踏み鳴らしている。

「大袈裟なんだから」

おゆんは相手にしないで二杯目を自分で注ぎ、箸で卵を半分に割った。醤油がたっぷりと沁《し》みて、これもめっぽう旨い。

「なあ、おゆん」

「何よ」

「あれから先生と話したか。昔のこと」

目を上げると、次郎助は真顔だ。何を訊ねているのか、すぐに見当がついた。

「なぁんにも。お父っつぁん、毎晩、食べて呑んだらすぐに寝ちまうの、次郎助も知ってるじゃない。朝はあんたが来てから起きてるし」

「じゃあ、あれっきりか。あの、料理屋の便所の前で家名に泥を塗ったとか何とか言われたのも、理由《わけ》がわかんないままか」

「それはあれでしょ。家を飛び出して、いろんな仕事を渡り歩いてたからなんじゃないの」

次郎助は「うぅん」と唸《うな》って、腕組みをした。

「わかんねえことだらけだ。えらい医者の家に生まれてよぉ、子供時分から修業してたって、先生、自分で白状したじゃねえか」

「どこまで本当か、怪しいもんだけど」

「でもって家を出たってことは嫌気が差したんだろう、修業に」

「そんなとこだろうね、たぶん」

「なのに、やっぱ医者になった。しかも小児医ってのはいちばん難しいんだぜ。患者本人が症を言えねえもんな」

次郎助がなぜこの話を持ち出したか、おゆんには察しがついた。

「お父っつぁんが小児医になったきっかけでしょ、次郎助が気になってんのは。……手習子《てならいこ》を助けられなかった、そのことが契機になったんじゃないかって」

おゆんも同じことを考えていた。けれどその先を考えると、ぱたりと行き止まりになる。

じゃあ、なんで三河町にやってきたのだろう。おっ母さんはお腹が大きかったのに。

「まあ、既に死相が出てたんだ。その子が助からなかったのは、これっぱかしも先生のせいじゃねえ」

「それも想像でしょ。お父っつぁんってほんと、肝心な話をしない人だから。あたし、何も知らない。わけがわかんない」

すると、次郎助は「まあ、そう言うな」とおゆんに向かって銚子を傾けた。猪口を持ち上げて受ける。

「父親ってのは大抵、そんなもんだ。うちはおっ母があああだろ、だから自分の若《わけ》ぇ頃はああだったこうだったってさんざん聞かされてきたけどよ。うちの親父が水菓子屋を始める前は何をしてたのか、俺、知らねえもん」

驚いて、思わず前のめりになった。

「そういうもんなの」

「そういうもんさ。そういや、おっ母あの方の祖父さん祖母《ばあ》さん、伯父《おい》ちゃんは知ってるけど、親父の方の親戚ってよくわかんねえなあ」

「けど、次郎助は訊けるじゃない。お安さんに何でも訊ける」

と、次郎助がふいに黙り込んだ。何度も目瞬《まばた》きをしてから、蒟蒻の串を持った。おゆんも残りの一串を持ち上げて、口の中に入れる。蒟蒻はもうすっかり冷めていた。

こんな言い方をしたら、次郎助は黙ってしまう。昔からそうだ。

「あ、あたし、拗ねて言ったわけじゃないからね。お安さんには本当のおっ母さんみたいによくしてもらってきたし、お亀婆さんも金蔵さんもずっと可愛がってくれたし」

「うん。わかってら」

だからずっと、おっ母さんのことを考えずにやって来られたのかもしれない。いや、時には「何で」と思うことはあった。

何であたしにはおっ母さんがいないのだろう。次郎助にはいるのに、何であたしにはいないのか。

でもいつのまにか、蓋ができるようになっていたのだ。ふらここ堂には母親のいない子もたくさん訪れるし、勇太も同じ身の上だ。次郎助の仲間の鶴次なんぞ両親《ふたおや》を喪っていて、働きながら弟の面倒を見ている。

そう、親のいない子もいれば、子のない家もある。世間では珍しくもない。なのに、おっ母さんの若い頃の話を耳にした途端、蓋をしていたはずの心の底から湧き上がるものがある。

手習の女師匠をしていた、おっ母さん。お千寿という名のそのひとはどんな声で喋り、どんな顔をしていたのだろう。

そして思うのだ。

今、生きてくれていたら、どんなにか楽しいだろう、と。一緒にお父っつぁんの悪口を言って、一緒に買物に出て、湯屋にも行ける。

あたしはこんな夢想をするのが怖くて、蓋をしてきたはずなのに。望んでも願っても決して手に入らないものだから、考えないようにしてきたのに。

「おゆん、大丈夫か」と、次郎助の声が低くなった。

「どうしたのかな、あたし。もう酔ったかな。ごめん」

笑いながら、己の額をぺこりと叩く。

「俺に詫びたりするんじゃねえよ。馬鹿野郎」

「また。偉そうに」

それからおゆんは飯と味噌汁をも頼んで平らげた。

帰り際、おせんが店の外に出て見送ってくれた。

「大丈夫かい、次郎助。足がふらついてるよ」

「んなわけ、ねえだろう」

そう言いながら荷を振り回すので、おゆんは無理やり一つを奪って手にした。

「ご馳走さま」

「気をつけて。そういや、次郎助、餅つきには来るんだろ」

「いつだっけ」

「いつって、毎年、十五日に決まってんだろう。おゆんちゃんもおいでよ、鶴次が喜ぶよ」

「俺たちゃ診療があるからよ。ま、患者次第だな」

するとおせんは、「何だい、医者ぶって」と声を尖らせた。

「おみっちゃんが悩んでたよ。この頃、ちっとも会ってくれないって」

「誰、それ」

「しらばっくれて。何度も一緒に遊んでるじゃないか。祭も四人で出かけただろ」

次郎助は本当に憶えていないのか、それとも酔っているのか、何も答えないまま「じゃ」と背中を見せた。

おゆんが振り返ると、おせんは軒行灯の下に佇んで、まだこっちを見ていた。

三

あくる日、起きると雪だった。

夜更けから降り出したのだろう、随分と積もっている。

「足許が悪いから、今日は暇だな」

次郎助は板の間に出てきて、待合場の縁台にどかりと坐った。両手を摺《す》り合わせてから、大火鉢にかざしている。

「久しぶりだ、この持て余す感じ」

声を出さずに笑っている。

朝から、羽織袴をつけた町役人が訪れているのである。そういえばあの二人が前に訪れた時も雪だったと、おゆんは思った。今日は傘を差して蓑もつけていた。おゆんはそれを預かって縁台の上に置いたので、雪が解けてか、土間に小さな水溜りができている。

「なあ、昨夜、佐の字がいなかったか、ここんちに」

「いつまでいたのかは知らない。あたしは先に寝たもの」

「やっぱ、あれは夢じゃねえのか。で、何で佐の字がここにいた」

「あんた、憶えてないの。佐吉っつぁんに支えられて茶の間に入ったんだよ。金蔵さんだけじゃ、とても無理だったんだから」

「いや、いっぺん、小便しに起きて、そん時、佐の字と先生が呑んでた、それだけは何となく見たような、見なかったような。後はまったく憶えがねえ」

昨夜、家に帰ったら、三哲と金蔵、そして佐吉が一緒に呑んでいた。

「どうしたの、呑みに行ったんじゃなかったの」

「お前ぇこそ、親の目ぇ盗んでどこにしけこんでやがった」

「もう、またそんな言い方。買物に出てたのよ。次郎助が荷物持ちをしてくれて。佐吉さん、こんばんは。おじさんもいらっしゃい」

「お邪魔しています」

佐吉はいつものように背筋をしゃんとして、頭を下げた。

「今日は得意先からそのまま退《ひ》けたんで、帰りが早かったんです。そしたら湯屋から出てきたお二人とばったりお会いして」

「じゃあ、うちで呑もうってことになってよ。三人で歩いてたら、角屋のお安が通りに出てお出迎えだ」

「もしかして、角屋でご馳走になった」

「おうよ」

おばちゃん、気の毒に。佐吉っつぁん一人でいいのに、邪魔者が二人もくっついてきたんだ。

「勇太は」

「角屋で寝ちまった。ついでにお安も」

そりゃあきっと、ふて寝だ。

「けど俺たちゃ、あんなんじゃ呑み足りねえからな。三ちゃんがふらここ堂でやり直そうって、誘ってくれたわけさ。あれ、うちの次郎助は。もう帰っちまったのか」

金蔵が片手をついて後ろを窺う。

「ううん、たんと荷物があるから、ここまで送ってくれたよ」

ひょっとしてと思って引っ返したら、次郎助は待合場の縁台に横になって鼾をかいていたのだ。

「だらしねえ奴だな。こんなとこで寝ちまったら風邪ぇひいちまうじゃねえか。おい、起きなっ」

金蔵は次郎助の背中に手を回して半身を起こそうとするが、一寸も動かせない。

「駄目だ。びくともしやがらねえ」

金蔵が頭を振ると、佐吉がいつのまにか土間に降り立ち、そして難なく茶の間に次郎助を運んでくれた。

おゆんが床に入ってからも三人は低い声で何かをずっと話していて、金蔵がこんなことを口にした。

「寝た子はずっしりと重いよな。おまけに躰も、何となく熱いだろう」

「そうですね」

佐吉が応えている。

「夏なんぞ、こっちの背中まで熱くなってよ。ああ、早く大きくなってくれねぇかなって、思ったけどな」

「はい」

「あっという間だったな。あっという間に親より手脚が伸びて、重くなっちまった」

金蔵がしみじみとした声を出した。

「俺たちゃ、これから縮んで軽くなる一方だ」

三哲が混ぜっ返したので、「違《ちげ》ぇねえ」と笑い声が立った。

それから金蔵は先に帰った。その物音も、そして三哲と佐吉がまだ話をしていた低い声も聞こえていた。話の中身はまるでわからないのだけれど、寝入ってしまうのが惜しいような気がした。障子越しに微かな気配を感じながら眠ること、その温もりをおゆんは久しぶりに思い出していた。

診療部屋で声がして、おゆんは腰を浮かせた。次郎助も大火鉢の前で立ち上がっている。

中から出てきた二人は、訪れた折と変わらぬ面持ちだ。気を損じているのか満足しているのか、さっぱりわからない。

「お構いもしませんで」

外に一緒に出る。次郎助も傘と蓑を携えてついてきた。辞儀をすると、「ああ、いえ」と若い方の丸顔が曖昧な笑みを浮かべる。四十がらみの目鼻が立派な、眉毛のえらく長い御仁も会釈を返してきた。

「どうぞ」

次郎助が差し出した傘と蓑を受け取った二人は、揃って身を返した。

次郎助は空を見上げ、「寒《さび》い」と首をすくめながら中に入った。

「また降りそうだな」

蟹股で前庭を帰っていく。雪は降り止んでいるが、空は曇って鈍色《にびいろ》だ。

「では、御免」


茶の間に上がると、三哲が火鉢の前で胡坐を組んで耳の穴をほじっていた。

おゆんは診療部屋の湯呑を片づけてから、炬燵に入った。次郎助が茶を淹れて三哲に、そしておゆんにも出してくれる。

「ありがと」

次郎助は茶簞笥から煎餅を出して、音を立てて齧りながら「で」と切り出した。

「珍しく、客の気を損ねなかったよな、先生。どうやって断ったの、奥医師の話」

すると三哲は片眉をぐいと上げた。

「誰が断ったって」

「面倒臭えとか言ってたじゃねえか。え。ちょっと待って。……う、受けたの、もしかして」

「当たり前《め》えよ」

呆気に取られて、おゆんは声も出ない。次郎助は「えれえことだ」と両手を振り回し、口から煎餅の屑《くず》を飛ばしている。

いや、ちょっと待てよとおゆんは大きく息を吸い、吐いた。「落ち着け」と己に言い聞かせてから、三哲に目を据える。

「お父っつぁん、とりあえず御城に面接に行く、その日が決まっただけだよね。それを伝えに来なすったんだよね、あの人たち」

「そうだ。けど案ずるな。拝謁《はいえつ》したらよほどのことがねえ限り、決まりだってよ。俺の評判、城にまで届いてたとはなあ。いや、公方様もお目が高《たけ》えわ」

急に「公方様」などと、三哲は似合いもしないことを口にする。ついこの間まで小水が近いんで有名だから「小便公方だ」などと、戯言のたねにしていたのだ。だいいち、よほどのことがない限り決まりだなどと気軽に言うが、その「よほど」をしでかしてしまうのが三哲である。

しくじったと、おゆんは頭を抱えそうになる。

本人が乗り気ではなかったので、気を緩めていたのだ。ちゃんと辞退するように説きつけておくんだった。

ああ、とんでもないことになりそうな気がする。

「その、拝謁の時に公方様の御脈を取ったりするの」

「いや、でっけえ広間でちょこっと会うだけらしいぜ。で、その後、役人が吟味して御役が沙汰されるらしい。まあ、奥医師ってのにもいろいろあってな。公方様付きのもいれば、その奥方や御子ら付きもいるってことよ。本当だ、さっきもちゃんとたしかめたから間違いねえ」

「そうか。先生は小児医だもんな。若君や姫君を診るのか」

次郎助は得心した風だが、三哲はぐふっと咽喉の奥で笑った。

「甘《あめ》えな、次郎助は。甘い、甘い」

おゆんはまた厭な心持ちがして、背筋がぞくりとした。

笑壺《えつぼ》に入《い》るってのは、まさにこういう笑い方を言うのだろう。そして三哲の思い通りに事が運んでこんな笑い方をした後は大抵、難儀が降りかかる。

「子供じゃないってことは、まさか、お父っつぁん」

「そっ。狙いはずばり大奥よ」

や、やっぱり。

「風呂敷廻りとか何とか、そんな名の役があるんだとよ。それもたしかめ済みだ」

「けど先生、そういう御役って、狙ってどうにかなるもんなのか」

次郎助がもっともな問いを投げかけたが、三哲はちっ、ちっと舌を鳴らした。

「近頃の若ぇ者《もん》はこれだからいけねぇや。あのなあ、狙わねえより狙った方がましなんだよ。棚からぼた餅が落ちてくんのを待ってた日にゃ、よいよいの爺さんになっちまう。佐吉はいつまで経っても吉原につれてかねえし、うちにやって来る女といやあ、子づれか婆さんばっかだ」

「どういう理屈よ、それ」

「ともかく十五日に行くからよ。おゆん、裃を用意しといておくんな。なあに、わざわざ仕立てるこたぁねえぞ。損料屋《そんりようや》で借りてくりゃあ、いいんだ。袴は短けえのでいいってよ」

三哲にしては、何から何までちゃんと聞き取っている。やはり妙な具合だ。

「十五日って、いつの」

「今月に決まってらあ」

すると次郎助が「あ痛」と顔を顰《しか》めた。

「俺、餅つきだ」

「それがどうした。餅、つきゃあいいじゃねぇか。精一杯、ついてこい。そして俺は城に上がる」

三哲はまた妙な笑い方をして、胸を張った。

七　赤小豆《あずき》

一

宝暦十年（一七六〇）の正月が、そして小正月も過ぎて、陽射しが日ごとに春めいてきた。

ふらここ堂は千客万来で、おゆんは坐る暇もない。

「おめでとうございます。此度は三哲先生が大層なご出世で、この界隈からまさか御城勤めの御医師が出ようとはこりゃあもう只事じゃあござんせん。我ら三河町の誉《ほまれ》だってね、皆、喜んでんでござりますよ。これは仲間内のほんの気持ちでして、あ、いえ、そうおっしゃらずに、これはすんなり納めてくださらないと、遣いを引き受けたあたしらの面目が立ちやしません。先生、今後とも一つ、どうぞ良しなにお引き立てを願います」

これまでまるでつきあいのなかった、というより三哲なんぞてんで相手にしていなかった町人らまでが祝の酒や鯛《たい》を携えて訪れ、口上を述べるのだ。

「参ったなあ、こうも大層なことをしてもらっちゃあ困るぜ」

わざとらしい遠慮口を叩きながらも、三哲の達磨のように大きな目玉は差し出された祝の品に釘付けだ。当然、口の端はだらしなく緩んでいる。

「公方様にちと御目見得《おめみえ》したくれえで、皆、騒ぎ過ぎなんだよぉ」

「またまた、ご謙遜を。しかも聞きますれば、三哲先生は公方様に御進講までなすったとか」

羽織をつけた傘屋の主とその仲間であるらしい三人は、揃ってごくりと咽喉仏を動かした。

「いや、まあ、問われたから答えただけのことだがな」

三哲はもう百回はこの話を自ら吹聴してきたので、相手を焦《じ》らす急所まで心得ている。

「して、公方様は何とご下問に」

「子供らがこうも早死にするのを、その方は如何《いかが》考えるかってな。市中じゃ珍しいことじゃねえが、公方様の弟や妹も一歳やそこらで亡くなってんだと。待ち望んだお孫も、たった二歳で死んじまった。で、いろいろ思うところがあったみてえだな」

「なるほど、それはお気の毒に。で、三哲先生は何とお答えに」

「まあ、俺は常々、子供に薬を与え過ぎるのはかえって毒だと説いてきたからよぉ。その通りに話したまでよ。鍼灸《しんきゅう》も度を越さねぇようにして、まあ、ともかく御蚕《おかいこ》ぐるみで大事にしねえこった、小児は田舎流に育てるが最良ってな。俺に言わせりゃ当り前のことなんだが、奥医師ともなりゃあ、御子の容態が悪いってなるとまず薬を処方しねぇことには周りが勘弁しねえらしいわ。早《はよ》う何とかせいとせっつかれて、なけなしの知恵を揮う。が、己が止《とど》めを刺しちまっちゃあ、いや、自分が診てる間に死なせちまったらってことだ。その責めを負わされちゃあ一大事だからよ、逃げ道を用心深く取っとく。つまり止めは余人に渡すわけよ、他の医者に。……まあ、世間で名医と仰がれてる者なんぞ、たいていはその類《たぐい》だな」

三人とも、「はあ」「へえ」「ほう」と神妙に感心している。

茶の間にやっと戻って、おゆんは二つの湯呑に茶を淹れた。

「おばちゃん、お待たせ。ごめんね、慌ただしくて」

「お疲れさん」

お亀婆さんは炬燵に膝を入れたまま、お八つを待っていた。おゆんは茶箪笥から取って置きを取り出して、黒文字《くろもじ》を添える。

「羊羹《ようかん》じゃないか。おやまあ、ここんちのお八つも上等になったもんだ」

「お祝の戴《いただ》き物なんだよね。御城にお出入りの菓子商さんがわざわざ挨拶に見えて」

「ふん、これはいい赤小豆《あずき》を奢ってるねえ。この味、さては金華堂《きんかどう》だろ、本丸大奥にお出入りの」

「おばちゃん、さすが。そういや、熨斗紙に金華堂って書いてあったよ」

ねっとりと歯にまとわりつくような弾力を、おゆんも茶と共に味わう。

「羊羹があるんなら、うちから宇治《うじ》を持ってくりゃあ良かった。極上のをもらったのさ。こないだ、桔梗屋《ききょうや》のご隠居が忌明けだったたろ」

去年の暮れからというもの、酒に米、魚、羊羹や水菓子に加え、時には羽織用の反《たん》物《もの》や袱紗包みの金子《きんす》まで届くのだが、不祝儀に使う茶だけはやって来ない。

「ほんと。安番茶で食べるんじゃあ、釣り合わないね」

「そのうち釣り合うようになるさ。お沙汰が来ないことには奥医師なのか、それとも寄合《よりあい》か、何ともわかんないけど」

お亀婆さんが言うことには、御城で奉公する医者にも細かな身分があって、上は典《てん》薬頭《やくのかみ》から奥医師、寄合医師や御広敷見廻《おひろしきみまわり》などがあるらしい。大奥に住む女人の診察も一人が一手に引き受けるわけではなく、御台所《みだいどころ》や御年寄という高位の女人には高位の医者が、奉公人には低位の医者が召されるらしい。高貴な人の躰を、身分の低い医者は拝見できないのである。

「まあ、何になるにしても大した身上がりだ。医者だけだからね、公方様に御目見得できる可能性があるのは。御公儀《おかみ》に仕える幕臣といえど、御家人じゃあ一生、御目見得なんぞできやしないんだから」

「そうなの」

「そうとも。奥医師を拝命するのか、御広敷見廻を命じられるのかでは、えらい違いだけどね」

当の三哲はおそらくそういう区別をわかっていない。たしか、御広敷のことも「風呂敷」などと言い違えていた。

「それより何より、三ちゃん、ほんとに公方様の前でしくじらなかったのかえ。いつでもどこでも、何かやらかしてくる男だのに」

「だよねえ。けど、金蔵さんが太鼓判を押すんだよ。御城からこうして無事に帰ってきてんだから、大丈夫だろうって。何かしでかしてたら、とっくにお縄になってるはずだって」

「はあ、そりゃ大した太鼓判だ。何の頼りにもなりゃしない」

が、三哲はますます気を大きくして、なぜか大奥に出入りできるものだと決め込んでいる。手前勝手な思い込みの激しさには今さら驚きもしないのだけれど、いかんせん、三哲の口は紙より軽い仕立てだ。

今日のように客に長広舌《ちょうこうぜつ》を振るうだけでなく、ふらここ堂の患者の親や近所の湯屋、呑み屋でも喋る、喋る。皆、暮らしが立ちにくいなどと愚痴ってはいても、御城の中の様子には興味津々《しんしん》なのだ。何せ、日がな御城を仰ぎ見て暮らしている。城中の見聞を三哲から仕入れた者らは、その日のうちにまた何人かに披露するのだろう。三哲はどこに行っても人に取り囲まれて、有頂天だ。正月にも皆を集めて豪語していた。

紅白の水引がかかった菰被《こもかぶ》りの酒樽に肘をつき、三哲は「まいったなあ」と高笑いをした。

「俺の人生、上げ潮。どこまで上り詰めちまうのか、手前《てめ》ぇでも怖《こえ》ぇ」

次郎助はもうかなり酒が入っていたので、さらに上っ調子である。

「ふらここ堂は俺とおゆんでしっかと、やってくからよぉ。先生は心置きなく往生しておくんな。佐吉っつぁん、例の丸薬も俺が考えるから。まあ、大船に乗ったつもりで、よろしく」

「この子ったら、また。あのねえ、佐吉っつぁんは今年から修兵衛さんだよ。番頭さんに出世しなすったんだから」

お安は「ねぇ」と、佐吉におもねるように詫びた。

内藤屋の三番番頭になった佐吉は修兵衛という名に変わったのだが、おゆんもつい「佐吉さん」と呼んでしまう。

「前のままで結構です。修兵衛は番頭名ですから」

佐吉は静かに微笑《ほほえ》んで、盃を口にした。番頭という貫目《かんめ》がついてますます男振りが上がったと、お亀婆さんとお安が若い娘のようにはしゃいでいる。そしておゆんも、佐吉さんは本物の男前だなあと、時々、見惚れてしまうのだ。

見目だけじゃない、人の柄ってもんが備わってるからこうも恰好がいいんだ、きっと。

佐吉の子である勇太はちょうど佐吉とおゆんの間にいて、おゆんは煮しめを取り分けてやる。佐吉にも小皿を渡すと、「どうも」と涼しい目許を和《やわ》らげた。

三人。

ふと、三人でこうして膳を囲んでいる様子が目に浮かんだ。騒々しい三哲はもちろん、お亀婆さんや角屋の一家もいなくて、どこか知らない町で、三人きりで正月を迎えている。そんな図を想像すると、胸の裡がぼのぼのと火照ってきた。

あたし、何てこと考えてんだろ。

箸を持ったまま頰に手を当てる。

そんな、まさか。やだ、佐吉さんとは歳が離れ過ぎてる。けど、佐吉さんっていくつなんだろう。三十だったかな。あら、だったら私とは一回りほど違うだけだ。そんな夫婦《めおと》なんて世間にはいくらだっているよね。

え。め、夫婦って。

「おゆん、俺にも煮しめっ」

次郎助の無粋な声で、おゆんの倖せな想像はぶち切られた。

「何よ、目の前にもあるでしょ、煮しめのお皿。そこに」

「次郎助、何様のつもりだえ。自分で取りな。おゆんちゃんは年の瀬からこっち、ずっと登城騒ぎで大変だったの、わかってるだろうに。お前は何だよ、家の煤払いも手伝わないで、若者組の餅つきにかかりっきりだったじゃないか」

お安に小言を言われて、次郎助はわめいた。

「その餅を喰ってんだろうが、みんな。おっ母《か》あなんぞ、今年は雑煮がひときわ旨《うめ》えって、今朝、七つも喰ったよな。な、喰ったよな」

「や、やだねえ、三つだけじゃないか」

すると亭主の金蔵が鹿爪らしい顔を拵えて、次郎助に加勢した。

「いいや、七つだ。俺、この目でちゃぁんと数えてた」

そして三哲は皆を見回して、ぶひゃひゃと笑い飛ばしたものだ。

「下々の正月はまことにもって賑やかでよい。祝着《しゅうちゃく》至極」

皆、厭な顔をして、目配せを交わした。


おゆんは茶を啜って、羊羹の最後の一切れを口に入れる。

「けどお父《と》っつぁん、あんなにいろいろ喋っちまってお咎めとか受けないのかな。だいいち、喋るごとに話をどんどん盛ってるよ、あれ。てんこ盛り」

お亀婆さんは羊羹が名残り惜しいのか、にゃちにゃちと咀嚼《そしゃく》の音を立て続けている。ようやく「しぃ」と奥歯を啜って、「三ちゃんの法螺吹きは、今に始まったことじゃないからねえ」と茶を飲んだ。口の中を漱《すす》ぐように頬を膨らませては、皺だらけの口許を左右に動かしている。

「そもそも当代の公方様、家重《いえしげ》公はお小水が近いんで、小便公方なんて有難くもない渾名《あだな》を奉《たてまつ》られてるだろう」

それはおゆんも知っている。三哲が近所のご隠居とそんな話を、しかも面白がって声高にするからだ。

「そんな噂が市中に出回ること自体が、不思議じゃないか。ね、そうだろ。誰か、身近に仕える者が喋ってるんだよ、こっそりとね。大奥に女中奉公に上がってる娘なんぞ、城中で見聞きしたことは生涯、口にしませんなんて誓紙《せいし》を入れさせられるらしいけど、何の何の、宿下がりで生家に帰ってきた時にさ、身内がいろいろと聞きたがるのさ。何せ、大奥はこの世と思えぬ別世界、華やかで贅沢で、しかも謎めいてるだろ。ほんの切れ端でも耳にしたいわけさ」

婆さんは茶を啜り、また話を続けた。

「で、あたしなんぞ信用があるから、良かったらご一緒になんて奥の座敷に呼ばれる。奥勤めの娘は金屏風の前にちんと坐って、まあ、それはそれは白塗りだったねえ。髷や顔の化粧《おつくり》にも決まりがあるらしいね、いろいろと。で、掻取《かいどり》も上役からの拝領物だっていう、あれは鹿子《かのこ》絞りだろうかねえ、びっしりと小さな粒が集まって梅の紋散らしさ。あたしゃもう、芝居を見物してるような気分で聴き惚れたもんさ。お開きになったらば今宵の話はどうぞ他言無用に願いますって念を押されるんだけど、そうなりゃ余計に喋りたいのが人情だ。まあ、あたしも若かったしね。夜中にこっそり、井戸の底に向かって喋ったりして」

若かった頃のお亀婆さんがどうにも浮かばなくて、おゆんは黙って愛想笑いをした。

婆さんはそこでまた奥歯を鳴らし、「爪楊枝《つまようじ》、あるかい」と言った。

二

患者は二月の節分を越してもまだ引きも切らず、しかももう「三哲印の新薬はいつ買えるんですか」なんて誰も訊ねない。菓子商に掲げられた「御公儀御用達《ごようたし》」の金看板を見て暖簾を潜るように、有難そうにふらここ堂を訪れる。

そっくりだと、おゆんは空恐ろしくなる。

処方もできていない丸薬の噂で患者が増えたように、奥医師の噂でさらに患者が増えた。お沙汰はいまだに届いておらず、本当に登用されるのかどうかなどまだわからないのに、患者がどんどんやって来る。

そしておゆんが後ろ暗さをだんだん忘れて、ただ懸命にその日をやり過ごすことに汲々《きゅうきゅう》としているのも、同じなのである。

ただ、三哲はますます頭《ず》を高くして、次郎助はむきになっていた。「先生が城に上がるようになったら、ふらここ堂は俺が背負《しょ》って立つ」と先走って、三哲に喰いつくようにして処方を習おうとするのだ。

内藤屋からは佐吉の手配で、あらかじめ薬研《やげん》で挽いた散薬が届けられるようになった。佐吉は正月に次郎助が宣言した言葉を憶えていて、次郎助が薬研挽きから離れて三哲の診療に同席できるようにと配慮してくれたようだ。

次郎助は三哲が子供の腹にどう手を当てるのか、目や舌色のたしかめ方もとっくりと間近で見て、夜は「なあ、腹、見せて」と勇太を追いかけ回す。

「次郎助兄ちゃん、近頃、変」

勇太はさんざん逃げて、必ずおゆんの背中に摑まる。肩の後ろから腕を回し、はあはあと吐く息が熱い。

「前から変なんだよ」

おゆんはそう言い聞かせておいた。子供なりに、勇太も得心顔をしていた。

「なあ、先生。子供に多い病は五つだったよな。消化不良に自家中毒だろ、夜驚症《やきょうしょう》、で、何だっけ」

「疱瘡《ほうそう》に麻疹《はしか》」

「ああ、そうだ。疱瘡と麻疹……って、何か言い回しがあったよな、昔からの」

診療部屋と待合場の間の障子を開け放しているので、板の間に坐って覚帳をつけたり待ち札を整理しているおゆんにはやりとりが丸聞こえである。顔を上げて右に向ければ二人の様子も見えるが、もう見慣れた景なのですぐに手許の覚帳の上に目を戻す。

診療部屋の三哲はでんと腕を組んで坐り、その背後には今もぎっしりと生薬の包みが積まれている。去年、三哲が無茶に仕入れた物は随分とはけたのだが、散薬の包みがその分を補うように山を築いている。

次郎助は三哲に対面して坐り、胡坐の上には小さな帳面を置いてある。三哲に何かを訊ねてはその上に屈み込むように小筆を走らせ、忙しなく顔を上げ下げするのだ。

「ちょっと待って、今、思い出しそうだ。先生、教えねえで。わかった、麻疹は見目定め、疱瘡は命定めっ」

三哲は呆れたように、鼻息混じりの声を出す。

「逆だ」

「へ、逆って」

「麻疹は命定め、疱瘡は見目定めだ。麻疹の重さ軽さでその子の命の長短が定まる、疱瘡は痘痕《あばた》が残ることもあるから、その軽重で容貌の美醜が定まる」

次郎助は「ちょっと待って。もっとゆっくり頼むよ」と、また帳面に書きつける。

「……で、先生、いつから御城に行くの」

「さあな。お前《め》ぇ、ちっと走って訊いて来い、公方様に」

「今は無理、また今度」

おゆんはふと顔を上げて、待合場の土壁を見た。首を傾げる。

登城したのは忘れもしない、師走の十五日だ。今日は二月の六日。で、まだ何の音沙汰もない。お亀婆さんは何かと手続きの多いお役人仕事だと言っていたが、さすがに遅いような気がする。

次郎助はまだ何だかんだと問いづめで、三哲は「面倒臭《くせ》え奴だなあ」と逃げを打ち始めた。

「じゃあ、じゃあ、今日はこれが最後。あのさ、小児医の極意ってのを教えといて」

三哲は「おい」と、大音声《だいおんじょう》でおゆんを呼んだ。見ればもう立ち上がっていて、首をぐりぐりと回している。

「薬、持って来い。馬鹿につける薬だ」

「今、切らしてる」

するとと次郎助は咽喉に何かを詰まらせたような顔をした。目を白黒させて唇を尖らせるこの癖は拗ねた証拠で、子供時分から変わらない。

「おゆんまで笑うんじゃねぇよ。俺、本気《まじ》だぜ。お前ぇは黙ってついてくりゃあ、いい」

「わけ、わかんない。あんたについて歩くのは、ご近所の犬猫だけでしょうが」

早く切り上げて湯屋に行きたいのだろう、三哲は手拭いをひょいと肩に掛けてこっちにやって来る。土間に下りて下駄をつっかけると、おゆんに妙な目をして顎をしゃくった。

「あいつ、頭ん中が春だな。真っ盛り。うるせえから、赤小豆を喰わせろ」

「何のまじない」

「さあて、どうだったか」

三哲はちち、とて、つつんと下手な口三味線を弾いて、表障子に手をかける。

「そうだ、次郎助。極意ってのはな」

「え。教えてくれんの、何、何」

足音を立てて、次郎助が上がり框まで追いかけてきた。

「ふらここだ」

「え、何てった」

次郎助は奇妙な顔をして訊ねるが、おゆんもわからぬまま言い継ぐ。

「ふらここ、だって」

「何で、ふらここなんだ」

「さあ」と、二人で顔を見合わせる。

三哲はぶ厚い歯を見せてにかりと笑うと、「んじゃ」と障子を引いて外に出た。一気に明るい陽射しが入ってくる。

ところが外へ踏み出したはずの片足を土間に戻し、仁王立ちになった。次郎助も目をむいて外を見たまま、口を半開きにしている。何だろうと腰を浮かせて首を伸ばすと、戸口に人影が立った。

「御免」

咄嗟に「お沙汰だ」と思い、腰を上げた。我知らずうろたえてか、立った拍子に袖で何かを引っ掛けてしまい、覚帳や算盤が床に音を立てて落ちた。

次郎助はまだ目を見開いて、客を凝視している。おゆんもようやくその顔に目をやって、咄嗟に口をおおう。

慈姑《くわい》頭に長羽織をつけたその男は、三哲に瓜二つの顔をしていた。


おゆんが診療部屋に茶を運んでも、客は一瞥《いちべつ》も寄越さない。腰の物を脇に置き、まるでお武家のように背筋を立てている。一方、三哲は着流しの胸をはだけ、いつものごとく横腹を掻いている。毛だらけの向う脛《ずね》もむき出しだ。

茶の間に戻ると、次郎助が顔を寄せてきた。

「すんげぇ駕籠が外で待ってるぜ。六枚肩だ」

縁側から外を見れば、ふらここを吊るした山桃の木の脇で六人の担ぎ手が行儀よく立っている。その前には供らしい者が二人いて、どちらも慈姑に結っているから弟子なのかもしれない。

「あの客、先生の兄さんだろ」

「だよねえ、たぶん」

「気色悪《わり》いほど似てるもんな、あの二人。顔の形に眉毛だろ、ぎょろ目も。無精髭と髷は違うが、先生も無精髭を剃ったらあんな感じか。いや、まるで似てねえような気もするな。殿様と巾着《きんちゃ》っ切りほど、差があらあ。……けど何用でやって来たんだ。おゆん、何か耳にしたか」

おゆんは首を横に振る。診療部屋で声がして、「し」と次郎助の口の前に人差し指を立てた。

「断る」

三哲の声だ。次郎助は抜き足差し足になって、茶の間から小間に入った。診療部屋と隔てている障子に近づく。おゆんを手招きする。

「あたしたち、しじゅう、こんなことしてるよね」

小声で呟けば、今度は次郎助が指を立てた。

「町医風情に務まる御役ではない。その方が不埒《ふらち》なる儀を致して、篠崎家の面目を潰すのは目に見えておる。辞退せよ」

客はやはり、三哲の兄のようだ。たしか三伯長興《さんぱくながおき》という名で、紀州藩の藩医を務めていると聞いたのはふた月前の師走だ。三哲は若い時分に生家を出奔したらしく、篠崎という医家の次男であったことすら、おゆんは知らなかった。

「長瑞《ながよし》、返答いたさぬか。さんざん無頼《ぶらい》に生きて父上を悩ませ、母上を泣かせ、此度はあろうことか篠崎の家名を利用して奥医師に化けようとは、いかなる料簡か。恥を知れ」

「料簡も何も、呼ばれたから行ったまでのこと。そっちとは何のかかわりもねえや。だいいち、そっちは藩医だろう。俺は御公儀からの御召だぜ」

「白《しら》を切るでない。篠崎の家名を利用せずして、その方なんぞが選抜されるわけがなかろう」

するとと三哲は黙り込む。ややあって、「はッ」と濁声《だみごえ》が洩れた。兄弟だけあって声がよく似ているので、どちらが発したものか、よくわからない。

「相変わらずだな。今も学問大事で、家名に寄っかかって、ちっとでもそれを目減りさせまいと必死だ。

「これが、家督を継いだ惣領《そうりよう》の務めぞ。部屋住みの身の上をこらえ切れなんだその方には、生涯わかるまい」

「言っとくが、俺はとうの昔にそっちとは縁が切れてる。俺《おら》あ、天野三哲だ。今さら篠崎なんぞ、何のかかわりもねえや」

「さよう、当家もその方とはすっぱり切れておった。ところが先だって、御公儀が身上調べに見えた。まったくもって、寝耳に水の話であったわ。その方がよもや医の道に入っておるなんぞ、夢にも思わなんだ」

三伯は吐き捨てて、やや置いてから言葉を継いだ。

「何ゆえ、嫌い抜いておった医者になどなったのだ。かようなことなら、どこぞで野垂れ死にしておった方が、まだ恥は小そうて済んだものを。いつまで厄介を掛ければ気が済む。何はともあれ、出仕の件は辞退いたせ。良いな。理由はこちらから、いかようにでも繕っておく」

医者を嫌い抜いていた。

そう聞いて、次郎助はおゆんに向かって両眉を上げる。

けれど、おゆんは意外とは思わない。「医者のやれることなんぞ高が知れてる」と言い暮らし、世間で通りのいい身形や門構えから掛け離れてきたのだ。

お父っつぁんが嫌ってきたのは、医者の本分から逸れている医者のことだったんだろうか。

考えを巡らせたが、迷いも同時に出る。いつも算盤ずくで舌先三寸で、すぐに面倒がる。患者の親に「喋るな」とまで言い、しじゅう怒らせてきた。

けれど佐吉さんは、そう、あの佐吉さんはお父っつぁんの腕を認めていた。

じゃあ、何でこの兄さんはこうもお父っつぁんを見下げるのだろう。久方ぶりの再会だろうに、弟を襤褸《ぼろ》屑のように値打ちなしと決めつけて厄介者扱いする。若い時分に迷惑をかけたことは大方の想像がつくが、そしてさぞ無茶なことをしでかしてきたのだろうと察しもするが、それでも今は医の道に戻って何とかやっているじゃないのと、歯噛みした。

それを喜ぶどころか、先々の難渋を懸念して「辞退しろ」と弟に迫っているのだ。そして、死んでくれていた方がまだましだと言った。

あたしのお父っつぁんに。

「相も変わらず、指図がましいな」

「向後、その方の所業は厭でも当家にかかわりが出る。ゆえにわざわざ、かような場にまで足を運んで参ったのだ」

「火の粉をかぶるのは御免というわけか」

「いかにも」

「あいにくだが、辞退はできねえ相談だ」

「狙いは何だ。支度金目当てか、それとも名か。破落戸《ごろつき》が今さら名利《みょうり》を欲しがるなど、片腹痛いわ」

それからしばらくまた、二人は黙り込んだ。次郎助は顔の半分を障子の桟《さん》に寄せ、耳を押し当てている。おゆんも息を詰めた。

「粘っても無駄だぜ。俺は、降りねえ」

「ならば、当家はそれを阻《はば》むのみ」

ややあって、待合場の側の障子を引く音がした。次郎助と同時に身を縮め、それでも柱の陰から覗くと、三伯の蒼白な横顔が見えた。長い羽織の裾を翻《ひるがえ》すようにして、土間から外へと出て行く。

次郎助が這うようにして縁側に滑り出たので、おゆんもそれに続く。前庭で待っていた弟子らが傍に駆け寄ったが、三伯は無言で駕籠に乗り込んだ。


三哲が「ち」と舌打ちをしながら茶の間に入ってきて、肩に掛けたままであった手拭いを放り出す。

「湯屋に行きそびれちまったじゃねえか。ああ、腹、減った。晩飯は何だ」

「まだ支度ができてなくって。お父っつぁん、何、食べたい。金平《きんぴら》にしようか、大根で」

「何でよりによって、俺の嫌いな大根の金平なんでえ」

おゆんは首をすくめた。思いのほか、動転している。次郎助が「おゆん、いけねえなあ」とわざとらしく笑ったので、三哲が片眉を上げた。

「どうせ盗み聞きに忙しかったんだろう」

「先生、どうなってんの、あの兄さん。ちと、おかしいんじゃないの」

「ほっとけ。どうってこと、ねえ」

「けど」と声を尖らせた次郎助が、ふいに顎を上げた。眉根を寄せ、黒目を斜め上に動かしている。おゆんも気がついた。

半鐘《はんしょう》だ。

その途端、次郎助は縁板を蹴るように立ち上がり、裸足《はだし》のまま庭へと飛び出して行った。

三

ふらここ堂は火を免《まぬか》れたので、火傷《やけど》を負った者が次々と担ぎ込まれてくる。

「おゆん、まだ大丈夫か」

次郎助と鶴次が、戸板に年寄りをのせて運び込んで来た。

三河町の若者組に入っている二人は、町内の祭から掃除、草引きや溝浚いの際に力仕事を受け持っている。といっても、その後の酒が楽しみで集まっているようなものだ。

ただ、火事となればたとえ己の家が焼けていても町のために動く。それを自分たちの、決まりとしているらしい。むろん火消しの邪魔にならぬよう、独居の年寄りや子供の避難を助けるのが主な仕事だ。

「うん、奥にまだ入れるはず。容態は」

火事場からはむろん、火傷を負った患者が多く運ばれてくる。ただ、逃げ惑って足を挫いたり、家財道具を積んだ大八車に轢《ひ》かれて怪我を負った者も運ばれてくるので、おゆんは戸口の前で受け入れのつど、まず容態をたしかめる。

「右の半身に火膨れだ。ひどくはねえが、家が焼け落ちる寸前だったんで放心しちまってる」

「奥にお亀婆さんとお安さんがいるから、介抱してもらって」

「わかった」

お亀婆さんは亀の子長屋に火が移った途端、皆を引きつれてふらここ堂にやって来た。長屋の沽券《こけん》を買い取ったのが去年のことで、それが一年足らずで灰になったのである。それでも顔色一つ変えることなく、

「おゆんちゃん、邪魔するよ」

いつものようにお八つや夕餉を馳走になりにきた、そんな口振りだった。ふだんから大事な物をまとめてあるらしく背には大きな風呂敷包みを背負っていて、右手に勇太、左手にけん坊の手をしっかと握っていた。勇太とけん坊は二人、ちょうど長屋の路地で遊んでいた最中だったらしい。

佐吉も日が暮れる前には奉公先から帰ってきて、三哲を手伝っている。火傷や怪我のひどい者は診療部屋で三哲と佐吉が手当てを、軽傷の者はお亀婆さんとお安が奥で介抱と、手分けをしているのである。

「佐の字、そっちの子供は」

「火傷は軽いのですが、額を三寸も切っています。出血が止まりません」

「縫え。針と糸は薬簞笥の中にある」

「承知」

小児医のふらここ堂といえど、こんな急場では金創《きんそう》も迷わず行なう。佐吉はまして医者ではないのだが、三哲が信を置いているのはここの誰もが知っている。

患者を運び込んだ次郎助は、お安に声を掛けた。

「親父は」

「町会所《まちかいしょ》」

火事の多い江戸では、皆、己の役割を心得ている。角屋も無事であったらしく、おはすぐさま襷掛《たすきが》けで駆けつけてくれた。亭主の金蔵は町の仕事を助《す》けに出たらしい。往来が混乱しないよう避難場の指図をしたり、炊き出しの用意もある。

空になった戸板を抱えて土間に下りてきた鶴次と目が合い、おゆんは軽くうなずいた。避難してきた者の中には親や子、きょうだいを喪い、あるいははぐれたままである者も少なくない。迂闊に、「けん坊が無事で良かった」と口に出すのがためらわれた。

鶴次も弟のことには触れず、奥に向かって顎をしゃくりながら苦笑いを浮かべた。

「あいつ、火事となると、やけにしゃんとしやがる」

次郎助のことだ。いつもの軽々しさが鳴りをひそめて、三哲と佐吉に患者の様子を訊ねている。それを若者組の兄貴分に伝え、そこから町会所へと報告を上げるらしい。

次郎助の顔つきが束の間見えて、それがあまりに真剣で、なぜか照れ臭い。

「ほんと。いつものでれでれと大違い」

少し笑うだけで肚の底が、すうっと落ち着くのがわかる。火事には慣れているものの、こうして呻《うめ》き声と泣き声、そして絶え間なく流れ込んでくる煙の熱と臭いの只中で働いていると、やはり妙に昂《たか》ぶってしまうのだ。ふだん以上に働こうとつい躍起になって、常にはない心持ちになる。それでは何十人もの患者を捌けない。これからまだまだ、担ぎ込まれてくる。

「火はどんな具合なの」

神田旅籠町《はたごちよう》の足袋《たび》屋が出火元であることは、もう知れていた。

「風に煽《あお》られて、とうとう新大橋《しんおおはし》が焼けたらしい。火は大川を渡って、深川《ふかがわ》まで焼けそうな勢いだ」

やはり生半可《なまはんか》な火事ではないとわかって、背筋がぞくりと動いた。

「大丈夫。江戸者は立ち直りが早《はえ》え」

久しぶりに会った鶴次は肩や腕ががっちりとたくましくなっていて、物言いも頼り甲斐がある。両親を早く亡くした鶴次は厄介になっていた遠縁の家を出て、弟の面倒を見ながら働き通しに働いていると次郎助から聞いていた。生家の商いであった乾物問屋をいつか己の手で再開するのが、念願であるらしい。

また患者が担ぎ込まれた。子供だ。手脚が着物ごと赤黒く腫れ上がり、顔も焼け爛《ただ》れている。

「台所の板間に運んで」とおゆんは担ぎ手に告げ、自身も一緒に走った。

竈《かまど》にはまるでお産のごとく大鍋を並べ、大量の湯を沸かしてある。火傷には冷水を掛け流して冷やすのが世間の常道だが、ふらここ堂では逆に熱い湯で絞った手拭いで手当てをするのだ。理屈はよくわからないが、おゆんは昔から三哲にこう教えられてきた。

「躰の皮が焼けちまってんのに、それを急に冷やしたら皮がちぢれて縮んじまう。人の躰を包んでるのは皮一枚だからな。ともかく熱い手拭いを当てて、皮を守れ」

実際、おゆんも行灯《あんどん》の油で二の腕に火傷を負ったことがあるが、その手当てをしたお蔭でまったく痕が残っていない。

ただ、熱い手拭いを作るには熱湯を入れた盥《たらい》に手拭いを浸し、それを絞る必要がある。おゆんの掌《てのひら》はもう指を曲げるのが辛いほど火膨れているが、子供の様子を見ながら両手を盥の中に入れた。


「よし、今度は真ん中を狙うから。見ててみな」

勇太とけん坊が、山桃の枝に吊るしたふらここで盛んに遊んでいる。勇太は七つ、けん坊は一つ年嵩の八つである。もう傍についていなくても大丈夫な年頃なのだが、診療の後、三哲と次郎助がつれ立って湯屋に行ったので、おゆんは子供らと一緒に庭に出た。

「凄い。ど真ん中だね」

けん坊が飛ばした下駄は、壁に描いた三重丸の的《まと》に見事に当たった。勇太は壁際に落ちた下駄を取りに行き、大股で走って戻ってくる。

「よし、今度は勇太の番だ」

遊び声に混じって、四月の空に槌音《つちおと》が響く。今も方々で普請《ふしん》されていて、材木の匂いがしない日はない。

二月六日の火事は翌日、深川の洲崎《すさき》でようやく止まった。金蔵が言うには、四百六十余町を焼失した大火で、火元が足袋を商う旅籠町の明石屋《あかしや》だったことから「明石屋火事」と呼ばれているらしい。

全焼した亀の子長屋も、今は普請の真っ最中だ。それが建ち上がるまで、店子《たなこ》らは近在の身内や奉公先に厄介になっているようだ。ただ、身寄りのないお亀婆さんと佐吉親子、鶴次兄弟の三組は、ふらここ堂の庭に建てられた仮屋に住まっている。

「先が見えねえ」

三哲は縁側に坐るたび、ぼやく。

「婆さんがこんなもんをおっ建てたせいで、通りも何も見えねぇじゃねえか。陽は差さねえしよぉ。お先、真っ暗だ」

「あのさあ、先が見えないとか、お先真っ暗とかって、こんな場合を指して言うんじゃないでしょ」

「へんッ、前を塞がれてんのは一緒だ。同じこってえ」

焼け出された面々はふらここ堂と角屋で引き受けようと、それはもう誰が言い出したことでもなく、皆がその心積もりを組んでいた。

ところが、少々、揉めたのである。患者を落ち着き先に送り出してほっと一息をついた、あれは火事の五日後のことだった。


お安の一言で、火蓋《ひぶた》が切って落とされた。

「勇太ちゃんは、おばちゃんとこにおいでよね」

「それがいいな。鶴次もうちに来いよ」

次郎助が一も二もなく賛成した。佐吉は背筋を立てたまま頭を下げ、鶴次も「うん、すまねぇな」と盆の窪《くぼ》に手をやった。そこで黙っていないのが、お亀婆さんだ。

「佐吉っつぁんと勇太ちゃん、鶴次とけん坊……四人も無理じゃないかえ。お安さんとこじゃあ、手狭だろう」

「大人二人に子供二人だから、どうってことないよ。佐吉っつぁんと鶴次は次郎助と一緒に寝りゃあ、いい。この子、六畳を一人で使ってんだから」

するとと次郎助が新しい案を持ち出した。

「じゃあ、俺はふらここ堂で寝泊まりするわ。どうせ毎日、ここに通ってんだし」

「ああ、もう、ややっこしいねえ。あたしと佐吉っつぁん親子がここで世話になりゃあいいんだよ。ふらここ堂であたしら三人、鶴次とけん坊は角屋。ねえ、三ちゃん」

三哲は横になって肘をつき、鼻の中をほじっていた。

「好きにしな」

「ほら、ごらん」

婆さんは鼻息を荒くして、お安をぐいと抑えにかかる。ところがお安も引かない。

「またそんなこと。おゆんちゃんの身になって考えてやりなよ。ただでさえ患者が多くててんてこ舞いしてんのにさ、婆さんと佐吉っつぁん親子の三人なんて、この子、しまいに倒れちまうよ」

「婆さんて言うな」

勇太とけん坊がくすくすと、肩を寄せ合って笑う。

「あたしは大丈夫だけど」

と言えばお安が盛んに片目をぱちぱちさせて、何やら合図めいたものを寄越してくる。口をつぐむことにした。

「そうそう、三ちゃん、お沙汰があっただろ。御城にはいつからだい」

お安が訊ねると、三哲は「んなもん、来てねえよ」と素っ気ない。

「けど、黒塗りの駕籠が」

お安はどうやら店先から見ていたらしい。

佐吉が低声《こごえ》で「そうなんですか」と訊ねているが、三哲は「いいや」と頭を横に振った。

「おっ母あ、その話はまた今度。先に決めようぜ、誰がどこで暮らすか」

次郎助が話の流れを元に戻した。が、お安と婆さんは互いに己の言い分を引っ込めず、要は佐吉と勇太親子をどう手に入れるかが、いつもの争いの種である。

「おゆんちゃん、紙と筆、貸してもらえるかな」

鶴次がおもむろに切り出した。反古《ほご》紙と筆を渡すと、鶴次は皆の真ん中に紙を置く。

「ここがふらここ堂で、前庭の向こうに東西の通り、でもってこの辻に角屋っと」

鶴次は瞬く間に大小の四角やら、左右、上下の線を描いた。

「おばちゃんと次郎助の言い分は、佐吉さんと勇太、俺とけん坊が角屋で」

角屋の四角の中に「佐」「勇」「鶴」「け」と書き入れ、ふらここ堂の大きな四角の中に「亀」と「次」を書きつける。すると金蔵が「うぅん」と腕組みをした。

「こうやって見りゃあ、やっぱ角屋に四人は厳しいかもしんねえなあ。次郎助はうちに戻って、鶴次とけん坊がふらここ堂で世話んなるってのはどうだ」

「お前さん、子供同士を離すのはいけないよ。たとえひと月でも他人《ひと》んちで暮らすんだから、せめて一緒に遊べるようにしといてやんないと」

「また大層な。うちとここじゃあ、目と鼻の先じゃねえか。なあ、三ちゃん」

三哲はもう生返事も返さない。

するとお亀婆さんが「わかった」と、膝を叩いた。

「鶴次、筆を貸しとくれ。ほれ、ここにこうすりゃ、八方良《はっぽうよ》しだ」

皆で紙の上に屈み込んだ。

「何だ、これ」

ふらここ堂の前庭に、細長い四角がでんと描かれている。婆さんはその中に二本の縦線を引き、右から順に「亀」「佐」「鶴」と書き込んだ。

「ここんちの庭に仮屋を建てるのさ」

「何だとう」

三哲ががばと起き上がり、紙を取り上げた。

「勝手に何を思いついてやがる、俺んちに」

「俺んちじゃないだろ、地面の持ち主はあたしなんだから。ここ、あたしんち」

「はあっ」

皆が一斉に半身を引いた。ここの地主は搗米屋《つきまい》をしていた町人で、今は在所の王子《おうじ》村に帰って隠居暮らしをしているはずだ。

「婆さん、まさか、つ、搗米屋から買ったのか」

「まあね。いや、違うよ、向こうから持ち掛けられた話さ。倅の商いで急場凌《しの》ぎの銭が要るとかで、拝まれたんだよ。まあ、あすこの家とも古いつきあいだから」

「いつのまに……けど、ここの店賃《たなちん》はまだ搗米屋に納めてるぜ。なあ、おゆん、そうじゃねえのか」

おゆんはうなずいてから、お亀婆さんに顔を向けた。

「だからさ、そういうことにしといてもらったんだよ。あたしが買ったってのを知るとさ、三ちゃん、騒ぐだろ。競《きそ》い心出して」

「当たり前《め》ぇだ。何で婆さんばっかが、そうも稼ぐ」

すると、お亀婆さんはぶほっと笑い、己の右腕をとんと左手で叩いた。

「ここが違う」

そして、次の日には棟梁を呼んで仮屋を建ててしまった。幅は差し渡し六間を超えていて、中は棟割長屋のごとく三つの部屋に分かれている。そこに住まっているのは東からお亀婆さん、佐吉と勇太父子、そして鶴次とけん坊の兄弟だ。台所までは作れなかったので、皆はふらここ堂に集まって食べている。

お安は毎日のように通ってきて、お菜を拵えてくれる。おゆんは大助かりだが、何かにつけて婆さんと張り合うので、三哲は金蔵と外に呑みに出るのがもっぱらだ。

昨夜も出かけしなに、「まったく、婆さんらのせいで、とんだとばっちりだ」と三哲はぼやき、自棄《やけ》のようにおゆんに命じた。

「婆さんとお安にな、赤小豆を喰わせとけ」

「赤小豆って。前にもそんなこと言ってたよね。何に効くの」

「恋煩《わずら》い」

三哲が真面目な顔で口にしたので、「あ、そう。じゃ、そのうち」と返した。妙なやりとりだ。三哲に「恋」ほど似合わない言葉はない。

「お姉ちゃん、思い出し笑いしてる」

勇太が黒目勝ちの瞳を見開いて、こっちを見上げていた。今度はおゆんがふらここに乗れと言う。けん坊と勇太が一緒になって背を押してくれる。

「そうれっ」

「二人とも、力が強いねえ」

久しぶりにふらここを漕いで、空に近づいたり遠ざかったりする。衣替えも済んで陽射しは初夏だが、風はまだ冷たい。それが心地いい。

——ならば、当家はそれを阻むのみ。

ふと三哲の兄、三伯の言葉が甦った。

やっぱ、あのおじさんが何かしたんだろうなあ。

季節が変わっても、城からは何の沙汰もないのだ。近頃ではお亀婆さんが三哲をからかっている。

「三ちゃん、公方様の御眼鏡《おめがね》にかなわなかったんじゃないのかえ。落ちたんだ。落ちた、落ちた」

「うっせえ。こうなりゃどうでも奥医師になって、稼いでやる。丸薬も売りまくって、この辺り一面、買い占めてやらあ。後で吠《ほ》え面《づら》かくな」

いまだに処方に手をつけていない丸薬のことを口に出したせいで、城勤めの話まで何やら怪しいものに聞こえた。おゆんは三哲の兄のことを誰にも話しておらず、次郎助も同じようだ。二人きりになると次郎助はあれこれと案じるが、おゆんはもう振り回されるのはご免だった。

また近所の笑いものになって、閑古鳥が舞い戻ってくるかもしれないけれど、それは元に戻るだけのこと。

お父っつぁんは野垂れ死になんぞ、しない。

それよりもおゆんはこうして勇太やけん坊と一緒に過ごしながら、佐吉の帰りを待つのが楽しかった。

「ただいま帰りました」

佐吉の顔を見るだけで、胸の中がきゅっと引き絞られる心地がする。時には痛いような心持ちがして、けれどお膳の最中も気がつけば佐吉を窺い見てしまう。

「ごめんなさいよ。ちょいと、おゆんちゃん」

声を掛けられて我に返ると、通りに二人づれの娘が立っていた。ふらここの綱を持って、おゆんは飛び降りる。

「憶えてる、あたしのこと」

「ああ、わらじやの、おせんちゃん」

去年、師走の十日頃だったたか、次郎助の馴染みの店に入って飯を食べたことがある。その店の娘がおせんだった。しゃきしゃきとした物言いで、店を切り回していた。

「鶴次なら、まだ帰ってきてないんだけど」

「うん、わかってる。ちょいと掃除をしにね、洗濯物も持って帰るわ。けん坊、田楽、持ってきたよ」

鶴次といい仲だと次郎助が話していた通り、けん坊も「やったあ」とおせんの腰にかじりついている。よくしてもらっているのだろう、おせんに懐《なつ》いているのが知れた。

「これ、おゆんちゃんちにも。明日のお昼までは保《も》つと思うから」

重箱らしい包みをくれた。

「有難う、助かる」

おせんは勇太に目を留め、屈み込むようにして頭を撫でた。

「大変だったね、火事。怖かったろ」

亀の子長屋で顔を合わせたことがあるのか、勇太は「うん」と小さな頭をまっすぐ縦に振った。

「けど。みんながいるから。けん坊も、お姉ちゃんも」

人見知りが激しくてめったと声を出さなかった勇太は、もうすっかり町の子になっていた。

「わらじやさんは大丈夫だったの」

「うん、何とか。けど、この子んちの長屋が焼けちまって、今、うちにいる」

おせんは背後の娘を少し振り返ると、おゆんと引き合わせるようにその娘の肘を摑んだ。

「おみっちゃん、おゆんちゃんだよ。この子、おみちってぇの。ちょっと珍しい、女髪結い。まだ見習いだけど」

見舞いの言葉を口にしようとおゆんは一歩、前に進んだが、おみちはすっと脇に逸れてから「どうも」と斜めに首を傾げるようにした。少し掠れた声で、着物の着方も所作もどことなく粋な感じがする。目尻は少し吊り上がっているが、肌が卵みたいに綺麗だ。

「あ、どうも」

目も合わせてこないので、何となく気詰まりになっておゆんは口ごもった。

「おせん、早いとこ、やっちまおうよ、掃除」

おみちは仮屋の入り口に顔を向けて、先に歩き出す。

「ほんと、せっかちなんだから。じゃあ、おゆんちゃん、また。けん坊、手伝っとくれ。勇太も」

おせんは子供二人を引きつれて、手前の油障子を引く。

「うわ、何、この臭い。鶴次の奴、てんで片づけてないんだから」

四人で騒ぎながら、さっそく始めたようだ。

手持ち無沙汰になったおゆんは前庭を引き返して、台所に入った。包みを開けると、豆腐や蒟蒻の田楽が重箱に詰められている。三哲と佐吉はこれを肴に今夜も呑むだろう。二人は時々、夜更けまで何かを話していて、おゆんはその声を聞きながら寝入るのが常だ。

次郎助は近頃、また鶴次とつるんで若者組の集まりに出かけるのだが、決まっておゆんを誘ってくる。

「なあ、たまには若い者同士で、賑やかなとこに繰り出そうぜ」

「行かないったら。んもう、何遍も断らせないで。面倒臭え」

三哲の口真似をすると、今度は鶴次を使って誘ってくる。

「遠慮してるんじゃないの、ほんとに。あたし、うちで過ごすのが好きなの。ここ、十分、賑やかだし」

「そうだよなあ。うん、わかってるけど、次郎助の奴が」

鶴次も困っていた。

米を研《と》ぎながら、次郎助もそろそろわかってくれたらいいのにと、頰を膨らませる。

さっきもおせんに気が引けたのだ。明るくて自信満々の娘らにおゆんは気の利いた言葉一つ掛けられないし、どっちみち話が続かない。昔からそうだ。十二、三の頃もそんなことがあって、男の子と女の子が混じって潮干狩りにでも行こうものなら、決まっておゆんは独り、ぽつんとはみ出しているのである。それは慣れているので、気にも留めていなかった。

厭なのは、次郎助が妙に気を使っておゆんを引き立てようとする、皆の真ん中につれ出そうとすることだ。そんなことをされるとかえって淋しくなる。友達を作れない己を思い知らされる。それでもう、懲りていた。

裏の戸口の外で音がして、お安が来てくれたのだろうと顔も上げないでいると、「ちょいと」と掠れ声だ。

「いいかな、今。少しだけ」

何用か、おみちだった。

「あ、じゃあ、上がって」

指についた米粒を手早く釜に戻してから、おゆんは前垂れで両手を拭いた。なぜか赤小豆の色が浮かび、祝でもらったの、どこにしまったっけと思った。

「ううん、ここでいい。大した話じゃないし」

おみちは敷居の向こう側に立っていて、半身を斜めに戸口にもたせかけるようにして、右の手を懐に差す。

「あのさ。あんた、次郎助のこと、どう思ってんの」

いきなり奇妙なことを訊かれた。しかも苛立ちを含んで、責めるような声音《こわね》だ。

「どうって。次郎助は幼馴染みだよ」

「それだけ」

「そうだけど」

「なら話が早い。はっきり言うけど、あんたさ、もう次郎助の気を惹くようなこと、しないでくれる。あたし、見てらんないの」

さすがにむっと来て、頬が強張った。

「藪から棒に、何なの」

「へぇ、やっぱ鈍《にぶ》いんだ、男どもが言ってた通り。けど、おたく、もう十九なんだって。鈍い振りしてるだけなんでしょ。本当は次郎助の気持ちがわかってて、でもって、あの勇太の父親ってのと両天秤、掛けてんでしょ」

「佐吉さんも次郎助も、そんなんじゃない」

「とぼけないで」

おみちは懐から手を抜き、つっと顎を上げた。そして真正面からおゆんに目を据えてくる。夕陽を受けて、おみちは口の片端を上げた。

「そっか。それって、どっちにも本気じゃないってことだよね。ほんとの恋しさって、そんなもんじゃない」

おみちが挑みかかってくるような気がして、おゆんは棒立ちになった。

「あたしは命懸けだから。次郎助のこと、絶対、あきらめない。あんたみたいな両天秤に、負けるもんか」

甲高い下駄の音が遠ざかり、しばらくして仮屋の前で鶴次の声がした。

おせんが陽気に「お帰り」と迎えている。鶴次が二言、三言、何か言うと、子供らも一緒になって笑い声を立てた。

おゆんは何度か目瞬きをして、すとんと板間に尻を落とした。家の中は夕闇に沈んで、生薬の匂いだけが漂っている。

八　御乳持《おちもち》

一

五月に入ると、町の風景はやたらと雄々しくなる。

男の子のいる武家や裕福な町家では定紋《じょうもん》を染め抜いた幟《のぼり》や吹抜きの鯉を庭に立て、端午《たんご》の節句を祝うのだ。江戸はちょうど梅雨《つゆ》を迎えるので、天から降り注ぐ雨の中であっても鯉が尾をうねらせる、それを滝登りの姿に見立てるらしい。

我が子もかくあれかしと、息災を願う。

今日、五日も朝から降っていたが昼前に上がって、ぽちり、ぽちりと滴《しずく》の落ちる音がする。

縁側に坐ってお亀婆さんと柏餅《かしわもち》を食べていたおゆんは、その音に惹かれるように目を上げた。軒先に菖蒲《しょうぶ》飾りを差してあり、葉っぱが雨露を含んでか、時折、沓脱石《くつぬぎいし》の上に滴を落としているのだ。ふらここ堂では、三月の雛《ひな》の節句には待合場に桃と菜の花を、端午の節句にはこの菖蒲飾りを習いとしている。

「おゆんちゃん、お茶をもう一杯、頼むよ」

お亀婆さんが湯呑を差し出した。

「じゃあ、お茶っ葉、入れ替える。ちょいと待ってて」

「ああ、そのままでいい。あたしゃ、白湯だっていいんだから。はい、はい、もうそのくらいで。有難うよ」

湯呑の縁に吸いつくようにして音を立てたものの、お亀婆さんは物憂げに衣紋《えもん》を抜いた。

「雨上がりは蒸すねえ。着物が肌に張りついて仕方がない」

明石屋火事で全焼した亀の子長屋は先月の末に新しいのが建て上がり、披露目の祝も済ませたばかりだ。ふらここ堂の庭を塞いでいた仮屋も取り壊されて、細長い敷地跡には夏草が生え始めている。ところが普請したての長屋の方々で雨漏りして、しじゅう大工を呼ばねばならぬらしい。

「仮屋の方がよほど普請がしっかりしてたよ。こんなことなら、ずっとあのままが良かった」

お亀婆さんらしくない繰言《くりごと》だ。済んだことに言いがかりをつけるのはいつも三哲であって、婆さんは「何を今さら」と前を向くのが常である。しかし婆さんはこのところ、梅雨空のごとき浮かぬ顔つきだ。

診療部屋から「ぐはっ」と三哲の馬鹿笑いが聞こえて、おゆんは肩をすくめながら柏餅の葉を片づける。

「これ、惜しいな。もう一日早く診せてりゃあ、間に合ったのによぉ」

患者の親に、また妙なことを言っている。

御公儀の奥医師にという、降って湧いたような出世話は尻切れ蜻蛉になっていて、御城からはまだ何の音沙汰もない。近所ではそれをしきりと噂し、見知りのご隠居が代表でやってきて「あれは、いかなる成り行きで」と訊ねたようだ。

すると三哲は「へん」と目をむき、「奥医師が何者だっつうんでえ。んなもんにならねぇでも、喰って行けらあ。お天道様《てんとさま》と米の飯はどうとでも、ついて回るんだよぉ」

やせても口は八人前だ。

しかし世間の耳は敏《さと》いのである。

公方様はどうやら、天野三哲がお気に召さなかったらしい。落ちた。

ふらここ堂はやっぱ、正真正銘の藪だ。

とまあ、有難くないお墨付きを戴いた格好になり、我勝ちに押し寄せてきた患者は潮が引くように遠のいた。お沙汰の来ない理由はまったくわからない。もしかしたら篠崎三伯とかいう三哲の兄が妙な横槍を入れたのかもしれないが、おゆんはほっとしている。

お父《と》っつぁんには土台が無理な、似合わぬ話だったんだ。

嵐のような忙しさからも脱け出せて、今はこの不景気さが懐かしいほどだ。薬を取りに来た下男や女衆が待合場で鼾をかき、その合間に三哲がいい加減な診立てで濁声を上げる。そんな日々が戻ってきた。

「え。先生、もう間に合わねぇんですか。この子のおでき、一生物でやすか」

「まあ、膏薬《こうやく》は出してやるけど。治るかと訊かれれば治るかもしれねぇし、治らねぇかもしれねえな」

「そんなあ」

次郎助だけはまだ己がふらここ堂を背負って立つと決め込んでいて、三哲の診療に張りついては嫌がられている。

「暑っ苦しい奴だな、もうちっと離れてろい。まったく、何でそうもくっつきゃあがる」

次郎助は口の中で答えるばかりで、中身はわからない。

「ぼそぼそ、ぼそぼそ、湿《しけ》った煎餅か」

三哲に追い払われて、次郎助が茶の間に出てきた。

その気配を察しながら、背中を向ける。目を合わせるのは気ぶっせいだ。それを知ってか知らずか、次郎助もこの頃はおゆんに話しかけてこない。ふと何かを感じて振り返ると慌てて目を逸らす、それを互いに繰り返している。

ああ、面倒臭い。

思わず溜息を洩らすと、お亀婆さんも同時に「あぁあ」と肩を落とした。

「何だい、何だい、二人揃って縁側で」

お安がいつのまにか縁側の前に立っていた。腰の辺りに両手を置き、数歩後ろに退がって、軒を見上げる。

「それにしても毎年、ここの軒飾りは見事だねえ。むさい襤褸家《ぼろや》の男振りが、何枚も上がって見える。家で男振りってのも、妙かもしれないけどさ」

惚れ惚れとしたような声音で、目を細めた。

「ううん。あたしもそう思う」

　おゆんはそう返しながら庭下駄に足を入れ、庭に下りた。お安の立っている場まで歩き、そこで身を返して肩を並べる。そのまま数歩、後ずさって、右向きに少し傾《かし》いだような屋根を見渡した。

「うちの家が何だか、男前に見えるんだよねえ」

　板屋根はところどころが朽ちていて、破《や》れ板が風で飛んでいかないように載せた重《おも》石《し》も古びて苔むしている。が、青々とした菖蒲をずらりと軒先に飾った途端に家の見場が上がるのだ。

　菖蒲飾りは剣先のような菖蒲の葉を数枚、その根元に蓬《よもぎ》の葉を添えて草束にしたものので、昔から毒を消し、悪鬼を祓《はら》うものとされているらしい。いわば魔除けの呪《まじな》いだ。けれどおゆんは毎年、患者の親子が見せる様子を密かに楽しみにしている。

　風邪の症や腹痛を起こした我が子を抱え、のっぴきならない面持ちで訪れる親たちがふと足を止め、菖蒲で装ったふらここ堂を見上げる。そして、目が覚めたような顔をする。市中の長屋や湯屋でも菖蒲を飾るので見慣れているはずなのに、ふらここ堂のように軒の端から端までを一目で見渡せる風景はやはり珍しいのだろう。

　親は決まって相好を崩し、腕の中や背中のわが子に「ごらん」と指し示すのだ。待合場に入ってきた時、子供も大抵は泣き止んでいる。魔除けの効用はわからないけれど、患者親子の心慰めにはなっている、そんな気がして、おゆんは毎年、藁しべで草束を括《くく》る。

「それ、作ったのはおゆんだけど、軒に飾ったのは俺だから。俺」

煎餅を手にした次郎助が縁側に出てきて、己の鼻を人差し指で指した。

たしかに、おゆんの背丈では軒に手が届かないので、次郎助が梯子を使って差したのだ。昨日、半日もかかった。だが、おゆんも、そしてお安も次郎助に取り合わない。

「あ、そう」

一瞥もくれずに、一言で済ませた。縁側で湯呑を持って坐っていたお亀婆さんも、胡散臭そうな目つきで次郎助を見上げるのみだ。

「ちぇ、何でぇ。どいつもこいつも、つんけんしやがって」

次郎助は不服げに下唇を突き出すが、結局、後を続けられずに診療部屋に退散する。

ほら、やっぱりね。首をすくめて、すごすごとしちゃって。

おゆんは胸の中で、あかんべえをする。

「んもう、ほんに弱味噌《よわみそ》だねえ」

お安までが呆れ声だ。と、お安の形《なり》がいつもと違うような気がした。

「おばちゃん、今日は何か違うね」

するとお安が「そ、そうかえ」と鬢《びん》に手を当てた。いつになく髪が艶やかで、髷や元結《もっとい》もさっぱりとして乱れがない。

「頭、綺麗だ。髪結い床《どこ》、行ってきたの」

「行ってきたというか、向こうが勝手にやってきたというか」

お安は途中で口ごもって、半笑いを浮かべた。するとお亀婆さんが縁側から何かを言って寄越した。煙管の吸口を咥《くわ》えているので、おゆんにもよく聞こえなかった。

「え。婆さん、聞こえないよ」

お安が耳許に掌を立ててると、「婆さんて言うな」と、煙を盛大に吐き出した。

「あの娘《こ》だろうって言ってんだよ。昨日、あんたんちに来てたろう。ああ、しらばっくれても無駄さ。黄色い声でおっ姑《か》さぁんなんて呼んでんのが、通りまで筒抜けだったからね。あんたんちの倅、いつのまに女房もらったんだえ」

お安は「地獄耳」と目をつぶり、仰向いた。

お安に懇願されて、おゆんはお亀婆さんと共に角屋に向かった。

「や、やあ、らっしゃい」

通りで振り売りから心太《ところてん》を買っていた金蔵は、悪さを見つかった子供のように飛び退いた。お安はじろりと亭主を見たが、何も言わずに中に入る。お亀婆さんとおゆんも続いて、奥の居間に上がった。

「おゆんちゃん、食べるかい、好きだろ、山桃」

金蔵が機嫌を取るように、店先に並べたかごを持ち上げて見せた。ふらここ堂の山桃の木にこの真紅《しんく》の実がつくのはもう少し先だが、角屋はいつも旬を先取りして品揃えしている。

「ありがと。けど、いいよ。柏餅食べたばっかかだから」

金蔵は残念そうな顔をして、「じゃあ、心太は」と訊ねてくる。

「まだ、その辺を流してるだろう。呼び戻してくら」

おゆんが首を横に振ると、「お前さん、もういいから」とお安が掌で追っ払うような手つきをした。

「せめて店番なりとも、ちゃんとしてもらいたいね。ほんに、浮わっ調子なんだから」

そう言って障子をぴしゃりと引いた。

「父子揃って呑気なんだから、もうお手上げだわ」

お安は頰を膨らませながら、お亀婆さんとおゆんを上目遣いで見た。

「お茶でも淹れようかね」

「もう、たぷたぷだ、結構。で、わざわざ角屋に足を運ばせといて、何の相談だい」

お亀婆さんはにこりともせず、迷惑顔だ。

「だから、三ちゃんちじゃあ、話、しにくいから。あの馬鹿もいるしさ」

「あの馬鹿、うっかり町の娘に手ぇ出して、本気になられちまってんだろ。で、あんたらはどうしようもなくて、手ぇこまねいてるってわけだ。にしては、あんな娘っ子に取り込まれてやしないかえ。まんまとさあ」

するとお安は「だって」と、部屋の隅にあった団扇を手にした。

「あの娘、よほど次郎助に惚れてくれてんのか、懸命なんだよ。いや、あたしもうちの人も最初はすげなくしてたさ。けど鶴次とおせんちゃんと三人で遊びに来たりしたら、おみっちゃん一人だけ家に上げないってわけにもいかないだろ。それに、あの火事で焼け出されて、今はわらじやに身を寄せてるって言うし。そんなの聞いたら、気の毒になっちゃって」

「それで、頭まで結わせた」

お安は団扇を膝に置いたまま、また髷に触った。

「女髪結いの見習いをしてるから修練のために結わせてくれってね、拝まれたんだよ。そんなの、無下《むげ》に断れないじゃないか。気がついたら家のことや店のこともあれこれと手伝うようになってて。次郎助に会いに来てるのはこっちもわかってるから、あの子はふらここ堂だよって言ってやるんだけど、せっかくだからって、店の荷降ろしを助《す》けたりしていくのさ。案外と働き者なんだよ、あの娘」

おゆんはおみちの、少し掠れた声を思い出した。

――あたしは次郎助に命懸けだから。絶対、あきらめない。あんたみたいな両天秤に、負けるもんか。

目許をきっと鋭くして、夕陽の中で敵意をむき出していた。

おゆんはただでさえ、同じ年頃の娘たちとうまく付き合えない。一緒に買い物をしたり祭の屋台を冷やかしたり、時には若い衆の噂をしてくすくすと笑ったりする。

おゆんはそんな時間を持ったことがない。

ずっと家の中にいて、ふらここ堂を手伝って、それだけじゃあ駄目なんだろうか。外を出歩かないから、世間並みの娘らしい暮らしをしたことがないから、おみちに

「鈍い」とか「気を惹くな」とか責められる羽目に陥るのだろうか。

「ちょいと、あたしにも団扇をおくれな」

するとお安は手にしていた団扇を、ひょいとお亀婆さんに渡した。婆さんは盛んに手首を捻《ひね》りながら、胸許をあおぎ始めた。

「じゃあ、もらうのかえ、あの娘を」

「ほんとはさ、あの娘、何でも手回しが良すぎるっていうか、手際がいいっていうか。こっちがしようと思うことを汲んで先にする、言おうと思ったら先にそれを言う。あたし、気が落ち着かないんだよ。けど、江戸はただでさえ若い者があぶれて、どんな女房でももらえたら御《おん》の字じゃないか。気がききすぎるのが気に入らないなんて、姑根性が過ぎるのかなんて思っちまうんだよ」

お安は溜息を吐き、お亀婆さんは団扇を遣う。

「次郎助ももう、いい若い衆だ。そりゃあ、色恋沙汰の一つや二つ起こしたって、ちいとも不思議じゃないけどね。男と女なんぞ、寝てみないことにはわかんないからね。まずは寝てみて、で、そっから心底、惚れるかどうかだ。けど、相手は選ばなきゃ。こうも後腐れのある素人だと、ちと厄介だよ」

あけっぴろげな話になった。湯屋でも、よく娘たちがそんな話をしている。

江戸の若者に、ただ相手を想うだけの恋はない。躰を交えて初めて、恋は始まるのだ、と。

お亀婆さんはそんな娘らのようにすいすいと、恋だの、惚れるだのを口にする。その似合わなさは三哲とおっつかっつだけれど、照れるのはかえって不細工だ。おゆんは面映《おもは》ゆさをこらえて耳を傾ける。

お安が「そこなんだよ」と、顔の前で掌を振った。

「うちの亭主もね、素人娘に手ぇ出すたあ江戸っ子の恥だ、何で岡場所に行かねえって怒ったんだよ。ええ、うちだって、世間並みの親が倅に言ってきかせることはしてますさ。けど、当の次郎助は、酔ってて憶えてねえって言うの。それに、岡場所は病気をうつされたら難儀だろって、慣れたようなことを言うわけ。したら、うちの亭主、なぁに、江戸の男の七割は帆柱《ほばしら》の病持ちよ、一度や二度は罹《かか》って一人前だなんて励ましちまって」

お安の口の端が、ぐいと下がる。

「次郎助が、へぇ、親父も遊んできたんだななんて持ち上げたもんだから、うちの人、得意になっちまって、近頃、いい薬が出てんだ、ありゃあ効くなんて教えてんの。おみっちゃんのことは宙ぶらりん。あの馬鹿、ほんと、どうするつもりなんだろ。親御さんも亡くなってるっていうし、間に人を立てて詫びを入れるってのも大層だし」

そこでお安は恨めしげに、おゆんに目を合わせてきた。

「あたしたちは、ずっと違う夢を見てたんだけどねえ。けどおゆんちゃんにとっては、次郎助はただの幼馴染みだもんねぇ」

胸の奥が鳴った。

たぶん、おみちがお安に喋ったのだ。次郎助のことをどう思ってるのかと詰め寄られて、おゆんは幼馴染みだと答えた。そう、おみちは嘘偽りを吹き込んだわけじゃない。

おみちが口にしたその言葉が、また浮かんだ。

――ほんとの恋しさって、そんなもんじゃない。

あの生々しさはきっと、お亀婆さんの言う「寝る」ってこととかかわっているのだろう。そう思うと、ますますわからなくなる。

佐吉に憧れて、勇太と三人でいると倖せな気持ちになった。夫婦《めおと》になることを想像してみたりもした。ときめいた。次郎助にそんな気持ちを抱いたことなど、一度もない。おゆんにとって次郎助は、やっぱり幼馴染みだった。

でも心の内を何でも明かせる、唯一人《ただ》の相手だ。「ただの幼馴染み」ではない。

その違いを何と言えばいいのか、おゆんにはわからない。

「けどお安さん。あたしら、せっかく町人の端くれに生まれてきたんだよ」

お亀婆さんの言葉がよくわからなかったのか、お安は「ん」と首を傾げた。おゆんも呑み込めなくて、隣りに坐る婆さんを見た。

「お武家や、町人でも名のある家だったらば、夫婦になるのに本人らが惚れたの腫れたの、まるでかかわりのないことだ。決められた相手と決められた日に添う。それが真っ当な生きようだし、それでもいい夫婦になる者らはいくらでもいる。あたしゃね、お産を助けるからよっく見えるんだよ。その家の内の、夫婦や嫁姑の様々がね。ああ、お安さん、咽喉が渇いちまった。お茶、おくれな」

「はいはい、ただいま」とお安は背後に身をねじり、茶簞笥から小さな土瓶と湯呑を三つ取り出した。

「けどさ。たった一人の倅をあんな三ちゃんみたいな藪に修業に出して、この角屋は当代の金蔵で仕舞いにしていいなんて、そんな悠長なこと言える身分だろ、あんたら素《す》っ町人は」

「うん、それで」

先を促したのは、いつのまにか障子を引いて板間に腰掛けている金蔵だ。

「だからさ。親が勝手に外堀を埋められてどうするって、言ってんだよ。ここまで次郎助に好きにさせてきたんだ。あれこれ気ぃ揉まないで、本人同士にまかせておやりってぇの。次郎助とおみちと、そしておゆんちゃんに」

お安が土瓶に湯を注ぎながら、ふいに手を止めた。

「ま、まだ、目はあるのかね、おゆんちゃん」

真顔でおゆんを見る。喰い入るように見てくる。

「だからお安さん、そういうの、もうお止め。周囲が気を揉んで加勢したり、要らぬ差し出口をしたら、次郎助はただでさえ、こんがらがっちまってんだ。本当に抜き差しならなくなるよ。……ま、精々、しくじらせておやり」

お安は「そうだねえ」と安堵したような難儀なような面持ちで、湯呑に淹れ分けている。若い緑葉の匂いが立った。金蔵だけが「はて、じゃあ、どうすりゃいいんだ」と首をひねる。

「だから、大人は何もするんじゃない」

お亀婆さんは唐傘のお化けのような顔つきをして凄んだ。

二

八日の後、五月十三日の朝、その噂は次郎助が運んできた。

「て、大変《てえへん》だ。公方様が隠居だってよ」

「死んだのか」

三哲は寝ぼけ眼で、房楊枝を遣っている。

「死んでねぇって。跡目を譲って隠居すんだって。代替わりだ」

「ほう」

「先生、どうなんの。俺」

「何でお前《め》ぇの身の上なんだよ」

「けど、先生が御城に上がるって話はこれでもうご破算だろうって、うちの親父と近所の爺さんが立ち話してたぜ。俺、どうなんの」

「知るか」

おゆんは本当は前の夜、佐吉からその話を聞いていた。

「どうやら明日、御隠退されるとの御触れが出るようです」

佐吉はむろん三哲にその話をしていて、おゆんは茶の間の隅で聞きかじっただけだ。

「……じゃあ、例のあれはどうなる」「……いろいろお骨折り戴きまして……」

二人とも声を潜めていて、しかも佐吉が礼を言っているように聞こえた。

「で、日取りは決まったのか」

「先方の都合で、少し先に延びそうです」

佐吉はともかく、三哲が声を落として物を言うとは、何やら怪しい談合のようだ。けれどよく聴き取れなかった。勇太が手習塾で習った算術を浚っていて、おゆんはその傍で相手をしてやっていたせいもある。

「ねえ、お姉ちゃん、今の答え、合ってる」

「え、ごめん。もう一遍」

すると「どうしたの」と言わぬばかりに、勇太は目玉をくりくりとさせた。お浚いを済ませてからも、勇太は何度となくおゆんの様子を窺っている。おゆんが屈託を抱えていることを、子供なりに悟っているような気がした。話を変えてみた。

「ねえ、けん坊、元気」

勇太はふらここ堂の仮屋住まいで、鶴次の弟であるけん坊とそれはよく遊んだ。以来、ここで佐吉を待つのが少しずつ間遠になり、鶴次の家で夕餉を馳走になることも多いようだ。鶴次は夜も働いているので、おせんが生家での勤めを抜けてお菜を運んでいるらしい。それは有難いことだけれど、おゆんの胸は少し、すうすうする。

「うん。明日も一緒に遊ぶ約束してる」

「今日は一緒じゃなかったんだ」

「今日は、けん坊の父上と母上のお命日だって。鶴次兄ちゃんとお墓詣りをするって」

勇太は居ずまいを正して、おゆんにそう告げた。まだ七つだというのに、大人びて見えた。

に比べて、次郎助はどうなんだ。周りにさんざん心配かけて、でも頓着するのは己の先行きばっかだ。

おゆんはうんざりして、朝餉の膳を片づける。三哲は診療部屋に入ったようで、次郎助がその後に続いた。

「俺、せっかくやる気、出してたのによぉ。拍子抜けしちまうわ」

「なら、やめろ。俺はちっとも困らねえ。むしろ清々《せいせい》すらあ」

「またまた、からかわねぇでおくんなさい」

「そういや、お前ぇ、いよいよ所帯を持つらしいな、女髪結いと。あれだろ、女髪結いってのは大した甲斐性だってな。なあ、お前ぇにしちゃあ、上出来じゃねえか。せこせこ薬研を挽かねぇでも、これからは左団扇だ」

次郎助は口を半開きにしたまま、「だっ」と咳き込んだ。

「誰が言ってた、そんなこと」

「誰って、湯屋でも呑み屋でもその話で持ち切りだあな。今、一押しのお題」

「違《ちげ》えよ、それ。おみちが勝手に家に出入りしてるだけだ」

次郎助がわめくのを、おゆんは茶碗を洗いながら聞く。

「照れんな」

「照れてねえよ、怒ってんだっ」

「嘘だあ」

すると荒い物音がして、「痛っ、何、しやがる」と三哲が叫んだ。振り向くと、血相を変えた次郎助が板間を突っ切ってくる。

「おゆん、今の、違えからな。妙な噂なんぞ、信じるなよ」

おゆんは茶碗を持ったまま、顔だけで見返った。

「妙な噂って、そしたらおみっちゃんはどうなんの」

そんなことを口にしていた。

次郎助は両脚を広げ、左右の腕も突っ張るようにハの字にしたままだ。くっきりとした二皮目《ふたかわめ》を押し広げて、ただおゆんを凝視している。次郎助の唇が白くなって、微かに震えたような気がした。おゆんは身構えた。

と、次郎助の顎が斜めに上がった。半身が顎にやっとついていくように傾いで、気がついたら後ろ姿になっていた。荒い足音が茶の間を突っ切り、縁側から庭へと飛び降りる。やがて通りの向こうに紛れて消えた。

三哲が額を押さえながら、「ちくしょう」と板間に出てきた。

「あの野郎、師匠の俺を拳固でぶちやがった」

見れば、額に大きなたんこぶができていた。


梅雨が明けて、夏の盛りに入った。

おゆんは手拭いで姐《あね》さん被りをして、家の中にはたきをかける。

今日は朝のうちに患者が一組あったきりで、三哲は昼に蕎麦を食べると早々に湯屋に出かけて行った。男湯の二階は将棋盤や碁盤も置いてあるらしく、近所の者らと褌《ふんどし》一丁で涼みながら無駄話に興じるのだ。

次郎助はあれから二度と顔を見せず、角屋のお安も足繁く通ってこなくなった。通りで会っても、互いに曖昧な笑みを交わすだけである。

　お亀婆さんは相変わらず飯やお八つを目当てに訪れはするが、前のように軽口を叩かない。しかも品川《しながわ》の網元のお七夜《しちや》に招かれたらしく、この数日は泊まり込みであるらしい。

　お七夜は赤子が生まれて七日目の夜に祝宴を開くしきたりで、お亀婆さんは子供の名付け親を頼まれているようだ。この七夜まで生き延びて初めて、子供は世を渡るための名前を持つのである。

　夏の昼下がりは皆、昼寝をして暑気をやり過ごすので、辺りはやけに静かだ。

　けれど次郎助のことを思い出すと、急に暑苦しくなる。

　あれだけ熱心だった医者修業を中途で放り出すなんて、信じらんない。あんたのお蔭で、お安さんとも気まずくなっちまったじゃないの。お亀婆さんもずっと元気がないし、ふらここ堂がこんなに人気《ひとけ》がないなんて、こんなの嘘みたいだ。

　独りぼっちだ。あたし。

　そう思うと、はたきを持つ手に力が入った。闇雲にはたいたので診療部屋の障子の桟を突いてしまい、その拍子に障子紙が破けた。次郎助とよく盗み聞きをしたことを思い返して、その無様な穴を見つめる。でも束の間だ。塞《ふさ》ぎの虫が増えるような気がして、おゆんはそそくさとその場を離れた。

あたしには、端《はな》から幼馴染みなんていなかったんだ。そう思えばいいんだよね。

はたきを帯の後ろに差し、箒《ほうき》に持ち替える。茶の間の屑を縁側から庭に掃き出していると、敷居際に何かが落ちていることに気がついた。屈んで拾い上げると細長い袋だった。中には小筆が入っている。袋をもう一度見ると厚みのある麻の織物で、露草みたいな青の地色に綺麗な色糸で刺繍がほどこしてある。ぷっくりと裸の尻をさらした唐子《からこ》で、犬を追っている姿が愛らしい。

勇太のだろうか。

子供が持つ物にしては立派過ぎるような気もするが、勇太の父、佐吉はもとは武家である。

ともかく長屋に出向いて勇太に訊ねてやろうと、懐に仕舞った。待合場の土間も掃き、水も打ったらすっかり日が傾いていた。急いで夕餉の支度をし、勇太に白玉《しらたま》を用意する。戸締まりをして前庭を行くと、山桃の梢から何羽もの鳥が一斉に飛び立った。

枝にまだ実が残っているので、尾長《おなが》や椋鳥《むくどり》がついばんでいたらしい。木の根方《ねがた》には熟《う》れて落ちた赤い実がたくさん散らばっていて、ふらここの板の上も潰れた赤で汚れている。この季節は毎年のことで、毎朝、雑巾で綺麗にしても夕方には元の木阿弥だ。おゆんはふらここからも目を逸らして、足を速めた。

井戸の傍にある稲荷の祠《ほこら》まで、新しい白木の匂いがする。

おゆんは亀の子長屋の路地に入って、佐吉の家を探した。九尺二間の棟割長屋は向かい合うように二棟が建っていて、たしか、お亀婆さんちの隣りが佐吉親子の住まいのはずだ。「取上婆」と木札の掛かった戸口を通り過ぎ、腰高障子に手をかけた。

「勇太、お姉ちゃんだけど」

けん坊の家で遊んでいるかもしれないと思いながら、向かいを振り向かずに身を硬くした。けん坊の兄である鶴次やおせんと顔を合わせるのは、何となく気まずかった。

奥で気配がして、出てきたのは佐吉だった。思いも寄らなかったので、どぎまぎとする。

「こんばんは。珍しいですね、うちを訪ねてくださるとは」

佐吉は少し不思議そうに、笑みを浮かべた。

「あの、勇太ちゃんがこれを落としたんじゃないかと思って」

両手で差し出すと、佐吉は首を傾げた。渡したのは丸鉢に入れた白玉だ。

「や、やだ。あたし、とっちらかっちゃってる」

袖の中をまさぐってから、やっと懐に入れた物を出した。

「……さようです。たしかに勇太の小筆です」

佐吉はそれを受け取って掌の中を黙って見ていたが、頭を下げて「どうぞ」と中に招いた。

「もう蚊帳《かや》を吊ってしまったんで、坐っていただく場もありませんが」

目を凝らすと、蚊帳の中で勇太が横になっている。

「夏風邪をひいたようで。今朝、少し熱があったもんですから、今日は早めに帰ってきたんです」

「うちにつれてきてくれたら、介抱しましたのに」

「いいえ。風邪くらいでお願いしたら、三哲先生にどやされてしまいますよ。家で寝かせておけ、こんなとこにつれてくるんじゃねえって」

佐吉は笑うが、おゆんは気になって中に上がらせてもらった。蚊帳の端を持ち、そっと身を入れる。勇太の額に手を当ててると、もう熱は引いているようだ。よく眠っている。

蚊帳の外で佐吉の影が動き、柄杓《ひしゃく》を使う音がした。

「お構いなく。すぐにお暇《いとま》しますから」

佐吉は「はい」と答えながら、湯吞を持って蚊帳の中に入ってきた。麦湯を出してくれた。佐吉はおゆんの斜向《はすむ》かいに腰を下ろす。

何かを話さないと気詰まりで仕方がないのだが、とんと浮かぶ言葉がない。すると佐吉は懐から小筆筒を取り出した。

「有難うございました。これは勇太の産毛で作った誕生筆で」

「そんな大切な物でしたか。じゃあ、見つかって良かった」

おゆんは胸を撫で下ろす。佐吉は苦笑いを浮かべた。

「勇太は私に何も言っておりませんでしたから、失くしたことにも気づいていないのでしょう。ふだん使う筆ではなく、御守のような物ゆえ」

「その刺繡《ぬい》、どなたかの御針ですか。ほんとに綺麗」

「……これの母親です」

「母上、ですか」

おゆんは繰り返した後、勇太の身の上が他人事とは思えなくなる。おゆんの母親は産後の肥立ちが悪く、まだ乳飲み子の頃に亡くなっている。

「伺ってもいいかどうかわからないんですけど、勇太ちゃんのおっ母《か》さんって、いつお亡くなりに」

すると佐吉の両肩がふいに上がった。すとんと落ちると同時に、細い息を吐く。

「勇太の母親は、生きております」

「生き別れなんですか」

おゆんは両手を合わせ、己の唇を塞ぐように押し当てた。

「勇太ちゃんはそれを知ってるんですか」

「はい。……いずれ、おゆんさんにもきちんとお話しせねばと思っておったのです。三哲先生にそれはご雑作をおかけいたしましたゆえ」

「うちの、お父っつぁんに、ですか」

佐吉は「申し訳ありません」と、膝の上に拳を置き直して頭を下げた。そしてゆっくりと口を開く。

ご存じのように、私は以前は武家、代々、徳川家にお仕え申す御家人でありました。

名は佐竹謙一郎《さたけけんいちろう》、妻も同じ御家人の娘で綾《あや》と申します。勇太は、本来はしめす偏に右の祐の字を用い、祐太郎《ゆうたろう》です。

なかなか子に恵まれなかった私ども夫婦にとって、祐太郎はまさに天から授かった命でした。私は大した禄も御役も戴かぬ木端侍《こっぱざむらい》でしたが、勤めを終えると仲間とのつきあいも遠慮して、家に飛んで帰ったものです。

毎朝、毎夕、祐太郎が息をして、笑いかければ笑い返す、もうそれだけで満たされました。貧しいながらも三日祝に乳《ち》つけ、七夜祝と、無理な算段をして相応以上の祝宴を開きました。その時分です。この子の産毛を神社に奉じ、成長を願ってこの小筆を作ったのは。私は有頂天でした。

いえ、まことです。今でこそ口数の少ない男だと他人《ひと》様はおっしゃいますが、若かった私は己の歓びをさらけ出すのに何の躊躇《ちゅうちょ》もなかった。誰もが己と同じように、祐太郎の育ちを寿《ことほ》いでくれると信じていました。

祐太郎が生まれて六月《むつき》を経た頃、綾が城に召し出されました。おゆんさんは、御乳持《おちもち》という御役を耳にされたことがあるでしょうか。公方様の若君、姫君に御乳を差し上げる、それだけの御役です。養育を受け持つ乳母《めのと》とは異なって、身分の低い御家人の妻から選ばれるのが慣いでした。

御旗本は某《それがし》らよりも遥かに暮らしが安楽でありますゆえ、何かとしきたりの多い御殿暮らしをこらえ切れずに乳が出なくなってしまう、しかし日頃、下男下女に指図しながら己も立ち働くことの多い御家人の妻であればその労苦にも耐えられると、かような理屈が罷《まか》り通っておったようです。

むろん、上意に不服申し立てをするなど、考えもつかぬことでした。綾は生家や周囲から「かくも出世を遂げるとは」と祝われ、祐太郎との別れにも涙一つ零しませんでした。某も同様でありました。御乳持は何人もが仕える御役ですから、乳を差し上げる時が過ぎればまた帰って参ります。長くて一年の辛抱だと妻にも言い、「立派に勤めて参れ」と送り出しました。

その後、まもなくのことです。私は昇進して御加増を受けました。

そこで佐吉は口を引き結び、眉根を寄せた。おゆんはただ黙ってそのさまを見つめる。

蚊帳の中は不思議な世界だ。こんな薄物に包まれているだけなのに、佐吉の言葉がひっそりと身に沁みる。勇太の寝息がわけもなく愛《いと》おしい。

「それが元で、私は朋輩と刃傷《にんじょう》沙汰を起こしました」

佐吉はひと思いに吐き出すように言った。

「刃傷沙汰。佐吉さんが、ですか」

この穏和な、いつも冷静な人が信じられない。思わず顔を横に振ったが、佐吉は薄く笑みを浮かべるのみだ。

「妻女の乳で出世をした。こう謗《そし》られて、私は頭に血を昇らせました。新しい職場に慣れるのに懸命なうえ、祐太郎の乳を貰い回るだけで難儀をしておりました。私の両親はすでに身罷《みまか》っておりましたので、綾の生家が子守の娘を寄越してくれましたが、まだ十二の子供です。襁褓《むつき》を替えず、近所に頼んでおいた貰い乳にも行かず、祐太郎は総身に瘡《かさ》を作って、尻など爛《ただ》れて腫れておりました。ゆえに夜泣きがひどかった。私はだんだん追い詰められておったのです。今から思えば聞こえぬ振りもできるような朋輩の言葉に、かっとなりました。気がつけば組屋敷《くみやしき》の道端で、刀の鯉口を切っていた」

「それで、そのお相手は」

「私は度を失のうておりましたが、相手の片腕に斬りかかり、袖が切れて血が迸《ほとばし》った途端、もう一歩も動けぬようになりました。お恥ずかしいことですが、某のような下級侍など、めったと刀を使わぬものです。己がしでかしたことが信じられぬような、それでいてどこかで覚悟を決めているような、半端な心持ちでありました。……その後、私と妻の仲人であった元の上役が仲に入ってくれ、そのお人が今、奉公している内藤屋の主と懇意であるのですが、ともかく、今どき、両人とも腹を切ることもなかろうと、内済になりました。むろん佐竹の家は絶家《ぜっけ》、私は召し放ちと相成りました。武家としては、切腹を賜るよりも恥とされる仕儀です」

「それで、内藤屋さんに奉公を」

「しばらくは他の仕事もいろいろとやってみましたが、幼い子を抱えておりますので、なかなか続きませんでした」

おゆんは「そうでしたか」と息を呑み込んだ。ふと、三哲のことを思い出す。

「それで、うちのお父っつぁんが何か……お手伝いをしたんですか」

佐吉はうなずいて、蚊帳の外に目をやった。静かに出て、行灯に灯を入れている。夏の宵とはいえ、こんなに暗かったんだと、おゆんはともった灯を見て思った。佐吉はそのまま蚊帳内に入ってこず、行灯の傍らに坐している。

「私の所業は綾の耳にもすぐさま届いたようで、組屋敷《くみやしき》を出る寸前に文が届きました。ひどく落胆し、嘆き、それでも私を励ます文でした。そしてかくなる上は、己はいかなる勤めをも果たして夫と子を養う、そんな決意を認《したた》めてありました。幸い、上の引きがあって、御乳持から他の御役への推挙がある、その報酬まで記されていて、御家人なんぞの扶持《ふち》とは比べものにならぬほどの禄高でした」

佐吉の声が、さらに低くなった。

「あの大人しい、伏し目がちでしか物を言えぬような妻がと、私は信じられなかった。茫然として、何度も文を読み返しました。そして途方もなく惨《みじ》めでした。私は去り状を書き、城の大奥へと遣いを出しました。妻に辛い奉公をさせてまで世話にはならぬ、祐太郎を男手一つで育て上げてみせる、かように決意をいたしました」

佐吉が目を上げ、おゆんを見た。

「三哲先生はその事情をすべてご承知です。いつのことでしたか、先生に勇太の母親とは死に別れかと訊ねられ、ありのままをお話ししました。そのまま、一切、そのことに触れられたことはありませぬ。ただ、昨年の冬、奥医師への御召の打診があった際に」

そこでしばらく黙し、ゆっくりと口を開いた。

「別れた相手とはいえ、勇太の母親じゃないか。せめて育ちくらい知らせてやれ、俺が文を届けてやる。こう言われました」

「お父っつぁんが、そんなことを」

「はい」

「それまで、勇太ちゃんの母上には何も知らせてこられなかったのですか」

「就いている御役がもはや不明でしたし、私が未練を残していると悟られては奉公の障りになる。そう思い、出せませんでした」

薄い靄《もや》のような蚊帳越しに、おゆんの知らぬ男がいた。

頭が切れて冷静で、いつも穏やかな笑みを浮かべている佐吉ではなかった。

「ただ、私はまもなく長崎に参ります。内藤屋の主、内田藤左衛門の命で、蘭学を修業することになりまして」

おゆんは「え」と膝を動かして、慌てて蚊帳から這い出した。

「ほんとですか」

「はい。本来ならこの夏のうちに出立する予定で、お亀さんにもここを引き払うことをお伝えしてあるのですが、先方の、師となる方に不幸がありまして、出立が遅れております」

「勇太は」

「むろん、つれて参ります」

ということは、母子はさらに生き別れだ。

「うちのお父っつぁんは、ちゃんと文を渡せたんでしょうか。返事を預かってきましたか」

「直に会ってくださったようです」

「会うって、そんなこと、できるんですか」

「親戚の面会は許しが出るようで、先生は内藤屋の伝手《つて》を使ってあらかじめ遠縁の者だという手筈《てはず》を整えてから登城してくださりました。……そもそも、先生は奥医師の話など受けるおつもりは無かったのです。私を長崎に修業に出してくださる心積もりを内藤屋で耳にされたようで、それで私に文を書けと命じられました」

三哲のぶ厚い歯が目に浮かんだ。

その三哲に瓜二つの兄、といってもずいぶんと身綺麗な篠崎三伯の顔が横に並ぶ。

あの兄さん、奥医師の話など断じて潰してやるなんて息巻いてたから、御城のお役人にいろいろと吹き込んだんだろうなあ。

「天野三哲など、とんだ偽医者にござりまする」とか、何とか。すると、お役人が「はて」と首を傾げる。

——その者は、昨年の暮れに候補から外れたぞ。手前のような粗忽者にはとても務まりませぬと、辞退しよった。

そこで三伯は、ようやく気がつく。弟はとっくに辞退していたくせに、「受ける」などと言い張ったのだ。たしかに、「へい、かしこまりました」と引き下がるような男ではなかったと、三伯は臍《ほぞ》を嚙んだだろう。それとも、これで家名に瑕《きず》をつけられずに済むと、ほっとしたか。

が、誰に注進に及んだにしろ、身上書を見れば実の兄弟だとわかるのだ。弟を貶めた兄は少々、人柄を疑われ、男を下げたかもしれない。

そんな推測を巡らせるうち、おゆんまで「お父っつぁんてば」と向かっ腹が立ってくる。

皆を出し抜いて、自分だけ佐吉さんにいい事をしてる。何よ、あたしにまで内緒で事を運んでやきもきさせて。

「それで、お父っつぁんと会って、何とおっしゃったんですか、その、綾様は」

「何も申さなかったようです。我が子が息災に過ごしていることだけに安堵して、私とはもはや切れた縁だと思い定めているようでした」

そして佐吉はいつもの佇まいを取り戻した。

「これで存分に蘭学を学んで参る、その肚を括《くく》れました」

辞退したのに、佐吉は送ってくれると言い、一緒に路地へと出た。

ぽつりと瞼に冷たいものが落ちて、おゆんは手をかざす。

「雨」

「のようですね」

佐吉は取って返し、傘を持ってきた。

「あいにく、一本しかありません」

大きな番傘を開く。遠慮しながらその下に入って、おゆんは佐吉と共に歩き出した。

傘に落ちる雨粒の音を聞きながら、勇太をもうすぐ見送らねばならぬのかと思う。

ああ、厭になっちまう。また淋しくなる。

お亀婆さんの家の前を通り過ぎて、やっと気がついた。そうか。それでお亀婆さんはずっと憂鬱《ゆううつ》な様子だったのだと、平仄が合ったような気がした。

もうすぐお別れ。

でも、おばちゃんたら、何であたしにも黙っていたんだろう。

と、おゆんは自身がさほど動揺していないことに驚いた。

どうしたんだろう。勇太を見送る日を想像するだけで泣けてきそうなのに、佐吉さんにはちゃんと手を振れるような気がする。こうして傘の下で寄り添って、佐吉さんの躰の匂いまで間近なのに、胸の裡は平らだ。波打っていない。

蚊帳の網目の向こうにいた佐吉が、あまりにも恋しがっていたからだろうか。もう未練はないような言い方をしながら、別れた妻をまだ想っている。どこかでまだ、途方に暮れている。

通りの向こうで、賑やかな声が聞こえた。

「そういえば、そろそろですね。神田明神社《かんだみようじんしや》の」

「ええ、牛頭天王《ごずてんのう》の神輿渡御《みこしとぎよ》ですよね。六月の五日と七日、十日。祭となると、もう」

次郎助が張り切って気もそぞろになると言いかけて、おゆんは口をつぐんだ。

木戸を潜って通りに出る。

「やあ、おゆんちゃん」

鶴次の声がして顔を上げた。佐吉が少し傘を傾げ、「こんばんは」と挨拶をする。

「佐吉さんでしたか。いつも、うちの弟がすいやせん」

「こちらこそ」

鶴次の傍らにはおせんがいて、けん坊の手を引いている。夜目なので、誰の顔つきもよくわからない。ただ、三人の背後におみちが、そして次郎助もいることがわかった。

次郎助はこっちを睨《ね》めつけ、そっぽうを向く。そのさまだけはくっきりと見えた。

「今から、どこかにお出かけですか」

おせんが佐吉とおゆんの、どちらにともなく訊ねてくる。

「勇太の見舞いに来てくだすったんで、お送りするところです」

「そういえば、風邪ひいたらしいですね。具合は」

「もう大丈夫です。熱もありませんし」

「それは良かった」

おせんが親身な声で佐吉と話し、鶴次が後を引き取った。

「今から俺んちで呑むんだけど、どうだい、おゆんちゃんも。たまには」

きっといろんなことを次郎助から聞いているだろうに、鶴次は以前とちっとも変わらない。

「ありがと。けど、今夜はお父っつぁんもいるから。今頃、もう帰ってきてるだろうし」

断ると、「そうかあ」と鶴次は首筋を掻いた。皆、傘を持っておらず、雨の中での立ち話だ。小雨ではあるが、自分だけ傘の下にいることに気が引けた。

「鶴次、野暮なこと言って引き留めちゃ駄目だよ。……さ、入ろ。濡れちまう」

おみちが後ろから鶴次の背中をぽんと叩き、次郎助の腕に己の腕を絡ませた。

次郎助はおゆんの見慣れた祭半纏《まつりばんてん》をつけている。おみちに引っ張られるまま鶴次の家に身を入れ、振り向きもしなかった。

三

あともうひと月もすれば九月十五日、神田祭だ。

太鼓や鉦《かね》を修練しているのか、町の方々から踊るような音が沸き上がる。そしてその半月後、佐吉と勇太は長崎に出立することになっている。

おゆんはお亀婆さん、そしてお安と三人で買物に出た。近所で一緒に餞《はなむけ》の品を用意しようと、珍しく一度で話が決まったのだ。

佐吉は角屋を訪ねて、金蔵とお安夫婦にも挨拶をしたようだ。先月、七月の半ばのことである。

お安はもう転げるようにふらここ堂の前庭を走ってきて、ちょうどお亀婆さんも茶の間にいたものだから、両手で手招きをするような格好で駆け込んだ。そして、お亀婆さんもおゆんも既に承知していると知って、激怒した。

「何でさ、何であたしだけがはみ出してんの。あんたたち、ちと冷たくないかえ」

「だから、いろいろ理由があったのさ。佐吉さんに自分で挨拶をさせてもらいたいって頭下げられりゃあ、勝手に喋れないだろう」

おゆんもさすがに加勢をした。

「おばちゃん、一人で抱え込んで、結構、大変だったんだよ。ほら、皐月《さつき》のかかりから、しょげてたでしょう」

「皐月のかかりって、そんな時分から知ってたの。婆さん、それから何遍、うちに来たんだよ。西瓜も真桑瓜《まくわうり》も、心太《ところてん》だって一緒に食べといてさ。で、あたしにはひとっ言も無しって、それは薄情が過ぎるよ」

火に油を注いでしまった。

「あんたんち、あの馬鹿の騒動で、すったもんだしてたじゃないか。切り出す暇もなかったろ」

「あたしの倅を摑まえて、馬鹿はよしとくれ」

お亀婆さんは「け」とせせら笑い、火鉢に煙管の雁首を打ちつけた。

「そういや、あの娘っ子、もう角屋には出入りしてないみたいだね」

するとお安はぶんとむくれながら腰を下ろし、前垂れの皺を掌で伸ばすような仕草をした。

「次郎助に怒られたんだよ。俺のいねえ間に勝手に家に上げたりするから、何もかも滅茶苦茶じゃねぇかって、そりゃあえらい剣幕で」

「偉そうに。己の助平を棚に上げて」

「だからもうそういうこと、おゆんちゃんの前で言わないどくれよ。あの馬鹿、ああ見えて小心者だから、ふらここ堂にも足を向けられなくなっちまって」

「だから、あたしゃ、言ってるのさ。馬鹿が磨きをかけて、今じゃ堂に入った馬鹿だって」

「もう、またそんな。だからさ、おみっちゃんにはともかく出入りを遠慮してくれって、自分で言ったみたいだよ。そこは自分でちゃんとしたんだから。あたしらは口出し、してないからね」

「我が子可愛さも度を越したら、何も見えなくなるのかね。次郎助とあの娘、鶴次んちでしじゅう会ってるじゃないか。今どきの若い者はちゃっかりしてる」

「え。会ってんの」

お安はいきなり半身を立てて、婆さんとおゆんを見た。おゆんはそっと目を逸らす。

「ああ、もう知らない。我が子ながら、今度こそ愛想が尽きた。本当にもう、自分でぐじゃぐじゃにしちまってんじゃないか」

　何度も前垂れを叩いて、お安は口惜《くや》しがった。そしてこう言ったのである。

「あのさ、おゆんちゃん」

「うん」

「うちの人もあたしも、おゆんちゃんに来て欲しかったんだよ。ずっと。次郎助の嫁にさ。……けど、あたしはあんたの乳つけ親でもある。赤子のあんたに初めて乳をやった、いわば一生の親代わりだ」

「うん」

「ってぇ目で見たら、ああも馬鹿な男は駄目だわ。あんなのと一緒んなったら、きっと苦労する。あたし、あんたのおっ母さんに、お千寿さんに申し訳が立たない。だからもう、きっぱりとあきらめる」

　やっぱ親子だなあと、その時、おゆんは思ったのだ。次郎助もどんどん先走りして、勝手に顔を見せなくなって、目ぇ逸らして。

そして置き去りにされているあたしはと言えば、こんなに胸の裡《うち》が重いのを持て余しながら、日をやり過ごしているだけだ。

漕いだら空に近づくけれど、秋雲さえ摑めるような気がするけれど、本当は山桃の木から一寸も動いてやしない、ふらここみたいに。


あれこれと品定めをしながら、お亀婆さんとお安は店を見て回る。小間物《こまもの》屋の多い日本橋まで足を延ばし、十軒店《じっけんだな》の茶店で一服することになった。桟敷《さじき》に腰を下ろし、月見団子を注文した。向かいの店には七草の寄せ植え鉢を大中小と並べていて、三方盆には柿や栗、芋に枝豆、葡萄《ぶどう》を堆《うずたか》く盛ってある。

「おや、あの御供物《おくもつ》も売り物かえ。はあ、簡単なもんだ」

「あんなことされたら、水菓子屋の商い、上がったりだよ」

婆さんとお安は世間話をしながら、団子を三皿も食べた。

その後もあれこれと店を回ったものの、佐吉と勇太に贈る品はまだ一つも見つかっていない。お亀婆さんがいい根付《ねつけ》を見つけたらお安が「そんな小さい物」と顔をしかめ、お安が小簞笥を指せば婆さんが「嵩張る《かさば》」と反対する。

三人ともすっかり草臥《くたび》れて、黙って歩いた。

「ねえ。勇太には冬着の上下を縫ってやったらどうかな。佐吉さんには羽織とか。あたし、御針が下手だけど、手伝うから」

おゆんが歩きながら思案を出すと、二人は「ふん、それもそうだねえ」と口を揃えた。

「そうしようか、お安さん」

「いいねえ。ああ、何で端《はな》っから思いつかなかったかねえ、あたしとしたことが」

俄然、張り切って反物を選んだ。日本橋川沿いに帰り道を行く。婆さんの足捌きが鈍くなった気がしたので「駕籠を拾おうか」と訊いてみたが、「何の」と背筋を立てた。

「駕籠はさ、患家から迎えを寄越した時にしか乗らないよ。足があるのに自腹で乗るなんて、そんなもったいないことするもんかね。ああ、こっちが近道だ。ついといで」

お安がおゆんを見て、苦笑いを零す。

「あのくらいでないと、お銭《あし》なんぞ貯まんないわ」

両の足を跳ね上げるようにして、お安は婆さんの後ろに続いた。

ところがおゆんは、買い込んだ反物から三哲への土産の餅まで風呂敷に包んで背負っている。だんだん結び目が肩に喰い込んで、時々、指を入れて位置をずらしながら歩かねばならない。

「お安さん、ここ、どこ」

「鎌倉町《かまくらちょう》辺りかね。見当もつかないよ。あれ、婆さん、どうしたの。ちょいと、こんなとこで立ち止まんないでよ。つんのめるじゃないか」

「しっ」

お亀婆さんはちょっとだけ振り向き、通せんぼをするように左の腕を上げた。そのまま数歩、後ずさり、板塀の蔭に身を潜める。お安と顔を見合わせながら、ともかく婆さんの背中について同じようにした。

婆さんは頭だけを塀の角から出して、路地の中を窺っている様子だ。と、お安が顎を上げて爪先立ちになった。

「あれ、あの娘らじゃないかえ。おせんちゃんと……おみち」

小さな町家が建て込んだ路地裏で、どの戸口の前にも菊鉢や七草の鉢が競うように並べられている。三毛猫と雉猫《きじ》が餌《えさ》をもらってか、背を丸めて頭を寄せている。その何軒か先に色褪《あ》せた長暖簾を吊るした家があって、おせんとおみちはその前を行きつ戻りつしている。

小声で何かを言い合い、おせんが立ち止まる。おみちが肩に手を置き、また何かを囁いた。するとおせんは首を横に振り、長暖簾を潜ろうとする。けれどまた引き返す。

「願掛けでもしてんのかね」

お安はそう呟いたが、「あ」と言葉を吸い込んだ。巾着袋を持ったままおゆんの肩を寄せ、「えらいこった」と声を震わせる。お亀婆さんはまたも「しっ」とお安を振り向き、目配せをした。

「気づかれちゃならない」

婆さんは口だけでそう言った。お安は黙って首肯したが、小さく「あ」と零した。

「入らないよ、引き返してく」

やがて二人が路地の奥を左に折れるのを見届けてから、お安はふうと息を吐いた。そろりと下駄の爪先を出し、路地に入っていく。お亀婆さんも進むので、おゆんも従った。何となく厭な気がして、背中の荷がいちだんと重くなる。

お安と婆さんは長暖簾の前に立って、戸口の右側に掛かった木看板を見上げていた。

「やっぱり、中条流《ちゆうじようりゆう》か」

婆さんが腕組みをして、がらりとした声を出した。

「おゆんちゃん、あのさ」

お安が何かを繕うように肩を寄せてきたけれど、おゆんは看板から目を逸らせない。

「おばちゃん、わかってるよ。あたし、そこまで世間知らずじゃない」

中条流は子堕《お》ろし専門の医者だ。

「あの馬鹿、とうとう、こんなことに」

お安はうろたえて、声を湿らせている。

「けど。説き伏せなきゃ。ちゃ、ちゃんと一緒にさせて、産ませなきゃ」

「お安さん、あんた、早呑み込みもいいとこだ。違うよ、ここに用があるのは鶴次の相方《あいかた》さ。おせんだ」

「何でそんなこと、わかんのさ」

「あたしが何年、取上婆をやってるとお思いだね。あの腹と腰を見りゃあ、察しがつく。たぶん、三月《みつき》だ」

でも、何でおせんちゃんがこんな所に。

わからぬまま、路地を引き返した。板塀のあった場まで戻ると、真正面から秋風を受けた。何の匂いもしなかった。

九　仄仄明《ほのぼのあ》け

一

秋の夕暮れは不思議だ。

昼間はあんなに空が高いのに陽が傾けば空が下りてきて、人に近づくような気がする。雲が茜色《あかね》に照り映え、笑い声がよく響くのだ。今日も山桃の木の下で近所の子供らが五、六人も集まって、盛んに遊んでいる。鬼ごっこのようだ。

捕まるまいと必死になって木の幹に身を隠す女の子もいれば、鶴次の弟、けん坊などは「やぁい」と鬼を誘いながら身を躱《かわ》している。勇太は幼い子の手を取り、一緒に逃げるのに懸命だ。

いつもなら頬が緩んでしまう景色であるのに、どうにも気が晴れない。お亀婆さんとお安、そしておゆんは三人で買物に出ていたのだが、ふらここ堂の縁側から上がったまま途方に暮れている。佐吉と勇太のために選んだ反物も風呂敷を解きもせず、傍らに置いたきりだ。

お安は蟀谷《こめかみ》を指でぐりぐりと押しながら、また溜息を吐いた。

「何でだろうねえ、ほんとに」

誰にともなく呟いて肩を落とす。お亀婆さんは刻み煙草を手の中で丸め、煙管の火皿に詰めている。黙したままお安に何も返さない。お安はまた、独り言のように繰り返す。

「鶴次とおせんちゃんは一緒になるもんだとばかり、思ってたのに。何で産まないんだろう」

今日の帰り道、中条流の長暖簾の前を行きつ戻りつするおせんの姿を見てしまったのだ。友達のおみちが付き添っていて、今から思えばおみちも頰を強張らせていた。結局、二人は暖簾を潜ることなく路地を去ったけれど、お安は溜息を吐き通しだ。

「ねぇ、こうしてるうちに他の医者にかかるってことはないだろうね。近頃は宵闇に紛れて入れるところもあるそうじゃないか」

火鉢の炭火で煙管に火をつけたお亀婆さんはゆっくりと吸いつけ、鼻からぶうと煙を吐くのみだ。お安は苛立ってか、横に坐る婆さんに頭《かぶり》を振り立てる。

「ちょいと、黙ってないで何とか言っとくれよ。あの娘《こ》、いったい、どういう料簡なんだえ」

「他人《ひと》の考えてることなんぞ、あたしにわかるわけがないだろうよ」

「おばちゃんでも、わかんないの」

思わずおゆんが口にすると、お亀婆さんはじろりと目だけを動かした。

「当たり前だろう。あたしがわかるのは、世間はわかんないことだらけ、ってことだけさ」

婆さんは思い余ったような面持ちで左腕を曲げ、そこに煙管を持った右腕の肘をついて吸口を咥える。お安は「ああ、もう、どうしたものか」と、思案投げ首だ。

「あの子たち、一緒になれない訳でも抱えてんのかね。もしや鶴次に両親《ふたおや》の無いのがいけないってんなら、うちが親代わりになってもいいんだけど。今晩にでも頼みに行ってみようか、わらじやさんに。いや、どうだろ。ああやって、しじゅう店の田楽を持って長屋に出入りしてんだから、おせんちゃんの父親も承知のつきあいに違いない。そうだ、次郎助もわらじやでしじゅう呑ませてもらっててさ、気さくな、いい親爺さんだみたいなこと言ってたわ。……じゃあ、何でよ。何で一緒になれないわけ。

ほんと、今の若い子らはどうなってんの」

堂々巡りをしている。心配でたまらないのだろう、薄い眉頭を寄せ、胸の前で両手の指を組んでいる。

お亀婆さんが呆れたように、長々と煙を吐いた。

「お安さん、あんた、先走りが過ぎるよ。一緒になれないから産むのを迷ってるとは限らない」

「じゃあ、何でよ」

「だから、わかんないって言ってるだろう」

「けど、このまま、うっちゃっとくわけにはいかないだろう。こ、子堕ろしするかもしれないおせんちゃんをこの目で見ちまったんだよ。今ならまだ間に合う。そうだ、あたしらが見かけたのも何かのお導きだよ。そうに違いない」

「いや。あたしらは何も見なかった。そういうことにしよう」

お安は「え」と半身を反らした。

「何も見なかったって、それ、どういうこと。このまま、見て見ぬ振りをするってぇの」

「あたしらが下手に意見したらば、それこそ、あの娘《こ》はこの町にいられなくなる」

「そんな。あたしらが無闇に言い触らしたりするわけがないじゃないか。噂なんぞ一筋たりとも立たせやしない」

「だからそうじゃなくて、誰かがこのことを知ったってぇことがおせんの傷になりかねないんだよ。……ここは同じ女《おなご》の誼《よしみ》だ、黙って忘れてやるのがいい。互いに、一生」

　咽喉に何かが引っかかっているようで、いつもよりひどいしゃがれ声だ。

「と、取上婆のくせに、あんた、よくもそんな。そりゃあね、若い者の色恋沙汰に親が出しゃばるのは良くないさ。それはあたしも心《しん》からそう思って、次郎助にもさ、ならぬ堪忍をしてるよ。黙って口をつぐんでるよ。けど、それとこれとは事が違うじゃないか。おせんちゃんには母親がいないんだよ。ほんとだったらば母親が先に気づいて、あれこれ相談にも乗ってやってるはずなんだ。そりゃあ、本人にしたら鬱陶《うっとう》しい節介かもしれないけどさ、こんな時くらい親身になってやらなきゃ。それが年嵩《としかさ》の女の役目だとあたしは思うけどねっ」

「親身に相談に乗ってやって、一緒にあの暖簾を潜ってやれるのか、お安さんは」

「馬鹿なこと言わないどくれ。下手すりゃ命懸けの処置だろ。す、水銀、使ったりして」

「ほれ、言わんこっちゃない。相談に乗るつもりで、とどのつまりは己の考えた筋道で説きつけるんだ。優しい顔してそんなことしたってね、あの娘を苦しめるだけさ。己がいかに恐ろしいことをしようとしてるか本人は充分わかってんのに、それを傍《はた》から諄々《じゅんじゅん》と説いてきかされるなんぞ、たまんないね」

「お亀婆さん、いったいどうしちまったのさ。いつも言い暮らしてきたじゃないか。子供ってのは授かりものだ、いや、神様からお預かりしてるだけだって。ほんにその通りだよ。七つまではもう気が気じゃなくって、ちょっと咳をしようものなら夫婦で大騒ぎして、懐に入れるようにして抱いて育てる。やっと七つになったらよくぞ生き延びてくれたって、親も近所もそりゃあ胸を撫で下ろして、氏神様に礼を言いに行くじゃないか。あたしらの手許にお残し下すって有難うございますって、何度も手ぇ合わせて感謝する。あたしらはそうやって子供を守って、育ててきたじゃないか」

お安は最初の子を幼い頃に喪《うしな》っている。次郎助の兄だ。

「その命と、あの娘のお腹ん中にいる子の命は一緒だろ。何の違いもないだろう」

声が湿り気を帯び、やがて語尾が曖昧に流れた。

お亀婆さんはぽんと掌の中に火皿の中を空け、新しい刻みを詰め始めた。灰の塊はまだ燃え尽きていないようで、その燃えさしでまた火をつけている。

「皆、いろんな事情を抱えて生きてる。あたしゃ口を出せないね」

「あのねぇ、間違ってることは間違ってるって、ずばりと言ってやるのがあたしら大人の役目だよ」

「わかんない人だねえ。大事《おおごと》にしちゃいけないんだよ、こればかりは。他に何か手立てを考えないと」

「手立てって何よ」

「だからそれを考えてんのに、あんたが喋り通しだから、ちっとも思案が進まないいんじゃないか。ちったあ黙って考えられないもんかね。あんたは頭に浮かんだことをそのまんま口にして、だだ漏れなんだよ」

「だだ漏れって。そ、そっちだって、うちでしじゅう食べ零ししてるじゃないか。くしゃみしたついでに漏らしたことだってあるくせに。おならしてさ、あ、漏れたなんて自分で笑ってるくせに、何よ、こんな時だけ大物ぶっちゃって」

お安はお亀婆さんから顔を背け、袂を手荒に後ろに回した。と、「わっ」と奇妙な声を出して仰向く。おゆんもつられて振り向けば、三哲と、そして次郎助が背後に立っていた。

心の臓が蛙《かわず》のように飛び跳ねて、おゆんは胸を押さえる。

お安が咎めるように叫んだ。

「いつからいたんだえ」

「いつからって、診療部屋にいたさ、ずっと。念の為に言っとくが、ここ、俺んちだから」

三哲は仏頂面をして、脇腹を掻きながら縁側に出てきた。お亀婆さんの膝脇にある煙草盆の前で、どかりと尻を落とす。

「ど、どこから聞いてたの」

お安は首をすくめながら訊ねる。

「どこからも何も、筒抜けだぁな。お前《め》ぇら、帰るなり縁側に坐り込んでよぉ、ひそひそ、やいやい、そのうち、婆ぁ同士で毒の吐き合い」

「婆ぁって言うな」

お亀婆さんとお安が声を揃えて言い返している。

おゆんは茶の間に立ったままでいる次郎助と目が合って、またも狼狽えた。

何で、ここにいるの。

「よ、よう」

そう言うなり次郎助は鼻をすんすんと鳴らしたり、耳の中に小指を入れたりと、相も変わらず落ち着きがない。

次郎助がふらここ堂に来なくなったのは、まだ夏の盛りの五月半ばだった。三哲におみちとの仲をからかわれて、「おみちが勝手に家に出入りしてるだけだ」と言い張った。そして血相を変え、おゆんにこう言ったのだ。

——妙な噂なんぞ、信じるなよ。

その言葉を耳にした途端、おゆんの肚の底からふつりと噴き上がったものがある。

——妙な噂って、そしたらおみっちゃんはどうなんの。

なぜあんなことを口走ったのか、よくわからない。ただ、次郎助に対して無性に腹が立ったのだ。

そして次郎助はその日から、ふらここ堂に通って来なくなった。

ふと、雨の夜が浮かんだ。

おみちと腕を組んで、鶴次の家に入って行ったのだ。そっけない、まるで見知らぬ人みたいな背中をしていた。

なのに何で、うちにいるのよ。もう、あたしの近くをうろちょろしないでほしい。

おゆんが睨みつけると、次郎助はついと目を逸らし、茶の間と縁側の間の鴨居に右手をかけた。もう片方の手を腰に当て、胸をそっくり返らせている。脚まで交差させたので、お安がその膝頭をぴしゃりと打った。

「何だね、この子は。今さら恰好つけてんじゃないよ。もうふらここ堂に出入りできないって、さんざん落ち込んでたくせに。お前、ちゃんと三ちゃんに詫びたのかい。まったく呆れちまうよ、師匠のおでこを撲《ぶ》っちまうなんて」

次郎助は何でも母親に喋っているらしい。

「いくつになっても、乳臭いおっ母《か》さん子だね、次郎助は」

お亀婆さんが皮肉げに言うと、三哲も「おうよ」と煙管に刻みを詰める。

「だから素直に角屋を継ぎゃあいいってのによ。どうでも医者になりてえって、きかねぇんだ、この馬鹿は」

「先生、そいつぁ話が違う。さっきは許しをくれたじゃねえか。俺、ちゃんと詫びを入れただろう」

「偉そうに吐《ぬ》かすんじゃねえ。お前ぇにぼかりとやられたあの晩、えれえ疼《うず》いたんだぜ。おっと、思い出したらまた痛んできやがった」

三哲は大袈裟に顔をしかめて、額を押さえる。

「もう、勘弁してくれよ。一生、ねちねち、やる気かよぉ」

するとお安までが真顔になって頭を下げた。

「三ちゃん、ほんと、ごめんね。この馬鹿がとんだ真似をしでかしてさ。けどこの子、どうにもあきらめがつかないらしいんだよ。夏からこっち、ふらここ堂に顔を出せなくなっちまって、すっかりしょげてさあ。あたしもうちの亭主も、もう見てらんなくて」

そのわりには、おみっちゃんとはしっかり遊んでたじゃないの。

おゆんはまた業腹《ごうはら》になって、顔を背けた。

「次郎助、ちゃんとお坐り、ここに」

お安は縁側の板間を掌で叩く。次郎助は肩をすくめながら縁側に足を踏み入れ、おゆんの傍に腰を下ろして胡坐を組んだ。大きく息を吐いて、「かれこれ」と言った。

「三月もここに来れねぇで、骨身に沁みた。離れてみて、やっぱ、俺、医者になりてえ」

「あ、そ。お父《と》っつぁん、それで、はい、さいですかって許したの」

三哲は口の端をぐいと下げながら、次郎助を、そしておゆんを見た。

「元々、押しかけ弟子だ。勝手にしろと言ったまで」

「んもう、甘いんだから」

おゆんが零すと、隣りの次郎助が「おい」と声を尖らせる。

「つんけん、すんなよ。俺が孕《はら》ませたわけじゃねぇだろうが」

「何なのよ、その言い草。今、その話をしてるんじゃないでしょうに」

「じゃあ、先生に甘いとか言うなよ。俺、お前ぇの弟子に戻るんじゃねえんだから
な。先生の弟子だからな」

「戻ってくるな、勝手に」

「だから、先生の許しはもらったっつうの」

「どうせ、あんたが押し通したんでしょ。お父っつぁんは追っ払うのも面倒なだけなんだから」

互いに睨み合う。おゆんは意地でも目を逸らす気になれず、次郎助もぐいと両の眉を寄せた。

「俺、今晩、鶴次に聞いてみるわ」

次郎助がまた話を変えたので、おゆんは目瞬きをする。

「はあ。何の話」

「だからあ、おせんの腹のことだ。お前ぇら三人でああだこうだ揉めてたけどよ、鶴次はまだ知らねぇような気がする。このこと」

するとお安が「ような気がするって」と、鸚鵡《おうむ》返しにした。

「言うに事欠いて、またいい加減なことを」

「けどおせんに子ができたとなったら、鶴次が俺に黙ってるわけねぇし」

三哲がそこで、煙管の雁首を灰吹きに打ちつけた。

「それもそうだ」

珍しく次郎助に加勢した。

「な、先生もそう思うよな」と、やけに気負って立ち上がった。

「ともかく行ってくるわ。おっ母あ、晩飯は要らねえから」

次郎助は待合場から外に出たようで、裾を端折《はしょ》って前庭を駆け抜けてゆく。

山桃の木の下にはもう誰の姿もなく、辺りはすっかりと暮れている。縁の下で秋虫がすだき、空には冴え冴えとした月が上がっていた。

お安も引き揚げた後、お亀婆さんと三人で湯漬《ゆづ》けを啜った。

「あたしもそろそろ、暇《いとま》をしようかね」

三哲は食べ終えた途端、ごろりと横になって手枕をし、そのまま鼾をかいている。

「じゃ、通りまで見送る」

おゆんはお亀婆さんと一緒に前庭に出た。見送ると言いつつ、本当はどうにも落ち着かなくて、家にじっとしていられないのだ。

鶴次はおせんから何も聞かされていないのか、それがまことなら何でおせんは鶴次に告げぬまま、あんな医者の前をうろついていたのか。

沢庵《たくあん》をかじりながらも、そんな疑念ばかりが浮かんでは過《よ》ぎった。今頃、次郎助と鶴次はどんな話をしているだろうと想像するだけで、不安になる。

「いいお月さんだ」

婆さんは夜空を見上げながら、しみじみと言う。

「ねえ、おばちゃん」

「何だえ」

「あたし、大丈夫かな」

すると婆さんは「おゆんちゃんまで何だい。妙な騒動は勘弁しとくれよ」と笑いのめした。

「違うよ。そうじゃなくて。あたしさ、大丈夫かなってずっと思ってて。いつまで経っても、わかんないことだらけで。皆、どんどん一人前になってくのに、あたしだけついてけないままで、いつも足踏みしてる。何をどう考えたらいいのか、わかんないままで」

何を打ち明けてるんだろうと思いながら、おゆんは歩いた。庭の秋草にはもう夜露が下りているのか、足の爪先が時々、冷たくなる。

「ほう」

「恥ずかしいけど、自分が奥手だってことはわかってる」

おゆんは今どきの若者のように、次郎助やおみちのように気軽に遊んだことがない。江戸の若者と娘は皆、まずは肌を合わせてからつきあいを始めることくらい、おゆんも知っている。相応の甲斐性を持つまではいろんな相手と寝て、遊んで、やがて落ち着くのが尋常なのだ。おゆんも女友達を作っていたならばきっと同じように群れて、笑ったり騒いだりしただろう。誰かに付文《つけぶみ》をしたり待ち伏せをしたり、祭の夜にはどこかの若者と出会って二人きりになったかもしれない。

けれどおゆんはお亀婆さんとお安、そして次郎助がいたら、それでもう愉《たの》しかったのだ。次郎助がどこでどんな娘と遊ぼうが、何でも話せる唯一人の幼馴染みであることには変わりがなかった。それが安穏《あんのん》だった。

でも、あのおみちと会ってから、何かに迫られ続けている。

次郎助をどう思っているのかと問われ、「幼馴染みだ」と答えたその後になってから屈託が増えた。おみちのように誰かを命懸けで想うなど、想像もつかないことだった。年下のおみちが大人びて見えて、気が引けた。少し眩しくもあった。

婆さんにはそこまで有《あ》り体《てい》に口にできず、心の中でいろいろと繰りながら歩く。

「それで」

「それはいいんだよ。ううん、よかないけど、奥手だってことに焦ったってしようがないでしょ。それもわかってる。でもさ、今日、おばちゃんたちの話を聞いてて気づいちゃったんだ。……あたし、己の考えをまるで持ってないんだよね。おばちゃんの言葉を聞いたらばなるほどと思うし、お安さんにもそっかあってうなずいちゃうし。たぶん真反対の考えなのに、どっちにも納得しちまって。どっちも腑に落ちちゃうって、あたし、大丈夫かって思って」

きっとおみちなら、はっきりと己の考えを言えるに違いない。

己がまたおみちを引き合いに出していることに気づいて、おゆんは唇を結んだ。

「ほう」

婆さんは腰の後ろで手を組んだまま、達者に足を運ぶ。と、急に斜めに歩き出した。ふらここの前まで進んだ婆さんはくるりと身を返し、板の上に尻を乗せた。

「おゆんちゃん、押しとくれ」

綱を持って、両の脚を持ち上げている。

「夜にふらここと、洒落てみようじゃないか」

おゆんは綱の傍らに近づき、背を押してやった。

「手加減しないどくれ。もっと力を入れて」

せがまれるままぐいと押すと、婆さんは己でも脚を動かして漕ぎ始めた。

「ひょう、これは痛快だ」

婆さんの声に引かれるように、おゆんは空を見上げた。

夕暮れ時には地面に近づいたような気がしたけれど、待宵《まつよい》の空はどこまでも広く続く群青《ぐんじょう》色だ。一年のうちで、この八月半ばの夜空がいちばん澄んでいるとおゆんは思う。あと一日で満ちる月は濡れたような黄色だ。風が吹くたび、木々の葉末に明るい光が舞い降りる。

「お安さんは、いい母親だ」

婆さんはふらここを漕ぎながら、急にお安の名を口にした。戸惑いつつ、「そうだよね」と答えた。

「次郎助も、おゆんちゃんだって、あの人は本当に慈しんで育ててきたよ」

「うん。そう思う」

「だから、間違ってることは間違ってるってはっきり言える。それが、あの人の筋骨《すじぼね》さ」

そう、それがあたしにはできないのだ。それが情けなくて、恥ずかしい。

「けどね。この世にはそういう親もいれば、赤子を捨てちまう親もいるってことさ。産まない、産めない親もね。だから中条流の裏庭に蔵が建つ」

婆さんは、夕暮れの縁側で交わした話に戻していた。

「むごい蔵だね」

「そうだよ。むごいよ。人はそんなことができる。神仏に祈って大事に子を育てることもできりゃあ、子を流したり、産み捨てることもできるのさ。いや、若い者が火遊びした挙句に出来ちまったってのを、どうこう言ってるんじゃない。それはもう、言わずもがなのことさ。江戸はさ、鍋釜一つ持たずとも何とか生きていける町さ。火遊びをしたなら、その落とし前も己でつけるがいい。けどね、江戸からちっと外に出てみなよ。ひとたび飢饉《ききん》に見舞われたらば、小作の百姓なんぞひとたまりもありゃしない。産んだばかりの赤子のね、その口を母親が己の手で塞ぐのさ。息の根を止めて、土に還《かえ》す」

月明かりの下で、婆さんは揺れ続ける。

「おゆんちゃん、あたしの母親はそりゃあ、いいおっ母さんだったよ。働き者でね、いつもあたしらを田畑につれて出て、頬ずりをするようにして育ててくれた。あたしにとっては、ほんに、いいおっ母さんだったんだ」

初めて耳にする話だ。

「あたしの上と下に兄妹《きょうだい》がいたからね。もうこれ以上、子が増えたら喰えなくなるのは幼心にも悟ってた。けど、母親の腹がまた膨らんできたのさ。お父っつぁんも祖母《ばあ》ちゃんもずっと気鬱な面持ちでね。村じゃあ、三人も子を産んだ女は畜生腹《ちくしょうばら》って蔑《さげす》まれたもので、おっ母さんは申し訳なさそうに背を丸めて野良仕事をしてたよ。今から思えば、子が何とか流れてくれないかと、無理な力仕事もしてたんだろう。けど腹はつき出す一方でさ。それである日、納屋《なや》に入って出てこないと思ったら、おっ母さんがそれをしてるのをあたしは見ちまったんだ」

婆さんは乾いた声のまま、言葉を継いだ。

「何でそんなことができるか、あたしゃ、ずっと考えたね。で、近頃、やっとわかったような気がした。やっぱさ、産み落としたばかりの子は己のものでもあるんだよ。己の躰の中で養った我がものだから、我が手で殺せるんだ。捨てられるんだ。そうしようと思えばできるのが、人ってもんさ。だから神様からの預かりものなんだって、己のものなんかじゃないんだって、誰かが説《と》かないとならないのさ」

そう言って、婆さんはまた強くふらここを漕ぐ。

「人はこうしてさ、ふらここみたいに揺れながら生きている。正と邪の間をね、行ったり来たりしてるのさ。正しいことばかりできる人間もいないし、邪《よこしま》なだけの人間もまあ、めったといやしない。ある日は正に振り切っても、ある日はどっちつかずの、中途半端な事をしでかしてる。正邪の目盛が違うだけでね、そのいずれもが己自身だ」

そして婆さんは綱を握ったまま、おゆんを見下ろした。

「だからおゆんちゃんがどっちにもうなずいたり、どっちにも首を傾げるってことはちっとも不思議じゃないと思うけどね」

「難しい」

「そうさ、難しいさ。だから今はわかった気になんぞ、ならなくていい。精々、迷っておおき。いずれ必ず、己で選ばなきゃならない時が来る」

「選ぶ」

「そうさ。さんざん揺れながらも、己で選んで踏み出すしかない時がある。で、しくじったらその始末は己で引き受ける。その繰り返しさ。だから鶴次とおせんがこれからどう生きていこうと何を決心しようと、あたしゃ、今日、見たことは無かったことにしたいのさ」

誰かの心を思えば、意見をしたり動いたりするだけじゃ足りないのだろうか。黙っていること、忘れることも大事だと、お亀婆さんは言っているのだろうか。

おゆんはまた月を仰いだ。

まだ、よくわからない。けれど焦って、わかった気になるのはよそうと思った。

月の光の中で、ふらここが大きな弧を描き続けた。

二

九月も末に近づいた。ふらここ堂の庭には通りの木々の赤や黄の葉が吹き寄せて、枯れ急ぐ芝草を彩っている。

山桃の木だけは大きな深緑を保っていて、その下で勇太とけん坊、そして近所の子らも一緒に遊んでいる。子供なりに名残りを惜しんでいるのだろう、縁側に出した握り飯を立ったまま頬ばっては、また駆け戻ってゆく。

明日、佐吉と勇太は長崎に向けて出立するのだ。二人を囲んでふらここ堂には近所じゅうが集まり、診療部屋から茶の間、待合場にまで陣取って、わんわんと家じゅうが唸《うな》って膨れ上がるような騒ぎだ。酒や肴は銘々が持ち寄りとしたが瞬く間に無くなって、お安とおゆんは襷《たすき》をはずせないままである。

おゆんは縁側に膝をついて盆を持ち上げたが、ふと思いついて握り飯の一つを摘まんだ。

あ、これ、おばちゃんが握ったやつだ。

おゆんは幼い頃からお安の握り飯に馴染んでいるので、すぐにわかる。形は丸く小さめで、手で持ってもちっとやそっとでは崩れないのに固すぎず、口の中に飯の甘みと塩気が広がる。

台所の土間に降り立ち、大根と厚揚げを煮ている大鍋の前に立った。蓋を持ち上げ、玉杓子であくを掬う。

「ちぎり蒟蒻の煮しめ、上がったよ。だれか盛りつけとくれ」

お安が叫ぶと、背後の板間から「はぁい」と返事があった。前垂れをつけたおせんが空いた徳利を運んできて、土間の前で膝を畳む。

「鍋ごとそっちに移すから、鍋敷きをここに置いとくれ。あ、それじゃなくて、はい、それ」

「おばさん、皿はどれを使う」

おせんが壁際の水屋に向かったので、おゆんは慌てて下駄を脱いで板間に上がった。

「あたしが出すよ。大皿は重いから」

引き戸の前で膝をついて三枚の大皿を出し、布巾でさっと拭く。

「そのくらい大丈夫だって。店じゃあ、もっと重い物、平気で持ってんだから」

おせんは笑いながら鍋の前に膝を回し、菜箸で皿に蒟蒻を移し始めた。おゆんはまた一つを摘まみ食いし、「これ、すんごくおいしい」と振り向いた。

「だろう、煮上げてすぐに出したいところをこらえにこらえて、味が沁みるのを待ったんだもの。うまいに決まってる」

お安も板間に上がり、「どれ」と一つを口に放り込んだ。

「あっつ。おふんはん、はんた、ほんな、あふいもん、よく、はへはへるね」

「あたし、猫舌じゃないもん。平気」

「二人とも、朝からろくすっぽ食べてないんじゃないの。ちと休んだら。お皿を運ぶくらい、あたしが引き受けるから」

おせんはそう言いながら、手際よく皿に盛っていく。

「しじゅう味見がてら摘まんでるから空きっ腹じゃあないのに、口淋しいんだよね。

卑しいのかねえ。けど、おせんちゃんも動き通しじゃないか。あんたこそ奥で横になったらどうだえ。おゆんちゃんの部屋、使わせてもらったら」

「ほんとだ。案内するわ」

おゆんが布巾を置くと、おせんは「いいよ」と顔を横に振った。

「こんなんで横になってたらお亀婆さんに叱られちまう。ただでさえ、もっと動け、肥《ふと》り過ぎだって言われてるのに」

そういえばおせんは前よりふっくらとして、胸や肩のあたりの線が柔らかだ。

「悪阻《つわり》はもういいのかえ」

「お蔭さまで、もうすっかり。ご飯の炊ける匂いを嗅いだだけで吐いちまってた頃は、どうにかなりそうだったけど。胃の腑ごと取り出して洗いたい、なんて」

鶴次とおせんは先月、身内だけのささやかな祝言《しゅうげん》を挙げ、亀の子長屋で暮らし始めている。

次郎助はあの晩、十五夜の前の日にやってきて、待合場の戸障子をどんどんと叩いた。おゆんは寝つけぬままでいたので、すぐに心張棒を外した。潜り戸の中からひょいと顔を覗かせた次郎助は、「へへん」と得意げな声を出しながら土間に足を踏み入れた。

「鶴次の奴、わらじやにすっ飛んでったわ」

次郎助が患者が待つ縁台に坐ったので、おゆんは手にしていた燭台を上がり框《がまち》に置いて腰を下ろした。

「そう。……あんた、鶴次に何てったの」

「いや、おせんちゃん、最近、ちと肥ったんじゃねぇかって」

「それだけ」

「そしたら、あいつ、そうかって流しやがんの」

そりゃ、そうだろうと、おゆんは鼻白んだ。

「で、こないだ、わらじやの井戸端で屈み込んでるのを見かけたが、あれはひょっとして吐いてたんじゃねぇかって。ま、二の矢を放ったわけよ。したら、鶴次の奴、おせんは呑み過ぎだあ、とんだうわばみだってぼやきやがんの」

「……で」

「しかたねぇから、あれ、ひょっとして悪阻《つわり》って奴じゃねえかって、三の矢をぐさり。あれは効いたな。いや、最初はきょとんとしてやがったんだけどよ、え、まさか、そうかって口をあんぐりさせて、しばらく何も言わねえの。あん時はさすがの俺も焦った。こいつ、妙なこと言い出してみろ、ただじゃおかねえって身構えたけどよ。鶴次の奴、いきなり立ち上がって裸足のまんま外に飛び出しやがった。で、駆けてったんだ。拳をこう、上に突き出してよぉ、やったあ、おせん、やったあって」

夜更けの闇の中で、蠟燭の小さな灯が揺れた。

「良かった」

「おうよ。けん坊がそれで起き出しちまって。兄《あん》ちゃん、どうかしちまったんじゃねぇの、まったく世話が焼けるんだって、愚痴る、愚痴る。その口吻《くちぶり》がまた兄貴にそっくりで」

思わず次郎助と一緒に笑う。と、次郎助がやけに神妙な声を出した。

「お前ぇが笑うの、久しぶりだな」

「そうかな」

「あのな、おゆん」

蠟燭はおゆんの膝の脇にあるので、縁台に坐っている次郎助の顔はよく見えない。

「なに」

「明日っからまた、ふらここ堂に世話になるから」

「それはもう聞いたよ。知ってる」

「俺、ちゃんとおみちと切れてるから。いや、済《な》し崩しになんかしてねぇって。きっちり話をつけて、向こうもわかったって」

「そんなこと、わざわざあたしに教えてくれなくても」

あたしにはかかわりのないことだと言いかけて、後を続けるのが厭になった。

もしかしたらあたしは、おみちを嫉《そね》んでいた。

ああ、そうだと闇の中で顔を上げる。

次郎助はずっと傍にいてくれて当たり前だと思っていた。そのとんでもない自惚れをおみちにぺしゃんこにされて、あたしは拗《す》ねていたのだ。

「おゆん。俺のこと、男として見られねえか。いつまで経ってもただの幼馴染みか、俺は」

「違うよ。……それは違うって、わかった」

己は一歩も踏み出さずに、おみちに迫られて初めて気がついた気持ちだった。

「よくわかんないけど」

「どっちなんだ」

「男としてとか訊かれたら、やっぱよくわかんないよ。あんたたちから見たらそれはおかしいのかもしんないけど、けど」

「けど、何だ」

おゆんは懸命に己を励ました。

ここで自ら口にしないと、あたしは一生、悔いることになる。そう、こうして次郎助に押されたままじゃあ、かえっておみちに頭が上がらないような気持ちが続くだろう。

女がすたる。

「次郎助はやっぱ大事だよ。そう思ってる」

「なら、俺たち、始められるか」

「た、たぶん。他の娘《こ》たちのようには、無理だと思うけど」

「他のはかかわりねえよ。俺たちは、俺たちだ」

いつになく、次郎助の言いようは頼もしかった。

「じゃあ、俺、帰るわ。うちのおっ母あ、待ち構えてやがるから」

「うん。おやすみ」

「ん」

小声で言い交わして見送った。月はもう西に動いていて、軒の下からはよく見えなかった。

おゆんはそのまま目が冴えて、よく眠れなかった。一日、いろんなことがあって躰の芯から疲れているのに、自分が口にした言葉を思い出しては面映ゆくなり、わけもなく不安になったりもした。寝入ったのは明け方になってからで、お亀婆さんとお安の声で目が覚めた。

「何でぇ、朝っぱらから」

ぼやく三哲に、次郎助が鶴次とおせんのことを話している声が聞こえた。寝坊したとわかって飛び起き、顔を洗ってから茶の間に入る。皆が縁側に並んで坐っていた。

「おゆんちゃん、聞いたかえ」

「うん」と、曖昧に答えた。

次郎助とまともに目を合わせられない。お亀婆さんとお安が来てくれてほんに助かったと、胸を撫で下ろしもする。三哲の前でおゆんがぎくしゃくしていれば、たちまち勘繰られそうな気がするのだ。そしてきっと厭な冷やかし方をしてくる。ややこしい。

お安がおゆんを手招きして、重箱を差し出した。

「月見団子、作ってきたんだよ。餡《あん》も煮たのさ。昨夜《ゆうべ》、鶴次とおせんちゃんのことを次郎助に聞いてから、もう嬉しくて気が昂《たか》ぶっちまってさ。夜が明けるのを待ってられなくて作ったんだ。おゆんちゃん、朝餉、まだなんだろ。甘い物で良かったらお食べ」

三哲は不機嫌そうな顔つきのまま、もう重箱の中に鼻を近づけている。おゆんもつい手が伸びた。まだほんのりと温《ぬく》みが残っていて、餡と絡めながら食べると幾つでも行けそうだ。

「そういや、おせんちゃんが何で産むのをためらったのか、聞いたかえ」

お安が蒸し返したので、お亀婆さんが「それはもういいだろうに」と顔をしかめた。

「いやいや、ちゃんと耳に入れとかないと。次郎助、ほれ、あの話、婆さんにもしてやって」

お安に急かされて、次郎助が口を開いた。

「いや、鶴次はおせんと一緒になるのはもうとっくに決めてて、向こうの親爺さんにも挨拶してたんだ。けど所帯を持つには早いっつうか。あいつ、親がやってた乾物問屋をもう一遍、己で始めてえって頑張ってきたからよ。けん坊もまだ養わねぇといけねえし、だからもうちっと商いの元手を貯めてから祝言を挙げようって、二人で決めてた」

するとと三哲が頰を動かしながら、茶々を入れた。

「けど、出来ちまったたってわけか」

「まあ、そういうこと」

「問屋株《といやかぶ》なんぞ、ちっとやそっとじゃ買えねえぞ」

「そうらしいな。百両は要るから問屋なんぞいつになるかわかんねえって、それは鶴次も承知の介で。まずは振り売りから始める覚悟みてえだ。だからせめてその目途がつくまでは、ほら、先生、あるだろ、丸薬が。毎月、それを服《の》んでたら子が出来ねえってのをおせんが友達から教えられてよ。おせんはそれを服んでるって、鶴次が言ってたことがある」

「ああ、天女丸《てんにょがん》な。あんなもん効くわけねぇだろうが。気休めにもなりゃしねえ」

「それ、ほんとか」

「ほんと」

「本気《まじ》か。やっべえ」

次郎助は途端に首筋をもぞもぞと掻き始めた。

「朝っぱらから何だねえ、この子は」

お安にどやされても、次郎助はわざとのように頭を抱えている。そしてお安はこう続けた。

「おせんちゃんは鶴次の夢を知り尽くしてたものだから、言い出せなかったんだろうね。今風に捌《さば》けてるように見えてても、あの娘《こ》なりに随分と悩んだんだろう」

お亀婆さんはもう何もかもを忘れたかのように煙管を遣い、おゆんに「茶を淹れておくれでないかい」と言った。


おせんは二皿目にかかりながら、「あ、また、いけない」と背筋を伸ばす。

「動いてる時だけじゃないんだって。坐ってる時もいつも躰の真ん中に気を通していれば、お産は何でもないってお亀婆さんに言われたんだ。そしたら、何人でもらくに産めるって」

「そうなの」

おゆんも、おせんに倣って背を立てた。あたしは猫舌じゃないが、たぶん猫背だ。待合場に坐って筆を使っていると、つい身を屈めている。

「ふだんの雑巾がけも、しゃがんで洗濯する時も、全部、躰の芯を鍛える動きになっているものだから、こうやってね、きゅっとお尻の穴を引き上げるような心持ちで過ごせばいいんだって。そしたら、女は肚が据わるもんだって」

お安までが「はあ、なるほどねえ」と顎を引き、正坐に直った。

「女の肚の据わりようってのは言葉だけじゃないんだ。躰で、その通りにするってことか」

お安がぽんと腹鼓を打った。三人でそれぞれ皿を持ち上げ、部屋に運び込む。お安は茶の間にいる長屋の者らの中に入っていき、おせんは待合場で呑んでいる鶴次や次郎助らの許へ運ぶ。おゆんは診療部屋に入った。

三哲と金蔵に近所の呑み仲間、そして上座に坐らされている佐吉の傍にはお亀婆さんが張りついている。

「おゆんさん、ご雑作をおかけします」

佐吉が申し訳なさそうに声をかけてくる。するとお亀婆さんが掌をひらひらと振った。

「水臭いこと、お言いでないよ。どうせこんなもんしか揃わないけどね、さ、遠慮なく上がって」

婆さんは台所をたまに覗いても指図をするだけなのだが、大盤振る舞いの金主気取りだ。さっき、佐吉と勇太に餞別《せんべつ》の羽織袴を渡した時もすべてを己一人で縫ったような口上を述べ立てたので、お安とまた諍《いさか》いになるところだった。婆さんは「ここの縫い目が歪んでる」とか「もうちっと、しごきをかけないと」とか、けちをつけるだけで、ほとんどをお安とおゆんで仕上げたのである。

「おゆん、酒だ」

三哲が徳利を手にして呼んだ。こうして使われ通しなので、おゆんは佐吉とゆっくり話す暇もない。三哲と金蔵は相当、酔いが回っているのか、瞼が半分、下りている。しかも二人で何やら唄い出した。どら声の調子っぱずれだが、皆、手拍子を打つ。するとお亀婆さんがひょいと踊り始めた。着物を尻端折《しりはしょ》りにして、足を前に後ろに動かす。顔色からして婆さんもかなり呑んでいるはずだが、よろけそうで、よろけない。

おゆんは盆に空徳利を集めながら、また佐吉の傍に戻った。佐吉の膝前にある膳の徳利を持ち上げると、まだ重みがある。

「どうぞ」

「恐れ入ります」

佐吉は盃の中をくいと干すと、前に差し出した。

「おゆんさんも」

勧められて酌を受けた。

「いろいろとお世話になりました。有難うございました」

佐吉が改まって頭を下げたので、おゆんも辞儀を返す。

「こちらこそ、ほんに有難うございました。どうぞ、お気をつけて行ってらしてください」

佐吉は長崎に向かう途中、大坂の蘭学塾にも立ち寄る心積もりのようで、すでに文を出してあるらしい。

「お帰りは三年後ですよね。淋しくなるけど三年なんてあっという間ですよね、きっと」

佐吉は涼しい目許をやわらげて「はい」と言い、唄い踊る皆の輪を眺めた。

「そういえば、内藤屋さんは」

今日、佐吉の主である内田藤左衛門も共に訪れたのだ。銀髪の渋い二枚目で、お亀婆さんとお安は目の色を変え、「内藤屋さぁん」と黄色い声を上げていた。

「急な所用が出来《しゅったい》したと遣いが参りましたので、先に失礼をいたしました」

「びっくりしておられたでしょ。診療部屋で呑み喰いしようってんですから」

昨日、ここに積み上げた生薬の袋包みを次郎助とおゆんの部屋に運び込み、そのついでに薬簞笥も動かしたのだが、三哲は簞笥の背後にわけのわからない、猿の腰掛けやら井守《いもり》の黒焦げやらをどっさりと溜め込んでいた。

そして、男と女が絡み合っている枕絵までが山と出てきたのだ。

おゆんは「あ」とのけぞり、いつもは粋がっている次郎助も目を丸くして、しどろもどろになっていた。

「や、やあ、こいつあ、なかなか乙な」

「どうしよう」

「どうしようって、先生に訊かねえと。あれ、先生は」

「湯屋に行ったから、しばらく帰ってこないよ」

「んじゃ、とりあえずお前ぇの部屋に運んどこう」

「やだよ。明日、誰が入るか、わかんないでしょうが。す、捨てちまったら。そんな、ややこしいもの」

「勝手に捨てたりしたら、後でどやされるぜ。だいいち、こういうの、結構、高直《こうじき》じゃやねぇの。勿体ねえ」

「知るもんか」

結局、次郎助がどこかに移したらしいが、その場所を聞いておくのを忘れた。おゆんはとろんとした目で酒を呑んでいる三哲を横目で睨む。

相変わらずむさい形《なり》で、今日はことに無精髭がひどい。おまけに、何だか影が薄くなったなとおゆんは思った。町の人気者だと上機嫌であったのは束の間で、三哲印の丸薬も佐吉がいなくなったら作れないに違いない。

佐吉さんが助けてくれていたからこそ、お父っつぁんはどうにかこうにか小児医の看板を下ろさずにやってこられたんだ。うちはこの先、どうなるんだろう。

次郎助は毎日、通ってきているものの、当の患者が来ないのである。筍《たけのこ》医者には最も肝心の、「診立《みた》て」という修業ができない。

おゆんは溜息を吐きながら盆を持った。つと、佐吉が顎を上げる。

「表が騒がしいようですね」

「え、そうですか」

酔って唄い踊る連中が騒々しくて、まるでわからない。すると待合場と隔てた障子が荒い音を立て、次郎助が板の間に両膝をついて顔だけを覗かせた。

「て、大変《てえへん》だ」

「何よ、血相変えて」

「黒塗りの駕籠が」

おゆんは待合場の土間に下りた。

猪口や徳利、そして箸を置いた皿が縁台や板の間のそこかしこに残されたままで、鶴次とおせん、そして亀の子長屋の者らも皆、前庭に出ている。おゆんも気になって外に出た。子供らは静々と近づいてくる駕籠の背後に従っていて、振り返ればお安は縁側に突っ立って口を半開きにしている。

「あれ、内藤屋の旦那じゃねぇのか」

おゆんの背後で、次郎助が不思議そうな声を出した。黒塗りの駕籠には確かに、内藤屋の藤左衛門が付き添っている。やがて駕籠が止まり、静かに土の上に下ろされた。

「おゆんさん」

藤左衛門に呼ばれて傍に寄った。

「勇太を呼んできていただけませんか。それと急なことで申し訳ありませんが、お部屋を拝借したい」

戸惑いながら「はい」と応え、駕籠の向こうに勇太の顔を見つけて手招きした。勇太は一瞬、けん坊と顔を見合わせたが素直に走ってくる。だが何事かと不安なのだろう、おゆんの傍らまで来ると黙って指を摑み、握ってきた。

藤左衛門は駕籠の引戸の前に片膝をつき、小声で訊ねる。

「よろしゅうございますか」

気配がして、藤左衛門が両手を戸にかけて引いた。供の者らしい女が駆け寄り、厚い底の草履を置いた。純白の足袋の足が見えた途端、薄黄色の縮緬《ちりめん》が中から零れ出た。大きな菊花の文様、そして黒糸の刺繡《ぬい》で流水をおおらかに描いてある裲襠《うちかけ》だ。

女人がすらりと立って、おゆんは勇太の小さな手を握り返した。


家じゅうが静まり返って、皆が神妙に茶の間と台所で肩を寄せ合っていた。診療部屋に残っているのは三哲と藤左衛門、佐吉と勇太、そして親子を訪ねてきた綾である。

おゆんは茶の間で茶筒を持ったものの、手の震えが止まらない。しかも背後にお亀婆さんとお安がくっついて、嚙みつくように問うてくる。

「あれ、誰さ」

「たぶん……佐吉さんの、前の御新造だと、思う」

二人とも大方の察しはついているはずなのに「ええ」と叫んで、「生き別れだったのか」と地団駄を踏んだ。

「あの髷と装いは御殿女中だろ。どこの屋敷に奉公してる」

「あんな乗物でいきなりやってきて、何様」

敵意をむき出しにしている。いつか佐吉から聞いた来《こ》し方《かた》を、おゆんは話さざるを得なくなった。

「大奥に御乳持《おちもち》として出仕してたのかえ」

「そうみたい」

早く茶を用意しなければと焦って、とてもじゃないが詳しく伝えられない。

「けど、何でおゆんちゃんだけそれを知ってるんだ」

お亀婆さんは酒臭い息を吐きながら、「狡《ずる》い」と睨んできた。

「あたしらだけ蚊帳の外ってのは、いただけないね」

「そんなあ。おばちゃん、黙ってることも大事だって、言ってたじゃないの」

二人とも目を三角にして下唇を突き出す。

「あたしらも一緒に運ぶよ。そのお茶」

二対一では到底、勝ち目がなかった。

「いらっしゃいませ」

おゆんは診療部屋に茶を運んだものの綾に気圧されてしまい、何をどう挨拶すればいいのか、しどろもどろになった。すると「しっかり、おしよ」と、後ろから背中を突《つ》かれた。しかもおゆんが部屋から出ようと膝で退《さ》がっても、お亀婆さんとお安は「お待ち」とばかりに両脇から腕を取り、挟み撃ちにする。

にっちもさっちも行かず、とうとう部屋の隅で三人で団子になった。

「お寛ぎのところ、お邪魔いたします」

綾は意外にも大仰でない、ごく当たり前の物言いをした。そして想像していたより遥かに美しかった。大奥では随分と厚化粧なのだとお亀婆さんに聞いたことがあったが、綾は白塗りではなく、清々しい顔貌をしている。

「御中﨟《おちゅうろう》は本日、宿下がりの名目で内藤屋にお越しになったんだよ。……これも偏《ひとえ》に、三哲先生のお計らいだ」

藤左衛門は佐吉にそう話した。大奥で大層な出世を遂げたらしい綾は、我が子と一生、会わぬ覚悟で奉公していたが、城中で三哲と面会した折に長崎行を聞かされたらしい。

「長崎から帰ってきた時にはもう十歳になっている。その前に一目だけでも我が子に会《お》うて、その声を聞かせてやってくださらぬかと、先生は御中﨟に頭を下げてくださったようだ」

佐吉ははっとしたように顔を上げて藤左衛門に、そして三哲へと眼差しを移した。

微かに頰を強張らせている。

お父っつぁんは「面倒臭《くせ》え」が口癖だ。なのに時々、誰よりも面倒臭え所業を働く。

「何さ、三ちゃんたら、一人でいい人ぶっちゃって」

「出し抜くの、好きだからねえ」

お安とお亀婆さんは、おゆんの両脇でぶつぶつと零し通しだ。

三哲は汚い顎を搔きながら、膝を立てた。

「ま、いずれまた江戸に戻って来るんだから、今生《こんじょう》の別れでもねぇけどよ。内藤屋さん、ここは水入らずで」

「はい、それがよろしゅうございましょうな」

藤左衛門も腰を上げたので、おゆんはほっとして後に続こうとした。

「ちょっと待っとくれ」

声を張り上げたのは、お亀婆さんだ。

「あたしゃ、このお人に訊きたいことがある」

おゆんが「やめて」と袖を引いても、婆さんはぐいぐいと前に進む。お安も勢いをつけて婆さんに倣《なら》い、二人は綾に対峙するように坐った。

「婆さんら、よしな。控えおろうっ」

三哲が止めても、二人の後ろ姿はびくともしない。

「御中﨟様にお尋ね申しまする」

すると綾がうなずいて返したのが見えた。

「あたしはここ三河町で取上婆をして六十五年の、亀と申す者にござります」

六十五年とは初耳だ。

「あたしは水菓子屋を営む角屋金蔵の女房、安っ」

お安も、まるで親の仇《かたき》を見つけたかのような物言いである。

藤左衛門が膝を動かしたが、綾がそれを目配せで止《とど》めた。勇太が気になって、おゆんは斜め前に目を移す。

勇太はきちんと正坐をしていた。佐吉もその傍らにじっと坐し、居ずまいを崩さない。その面差しから胸中は見当がつかないが、上座にいるのは元の妻だ。しかも大奥で異例の出世を遂げたらしいその人の威厳たるや、尋常ではない。いつもは生薬臭い診療部屋に、大輪の花を集めたような香りがする。

壁に沿って並んだ父子の横に藤左衛門と三哲が坐っているのだが、どうやら婆さんとお安にそのまま喋らせるつもりになったようだ。黙っている。

「伺いますれば、御中臈はそもそも御乳持として御城に上がられたとか」

「さようです」

綾の声は広やかで、お亀婆さんの問いに答えるのにもためらいがない。

「勤めを果たした御乳持はすぐさま御役を解かれて、家に帰れるものと聞き及んでおります。それを何ゆえ、城中に留まって奉公を続けられました」

「お亀さん、それは私から申し上げます」

佐吉が遠慮がちに申し出た。けれど綾は「いいえ」と、小さく頭を振る。

「お話しいたしまする」と、お亀婆さんに顔を向けた。

「おっしゃる通り、本来であれば六月《むつき》から、長くても一年勤めれば御暇を頂戴すべき御奉公にござりました。実際、乳が出なくなって数ヵ月で御役御免になる朋輩もおったのです。腹を痛めて産んだ子に乳をやることがかなわず、肝心のその乳が出なくなってやっと我が子の許に戻れるとは、まことに因果な勤めにござります」

綾はこちらが驚くほど、有り体《てい》に述べた。

「今頃、我が子は、祐太郎は乳を欲しがって泣いておらぬだろうか。謙一郎様は難儀しておられぬだろうかと、案じぬ日はありませんでした」

佐吉は、もとは佐竹謙一郎という名の御家人である。

「そもそも、御家人の妻は御乳を差し上げても、若君や姫君をお抱きすることは許されておりませぬ。私はこの腕の中の空《くう》に祐太郎がいるのだと懸命に思い浮かべて、ただそれだけをよすがに奉公いたしました。一日でも、半日でも早く御暇を戴いて、我が子をこの手で抱きたかった。親子三人で暮らしとうござりました」

勇太がいつのまにか目を上げ、母を見ていた。長い睫毛を瞬かせもせず、口を真一文字に引き結んでいる。その横顔はおゆんの知る勇太より遥かに凜々しくて、綾によく似ている。

「けれど私はある日、非番の折に御部屋の前を通りかかることがあって、小さな泣き声を聞いたのです。中を覗けば何十畳もの座敷の真中で、若君がたった一人で弱々しい、嗄れた声を上げておられました。目も眩《くら》むような襖《ふすま》に囲まれ、厚い絹重ねの上で寝かされながら、何とお寂しいことかと胸を衝《つ》かれました。もはや市中でも知れ渡っておりますように、大奥は万事がしきたりで動きまする。そして御子を産み参らせた母御同士の、いえ、その背後におられる方同士の力争いも並大抵ではありませぬ。その昔は御付きの女中がわざと御子を放置するような、酷《むご》いことも行なわれたようでした」

「もしや、それで公方様の御子は早死にしやすい……のですかえ」

お亀婆さんがそう訊ねて、おゆんの胸にふと返る言葉がある。三哲だ。前の公方様である家重公に御下問を受けたと、近所の者らに話していた。

——子供らがこうも早死にするのを、その方は如何、考えるか。

あれは小正月を過ぎた頃だっただろうか。あの時は気にも留めていなかったのに、やけにくっきりと思い出した。けれど綾にも立場があるだろう。「そうだ」と首肯はしにくいはずだ。

「その儀につきましては、私には判じかねます。……ただ、私は禁じられているのは承知の上で、若君をお抱き申しました。ひどい熱にござりました」

もしかしたらその行ないが上役に認められたのかもしれないと、おゆんは推した。でも何と切ない功だろう。上から引き立てられたことで、綾は大奥での奉公を続けて夫と子を養う覚悟を決めたのだ。

それが夫に冷や水を浴びせ、去り状を書かせることになるとは思いも寄らずに。

この御方もきっと、寂しかった。

おゆんはそう思った。けれど綾は佐吉が致仕に至った事情には、一言も触れない。

「いかなる事情があるにせよ、祐太郎にとって、いえ、勇太どのにとって、私はただお産みしただけのおなごです。今さら会うても迷惑なだけだと、思い定《き》めておりました。ですが出立の日が近づけばもう、矢も楯もたまらなくなりました」

そして綾は裲襠の裾を払い、膝を回した。菊花と流水の文様が流れるように動いたと思ったのも束の間、綾は佐吉父子に向かって深々と頭を下げていた。

「修兵衛殿」

綾は別れた夫の、今の名を口にした。

「男手一つで、よくぞここまで育ててくださいました。御礼申します。……そして勇太どの」

綾は少し顔を上げ、勇太に向かって微笑んだ。

「育ってくれて、有難う」


部屋から出ると、膝ががくがくとした。

藤左衛門が「そろそろ、親子水入らずになっていただきましょう」と促して、お亀婆さんとお安も「これはとんだ長居を」と素直に詫びて立ったのである。振り向いた二人は目を赤くしていた。

ぞろぞろとつれ立って診療部屋から出たので、茶の間にいた連中が押し寄せてきた。次郎助はおゆんにまっしぐらに向かってくる。

い。

「今度って何だよ、面倒そうに言いやがる」

「また今度」

「あのお人、誰だ」

次郎助は口を尖らせ、今度はお亀婆さんとお安に訊ねているが二人とも相手にしな
「とっぷりと疲れちまったねえ」

「ほんに。ああ、首ががちがちに固まってる。次郎助、お茶淹れとくれ。咽喉が渇いちまった」

お安は頭をぐるりと回している。

「ちぇ。どいつもこいつも、冷てぇな」

すると三哲が大きく手を打ち鳴らした。

「おぉい、皆、庭に出ろぉ。呑みたい奴は徳利と猪口を持って、喰いたい奴は、皿と箸を持て。次郎助、莚《むしろ》があったろ。あれを並べてやれ。婆さんとおせんだけは尻が冷えちまうからな、鶴次、待合場の縁台をここに出してやれ」

やがて庭で銘々にやり始め、酔った誰かが手拍子を打つと、お安と婆さん、そして金蔵が踊り始めた。子供らもその輪に入る。

「お父っつぁん、こんなに騒がしくしていいの」

おゆんは診療部屋が気になった。

「静けさがかえって障りになることも、あらあな。ちと離れた場がうるせえくらいの方が気が落ち着いて、素直になれる」

三哲が片眉を上げると、藤左衛門もうなずいて猪口を呷《あお》る。

「それにしても、ここはいい」

藤左衛門が何をいいと言ったのか、季節外れの盆踊りのようなありさまで、黒塗りの駕籠とその担ぎ手、お供の者らにまで次郎助が酒を運び、盛んに勧めては丁重に断られている。

秋風がくるりと吹いて、赤と黄色の落葉が踊りの輪に加わった。


佐吉父子は綾と半刻ほどを共に過ごした。勇太は綾が乗った駕籠を皆と一緒に並んで見ていたが、やがて通りの向こうに見えなくなると、突如、駆け出した。

「勇太」

後を追おうとすると、三哲に止められた。

「そっとしといてやれ」

お亀婆さんとお安も頬を濡らしながら、「そうだね」と言った。

皆が引き揚げて、佐吉父子といつもの面々だけが残った。佐吉はおゆんにいつか話したことを、夫婦《めおと》別れになったその理由を淡々と話した。

「佐吉っつぁんがかっとして刀を抜くなど、信じられねえ」

次郎助が胡坐の膝を抱えて呟いた。勇太はもう寝入ってしまっており、佐吉の羽織を上から掛けてある。佐吉は勇太を見やりながら言葉を継いだ。

「勇太は母に問われるまま、手習のことや友達のことを、そして皆さんのことも言葉少なに答えるばかりでした。母が生きているとは伝えてあったものの、深い事情まではまだ知る由もありませんので、最後まで戸惑うばかりであったでしょう。肩も肘も硬《かと》うして、首から上は熟柿《じゅくし》のごとき色に染まっておりました。……母を恋う気持ちをこらえ、私にもめったとそれを口にせぬようなところがこの子にはありましたゆえ」

そう、初めて会った頃の勇太は口数の少ない、声の小さな子だった。

「ただ、ああして母が己に会いに来てくれた。顔を見、言葉を交わしたひとときは、これからの勇太の人生を支える。そう信じます」

するとお亀婆さんが、膝を動かした。

「お前さんはどうなんだえ」

やけに真面目な面持ちだ。佐吉はしばらく目を伏せていたが、ややあって居ずまいを正した。

「城中では、想像を遥かに超える苦難があったでしょう。御家人の妻であった女が御中﨟にまで引き立てられるには旗本家にいったん養女に入らねばなりませんし、その恩義にはやがて報いねばなりません。引き立ててくれた上役にもそれは同様にて、終生、親子のごとく孝養を尽くすものと聞いたことがあります。つまり当人が好むと好まざるとにかかわらず、大奥の中で力を持たねばならぬのです」

そこで佐吉は少し、目許をやわらげた。

「ですが綾はいつからか己の意志をもって、大奥の女役人としての階《きざはし》を登ったのでしょう。公方様が代替わりした場合、大奥の女中もほとんどが入れ替わって別の御殿に退くのが尋常ですが、綾は新しい御台《みだい》所様の命を受け、本丸大奥に残ったようですから。それはやはり、並大抵ではありません。……いえ、出世を褒めるのではありません。慎ましく大人しかったあの綾が荒波を乗り切って、見事に生きている。その来し方を誇りに思うのです。私も負けてはおられぬ、と」

佐吉が勇太を背負って長屋に引き取っても、誰も帰ろうとしない。お亀婆さんとお安は茶の間に坐って、つくづくと溜息を吐いたものだ。

「あれって、惚れ直したってことだね」

「あら、あたしもそう睨んだのよ」

「本人は気づいてないだろうけどね」

「男はほんと鈍いから」

「鈍い、鈍い」


翌朝、旅支度をした佐吉と勇太を角屋の前で見送った。

お亀婆さんとお安は洟を啜り通しで、何度も「お達者で」と言う。

おゆんの背後に立っていた次郎助が佐吉の前に進み出て、何やら包みを渡した。

「これ、持ってってておくんなさい。俺が処方した薬。腹下しに解熱、解毒、ま、いろいろ作っといたから、旅のお伴に」

昨夜、次郎助はいつのまにか奥の小間に移って薬研を挽いていたのである。茶の間にいたおゆんは婆さんやお安と煎餅を齧りながら、その音に耳を澄ませた。いい音だと思った。

佐吉は満面に笑みを浮かべ、次郎助に礼を言っている。

「佐の字、そいつぁ魔除けだからな。誤って服むんじゃねぇぞ」

ひどい言われようだが、次郎助は一緒になって大笑いしている。

「では、行ってまいります」

朝陽の中で、佐吉と勇太が揃って辞儀をした。

「行ってらっしゃい」

「達者でな」「待ってるから」

皆、思い思いの言葉で送るけれど、おゆんは手を振るのが精一杯だ。勇太が何度も振り返るので、鼻の奥が潤んでしかたがない。

勇太が初めてふらここ堂を訪れたのは去年の四月、枇杷の実が綺麗な頃だった。考えればまだ一年半ほどしか経っていないのに、たくさんの季節を共に過ごしたような気がする。勇太はそれだけ背丈が伸びて闊達《かったつ》になった。

そして長崎から帰ってきた日には、きっと見違えるようになっているのだろう。

わぁと大きな声がして、子供らが角から飛び出した。先頭はけん坊だ。

「勇太、またな」

すると勇太はくりくりと大きな瞳を輝かせる。

「うん、また」

まるで明日の約束をするように、躰いっぱいに叫んだ。

三

宝暦十一年（一七六一）の春を迎え、やがて弥生三月になっておゆんは桃の花枝を待合場に飾った。

「女の子の節句もいいもんでやすねえ。なんかこう、目に優しいや」

いつも薬だけを取りにやってくる下男が独り言を言うと、同じ縁台の端に腰かけていた女衆《おなごし》も眠そうな瞼を持ち上げ、「ほんに」とうなずいた。診療部屋からは次郎助の声が聞こえる。

「身も心もくたくたですか。そいつぁ気の毒だ。先生、心の萎《しお》れは香蘇散《こうそさん》でいいよな。ええと。この子は喋り方が静かだから、やっぱ香蘇散だ。さて、今度はおっ母さんに訊ねるけど、家の中が散らかってても平気な方ですかい」

「若先生、とんでもない、あたし、近所でも評判の綺麗好きですよ。横にしといた火箸が縦になってても気持ち悪い」

「几帳面なんだ。咽喉に何かが詰まってるような感じ、ある」

「そういえば、ええ、時々、通りが悪いような」

「お腹も張る」

「そうです、そうです」

「じゃあ、半夏厚朴湯《はんげこうぼくとう》を処方しようかな。先生、それでいいっすか」

三哲の声はくぐもって、よく聞こえない。おゆんは気になって、そっと障子を引いてみた。すると次郎助は患者の子供ではなく、その母親を横にならせて腹に手を当てている。十二になるというその男の子は、訪れた時から張り詰めたような顔つきだ。商家の奉公に上がったものの朋輩とうまく行かなかったらしく家に帰ってきて、以来、ずっと塞《ふさ》いでいるのだという。

次郎助が患者の母親に言った。

「しばらく様子を見て、元気が取り戻せなかったらまたつれて来てやってくだせえ。それからおっ母さんの方は薬を服み始めたら便通か、もしかしたら月のものが乱れるかもしんないけど、たぶんこれが躰に合うと思う。でも辛かったら、いつでも来て」

母親は起きて着物の前を合わせ、頭を下げた。

「有難うございます。何だか、いろいろ聞いてもらっちゃって、お蔭で気が楽になりました」

「お、その笑い方、いいな。なあ、おっ母さんは笑ってる方が綺麗ぇだな」

すると押し黙っていた子供は少しだけ声を出した。「まあね」と聞こえた。

「お大事に」

おゆんは患者の親子を送り出してから、薬待ちの二人にも袋を渡し、診療部屋に戻った。

「ねえ、お父っつぁんは」

次郎助は胡坐を組んだ上に帳面を広げ、何かを書きつけている。

「さあ、その辺りにいるだろ。何かごそごそ、やってたぜ」

顔も上げぬまま言う。おゆんはその隣りに腰を下ろして、膝の両脇で手をついた。

「次郎助、親子を診てるんだね」

「まあな。あのくらいの年頃まではやっぱ鏡みてぇに、互いの不調を映し合ってるからな」

「母子同服だね」

「何、それ」

「え、お父っつぁんに習ったんじゃなかったの」

「違《ちげ》ぇよ。子供をつれてくる親の話を聞いてるうち、あれ、この人、自分のこと話してるなあって思ってよ。何となく水を向けてみたら、大概、何かあんだよ」

「それで、耳を傾けてるってわけ」

「うん。どうせ暇だしな。皆、赤の他人の俺には吐き出しやすいみてぇだし」

おゆんは「へえ」と呟きながら、次郎助の横顔を見つめた。近頃は長崎にいる佐吉と文のやりとりをして、向こうの医書も送ってもらっているようだ。筆写してまた送り返さねばならないので、頑張り過ぎて、二度、鼻血を出した。

と、次郎助が頤《おとがい》を上げ、きょろりと目をむいた。

「どうした」

「ううん、何でもないよ」

「なあ、おゆん」

「何よ」

「そろそろ、一緒にならねぇか」

「うん」

「あ、いや、いやいや、飯はまだかかな。え、ちょっと待て。今、うんって言ったか。空耳か」

次郎助は泳ぐように両手を回して仰天している。おゆんは呆れて半笑いを浮かべる。

「はい、言いました」

「えぇえ」

立ち上がって、どどんと足踏みをする。

「こ、こんな、すんなり、何で。どういう風の吹き回しだ。お前ぇ、かついでんじゃねぇだろな。だったら怒るぜ、本気《まじ》で怒る」

「ちょっと待って。その前に、あたし、結着をつけないといけないことがあるんだ。それまではお安さんにも金蔵さんにも言わないで。もちろん、うちのお父っつぁんにも」

「結着って、何」

おゆんは少し迷ってから、やはり黙っていることにした。

「内緒」

「いつまで待てばいい。結構、待ったんだけどな、俺」

次郎助はそう言いながら、おゆんの前で片膝をついた。髭の剃り残しが見えて、おゆんは息を詰める。

「あのう、取り込み中、すまねぇが」

三哲の声がして、おゆんは膝ごと後ろに飛び退いた。

「先生、いつからいたんだよっ、びっくりさせんなよ、もう」

次郎助がわめく。三哲は薬簞笥の向こうに潜んでいたらしく、腰を叩きながら出てきた。

「探しもんだ。めっからねぇんだよ、俺のお気に入りが消えちまった」

「お気に入りって」

すると三哲は鹿爪《しかつめ》らしい顔を拵《こしら》えて、腕組みをした。が、横目でしきりと次郎助に目配せをする。次郎助が「ああ、あれかあ」と小膝を打った。

「お前ぇか、こそ泥は」

「あれ、餞別にした」

「餞別って」

「佐吉っつぁんの。あの枕絵、今、長崎」

「何てこと、しやがる。この、すっとこどっこい」

「また、買やぁいいじゃねえか」

「あれが良かったんだよぉ。お気に入りだったのに」

三哲はそれからしばらく、次郎助に文句を言い通しだった。

三日の後の夕暮れ、お安が駆け込んできた。

「おゆんちゃん、いよいよだよ」

「わかった。今すぐ行く」

おゆんは洗っていた茶碗をそのままに、診療部屋に声をかけた。

「お父っつぁん、次郎助、行ってくるから」

「おう」

二人は薬匙を持ったまま出てきて、珍しく神妙な顔をした。

「しっかりな。後で俺も行くから」

次郎助は励ますように、声に力を籠める。

おゆんは待合場の土間に下り、そのままお安と共に前庭を突っ切った。亀の子長屋に向かって小走りになる。おせんは生家が客商売をしているうえ男親だけであるので、暮らしている長屋で産みたいと言ったのである。むろん、取上婆はお亀婆さんが引き受けた。

「産気づいたのは昨日の夜更けらしいわ」

「じゃあ、もう随分と経ってる」

「まあ、初産だからね。これから半日か、いや、もっとかかるかもよ」

木戸を潜って路地に入ると、井戸端で長屋の女たちが盛んに水を汲んでいた。おせんの呻き声が外に響く。鶴次とけん坊がこちらに気づいて頭を下げたが、二人とも蒼《あお》褪《ざ》めていた。

「すいません、お世話んなります」

「水臭いことお言いでないよ」

お安は短くそう言い、前のめりになって中に入った。おゆんも後に続きかけて、振り返る。けん坊の前に屈んで、手を取った。

「けん坊、大丈夫だから。お亀婆さんがついてる。あのおばちゃん、もうほとんど子《こ》安《やす》の神様みたいな人だから」

鶴次とけん坊が同時に、「うん」と曖昧にうなずいた。ただ案じて待つだけの身もしんどいのだ。次郎助、早く来てやってくれないかなと思いながら中に入った。

何枚も重ねた蒲団におせんがもたれて横になり、その傍らにお亀婆さんがどっしりと陣取っている。お安と、そしておみちも枕屏風の前に坐っていて、おせんの腰をさすっていた。

おみちは去年の秋、鶴次とおせんが所帯を持つことになってまもなく、髪結いの師匠の家に移って住み込んだ。ただ、鶴次の長屋で集まる夜は顔を見せているようで、おゆんも何度か顔を合わせている。以前のように誘いを断らない日もあって、相変わらず皆が呑んで騒ぐのを黙って見ている時の方が多い。けれど案外と楽しくて、声を立てて笑っている己にびっくりする時さえある。

おみちはもう次郎助に目もくれず、いつも他の若者の腕に手を置いたり艶っぽい目をして話し込んでいる。今、おみちがどんな気持ちであるのか、おゆんにはまるで摑めない。

ただ、おゆんはおみちと会うたび、何か借りを作ったままであるような気分になるのだ。

おせんが苦しげに眉を寄せ、汗を滴らせている。思わず、おゆんの方が胴震いした。

「何を手伝おう、あたし」

「じゃあ、おせんちゃんを少し立たせてやっとくれ。さあさあ、ちっと立って動いてみようか」

「立ったりできるの」

「ここの天井は力綱を吊るせないから、坐位で産めないんでね、仰向けに寝る方法でやることにしたのさ。だから少しは動いて赤子が下りてきやすいようにしとかないと。おせんちゃん、痛みが引いたらでいいから、立ってみよう」

おゆんは傍に寄っておせんの背中に腕を回す。お安とおみちが向こうから介添えし、おゆんは手前で肩を入れた。

「お尻の下を持ってやって。そうそう。はい、そのまま両足を踏ん張って立つ。一歩、踏み出してごらん」

おみちが荒い息を吐いて、呻いた。

「おみっちゃん、気を落ち着けな。あんたが産むわけじゃないんだから」

婆さんが笑うと、おせんも「本当だよ」と声を洩らす。

「ゆうべっからつきっきりでいてくれてるんだから、おみち、ちょっと休んで」

「そんなわけにいかないよ」

勝気なおみちが目の端を吊り上げた。すると婆さんは、軽い口調で取り成す。

「おみっちゃん、肩の力を抜きなって。お産は長丁場の戦《いくさ》だが、赤子をこの世に迎えるってえ、それは楽しみな戦でもあるんだよ」

するとおせんが「そう、そう」と途切れ途切れに言った。

「頑張り過ぎたら、後がもたないよ」

おみちがぷっと噴き出す。

「当人に窘《たしな》められちゃあ、世話ぁないわ」

「そう、その意気だ。そのくらいで、ちょうどいい」

お亀婆さんは満足げに、皺深い頬を緩めた。


夜はもうすっかり更けている。おせんがまたいきんで、大きな声を出した。

「いいよ、その調子。ゆっくりと息を吸って、吐いて。そう、そうやって痛みを逃がそう。無理にいきまなくていいからね。大丈夫。また波が来たら声を出して。そうだ、よし、皆も一緒に」

お亀婆さんの指図で、お安が「うおぉ」と加勢の声を上げる。おゆんは少し恥ずかしくて、口の中で呟いた。おみちは掠れ声を振り絞り、両の肘を曲げて叫ぶ。おせんと息が合っていて、二人の仲の深さが知れる。

「おみっちゃん、あんた、いきむの、上手いわ」

お亀婆さんが褒めると、おせんが「やめて、笑わさないで」と苦しげな息の合間に言う。また、皆が少し笑う。

お亀婆さんはこの場の息遣いを巧妙に差配しているのだと、おゆんは気がついた。

おせん本人が、痛さ苦しさに集中してしまわないように絶妙な間合いで声をかけ、陣痛の波といきみを繰り返させている。

お安はいつのまにか姿を消していて、外で声がする。

「お湯は沸いてるかい。たっぷりとだよ。あれ、三ちゃん、お前さんまで来ちまったのかい。あんたたちが何人揃ったって、役に立ちやしないんだけどねえ。そうだ、お前さん、おむすび作っといて。え、用意してんの。へえ。じゃあ、鶴次は路地に縁台を出して、けん坊が起きたら食べさせてやんな。次郎助、うちの縁台も持っといで。それと、あたしが縫ってた産着《うぶぎ》と襁褓《むつき》があるだろ。違うよ、桃色の風呂敷に包んである。忘れちまったんだよ、持ってくるの。いざとなったら、泡喰っちゃって、何も持たずに飛び出して来ちまった」

おせんがまた歯を喰いしばり、総身が割れそうな声を出した。おせんの左手はおみちが、右手はおゆんが握り締めている。

婆さんはおせんの股の間に坐り込んでいて、顔を近づけた。

「頭が見え隠れしてるよ。そうだ、おお、もうちっとだよ。出てきた、よし、もう一息つ。……はい、躰の力を抜いてえ。おみっちゃん、手の甲をさすっておやり。手から力を抜かせる。おゆんちゃんも」

命じられておせんの手を取り直し、手の甲や指を懸命にさすった。

「おせん、大丈夫かい。あたし、ここにいるからね」

おみちが励ますが、おせんはもう答えられない。

「息を吐いて。もう一度。そうだ、もう無理しなくても、ちゃんと生まれてきてくれる。そう、吸って吐いて、吸って吐いて」

おゆんも一緒に間を詰めて、呼吸を繰り返す。

「さあ、頭は出てきてるよ。もうすぐだ。産湯《うぶゆ》は」

「用意できてる」

いつのまに中に戻ってきていたのか、お安が間近で答えた。

「おゆんちゃん、こっち、手伝っとくれ」

お亀婆さんに呼ばれて、おゆんは足許に動いた。立てた膝の間で、赤子の肩までが見えた。

「さあ、ようこそ」

一気に躰の全部が出て、息を吐く音が聞こえた。

弱々しい泣き声だ。お亀婆さんは赤黒く濡れそぼったその子の頭を撫でるようにして、抱き上げた。その途端、途方もなく大きな声で赤子が泣き出した。両腕と両脚をくの字に曲げ、けれど元気のよい声だ。

「おせんちゃん、女の子だ」

お亀婆さんの声が聞こえたのだろう、路地で大きな歓声が上がった。おせんが拝むように、胸の前で手を合わせている。おみちも、そしておゆんも泣いた。

窓の外はいつのまにか明るい青に澄み渡っていて、雀の鳴く声が聞こえる。夜が仄《ほの》仄《ぼの》と明け始めていた。

鶴次とおせんの赤子はお七夜の祝で、お亀婆さんによって「まん」と名づけられた。生まれたばかりの肌の色とは打って変わって、おせん似の色白な女の子である。

「きかん気なのはけん坊に似てるかも。お乳の吸い方が凄いんだから」

おせんは鶴次と顔を見合わせて、ゆったりと微笑んだ。

亀の子長屋で行なわれた祝にはむろん、おせんの父親も駆けつけていて、けん坊と一緒にまんの頰をつついては、目尻を下げていた。

おゆんは路地に並べた縁台に坐り、今はもうすっかりと顔馴染みになった若者組の面々と次郎助が呑んでいるのを眺める。所帯を持った者は若者組を脱けるのが決まりであるらしいが、こうしてしじゅう鶴次の許に集まるのだ。

三月も半ばの宵のことで、軒と軒の間に星空が広がり、通りからは新緑の匂いを含んだ風が流れてくる。月はそろそろ満月に近い。

「お亀婆さんの次は、俺の出番だ。鶴次、おまんの麻疹《はしか》と疱瘡《ほうそう》は俺にまかせろ」

酔った次郎助が胸を叩くと、鶴次が「馬鹿も休み休み言え」と鼻であしらう。

「うちの子に限って、お前にだけは診せねぇぞ」

「何を。今の俺の腕を知ってから、言いやがれ」

「けど、おゆんちゃん、こいつ、本当に医者なんぞ、やってんの」

誰かが訊ねた。

「うん。まあ、めったと患者は来ないんだけど」

「そんなこったろうと思った」

次郎助は皆にこき下ろされて、「ちぇ」と舌を打つ。

「今に見てろ。本物の名医になってやる」

そういえばお父っつぁん、どこに行ったんだろうと、おゆんは縁台を立って家の中を覗いた。いない。奥に進むと、お亀婆さんの家で「がはは」とどら声が聞こえた。

お安と金蔵夫婦もいて、「よくもまあ、三ちゃん」とお安に責められている。

「佐吉っつぁんに枕絵を餞別に渡すなんぞ、気が知れないよ」

「あの男前が包みを開けて、どんな顔したかね。可笑しいや」

金蔵がいひっと笑うと、三哲はなぜか手柄顔だ。

「な、こういう洒落は女にはわからねぇもんだ」

あんなに怒っていたのに、いつのまにか己《おの》が思案にしている。そんな嘘を吐《つ》いていったい何の得があるかと問えば、「さぁて」と首をひねるに違いない。その場限りで面白ければ、何だっていいのが三哲だ。

路地を引き返したら、井戸端におみちの姿が見えた。珍しく皆から離れて、ぽつりと一人で猪口を持っている。我知らず下駄の音を立てないように爪先に力を入れ、近づいていた。おみちはお産の間も決しておゆんに目を合わそうとしなかった。こちらから話しかけても聞こえぬ振りをするのだ。

そして今もおゆんに気づいてか、ぷいと顔を背けた。肩を回し、木戸の外に向かって歩いていく。

通りに出ると、おみちは柳の下でいきなり足を止めて振り向いた。

「ついてこないでよ」

月に雲がかかって、おみちの顔つきはよくわからない。が、その掠れ声は剣呑《けんのん》だ。

「お願い、少しだけ時をちょうだい」

「あたし、もう帰らなきゃ。うちのお師匠《し》さん、きついんだ」

「一言だけ。お願い」

「何よ、しつっこい」

おゆんはひるみそうになって、足を踏ん張った。

躰の芯を通したら、肚が据わる。

己に言い聞かせて息を吸い、吐いた。

「あたし、次郎助のことを本気で想ってる」

するとおみちは腕組みをして、「あ、そう」と鼻で嗤《わら》った。

「ほんと、おめでたい女だよね。何でそんなこと、一々、あたしに断るわけ」

「前に、違うことを口にしちゃったから。ちゃんと言いたかった」

「好きにすれば」

「うん。そうさせてもらう」

おゆんは「じゃ」と踵《きびす》を返す。

次郎助とはかかわりなく、これはおみちとの間で結着をつけることだ。そしたら胸の痞《つか》えが下りて、やっと先に進める。そう思っていたのに、いっそう胸が塞がる。躰が重くなる。

あたし、やっぱ無理なのかなあ。はっきり口にしたらしたで、相手の気持ちをひどく損《そこ》ねたような気がする。「ちゃんと言いたい」なんて手前勝手もいいとこだ。

すると後ろから、何かが聞こえた。足を止めて振り返る。

「嘘つき」

そう聞こえた。

「あんた、次郎助のこと、何とも思ってないって言ったじゃないか。何さ、両天秤がうまいことやって、いい気になるんじゃないわよ」

「いい気になんかなれないから、こうして伝えたのよ。あたし、ずっと気になってた」

「ほんと、いけ好かない。あんたみたいな女のどこがいい」

ふいに胸を小突かれて、身が揺れた。

「何すんの」

また胸を突かれる。ふいに頭に血が昇って、おゆんはおみちの肩を小突き返した。

「好きにすればって、ついさっき言ったじゃないの。じゃあ、あれは嘘にならないわけ」

「あんた、小突いたね、あたしのこと」

「そっちが先に手ぇ出したんでしょ」

ぴしりと頰を打たれて、おゆんも平手で返した。互いに頰を打ち合い続ける。

「おい、お前ぇら、何してんだ」

次郎助の声がして、鶴次の声も聞こえる。

「おみち、おゆんちゃんもやめろよ、どうした、いったい」

鶴次がおみちを羽交《はが》い締《じ》めにするのが見え、おゆんも後ろから腕を摑まれた。次郎助だ。

するとおみちが鶴次の手を振りほどいて叫んだ。

「ほっといて」

おゆんも大きな声を出した。

「そうよ。あんたたちは、すっ込んでて」

と、またおみちに頰を張られた。おゆんもはたき返す。じんじんと左の頰が痺れて、掌も痛くなってきた。次郎助と鶴次は「まいったなぁ」と腕組みをして、顔を見合わせている。

「いい加減にしてよ。髪結いの手は商売道具なんだから。明日、櫛《くし》が持てなくなっちまう」

「知るもんか、そっちから始めたんでしょ」

「何てぇ、頑固」

「そうよ、のろまのくせにあたしは頑固よ。昔っからいつでも人の後ろをついて歩いて、もうそれが厭で惨めで、黙っててもあたしのことをわかってくれる大人にだけ混じって暮らしてきたわよ。ずっと逃げてきたのよ。だから今度だけは自分の口で伝えたかった。あたし、次郎助と添いたいって」

左目が霞んで、それでもおみちに目を据える。おみちも肩で息をしていて、頬が腫れ上がっているのが見えた。

「ほんとうもう、あんたなんか大っ嫌い」

「こっちだって」

おゆんはまた言い返して、地面に足を踏ん張った。

水無月《みなづき》の午下《ひる》がり、おゆんはふらここに揺られている。

退屈だ。

次郎助は往診に出かけて、三哲は湯屋に行ったまま帰って来ない。

「精々、稼いで来いよ」

三哲は近頃、次郎助にそう言って遊び暮らしているのだ。にもかかわらず、お亀婆さんが「次郎助、大した人気らしいじゃないか」と町の評判を口にすれば、「俺から見りゃあ、てんでなってねえ。婆さん、あいつに命預けられんのか。えっ、どうでい」と臍《へそ》を曲げる。

おゆんと次郎助は盆が過ぎたら祝言を挙げることに決まり、金蔵とお安は涙声で喜んでくれた。だが三哲は「手近で、なるようになりやがって」と、つまらなそうに耳の穴をほじっていた。

「短い人生、もっと、世間をあっと言わせねぇか」

三月におゆんとおみちが頰を張り合ったことは、瞬く間に町の噂になった。おまんを抱いたおせんまでが、見物がてらの見舞いに訪れた。

「おみちも凄い形相《ぎょうそう》になってたけど、まあ、おゆんちゃんもご立派。で、あんたたち、何で喧嘩したのさ」

おせんはたぶん知っているくせに、からかって寄越した。おまんを抱っこしたら大層、泣かれて難儀した。

おゆんはふらここを漕ぎながら、夏空に近づいては両の脚を上げる。

ふと、妙なことを思い出した。いつだったか、次郎助が小児医の極意なるものを三哲に訊ねたことがあった。すると三哲は面倒臭そうに、こう言ったのだ。

「ふらここだ」

いや、あの時はにかりと笑ったんだっけ。

おゆんは尻で押すように膝を曲げ、また脚を動かす。ふらここは行ったり来たりを繰り返す。

そういえばお亀婆さんは、人はこうして「正」と「邪」の間を行ったり来たりしてるんだと言っていた。ひょっとして、同じことなんだろうか。

こっちが病のある状態、でもって、こっちが元気な状態。どっちも同じ躰、同じ子供。ん。ということは、悪いところも併せ持って生きていく。薬で無理やり取り除くんじゃなくて、徐々に折り合いをつけていく。そういうことなんだろうか。

いや、どうだかなあ。

おゆんは首を捻りながら、漕ぎ続ける。するとお安が手招きをしながら、駆けてくる。

「ちょいと、おゆんちゃん、た、大変だ」

またまた、おばちゃんの「大変」がやってきた。あれ、金蔵さんまでがわめいている。見下ろせば、お亀婆さんと薬箱を提げた次郎助までが転びそうになりながら戻ってきた。

「おゆん、大変だ。降りろ」

「何よ、皆さん、お揃いで」

「さ、三ちゃんが」と、お亀婆さんが顎をかくかくと動かした。

「お父っつぁんがまた、何かしでかしたの」

三哲が大法螺を吹いて世間で嗤われようが、色っぽいお姐さんに鼻毛を抜かれようが、おゆんはまるで驚かないのである。

「お、御召《おめし》だってさ。御城の奥医師に」

「もう、お父っつぁんってば、同じ法螺を使うなんて手抜きもいいとこ。皆もね、いい加減、懲りてよ」

「違う、本当なんだよ。あたしゃ、町の顔役から聞いたんだから」

「俺も。もうすぐ遣いがやって来る」

「けど、大御所様はついこないだ、亡くなったでしょうが」

先だって、前の公方である家重公が薨去《こうきょ》したのである。三哲はその家重公に御目見得したものの梨の礫《つぶて》で、つまり御眼鏡にかなわなかったのだ。

「だから今の公方様の御召なんだよ、おゆんちゃん。いいかい、よくお聞き。喪が明けたら、奥医師に御召だって」

おゆんはふらここを漕ぎながら、「またまた、皆で仕組んじゃって」と笑った。

「大奥から、強い推挙があったらしいよ」とお亀婆さんが言えば、お安が「それって、ひょっとして」と、顔を見合わせた。

金蔵が後ろを見返って、「あ」と大声を出した。

「三ちゃんが帰ってきた」

「どうしたい、昼間っから。また女の殴り合いか」

三哲はふざけて肩を揺するが、面々が取り囲んで口々に叫んでいる。三哲はまぬけ面で、横腹をぼりぼりと掻くばかりだ。

と、黒塗りの駕籠が通りから入ってくるのが見えた。皆が一斉に三哲の背を押し、家に向かっている。

次郎助だけが引き返してきて、大きく手を振った。

「おゆん、降りてこい。城から遣いだ」

「嘘ぉ。もう勘弁してよ」

空の向こうで、大きな白雲が湧き立っている。蟬が一斉に鳴き始めた。

おゆんはふらここから、「えい」と飛び降りた。

参考文献

『絵で読む江戸の病と養生』酒井シヅ　講談社
『江戸時代の医学　名医たちの三〇〇年』青木歳幸　吉川弘文館
『江戸時代の医師修業　学問・学統・遊学』海原亮　吉川弘文館
『江戸の親子　父親が子どもを育てた時代』太田素子　中公新書
『江戸の子育て十カ条　善悪は四歳から教えなさい』小泉吉永　柏書房
『「江戸の子育て」読本　世界が驚いた！「読み・書き・そろばん」と「しつけ」』小泉吉永　小学館
『江戸の躾と子育て』中江克己　祥伝社
『江戸の町医者』小野眞孝　新潮社
『江戸の病』氏家幹人　講談社
『江戸風流医学ばなし』堀和久　講談社文庫
『漢方診療のレッスン　増補版』花輪壽彦　金原出版
『漢方治療　江戸の先師の精緻な『証』を見習い、処方と配合の妙に学ぶ』芦田稔

碧天舎
『図説　江戸の学び』市川寛明　石山秀和　河出書房新社
『泥坊の話　お医者様の話』三田村鳶魚（編）朝倉治彦　中公文庫

解説

現代に通じる医療時代小説

久坂部 羊（作家・医師）

『藪医 ふらここ堂』は、時代小説であると同時に医療小説でもある。その証拠に、第五回日本医療小説大賞の最終候補作品に挙げられている。

医学も医術も未発達の江戸時代に、どんな医療小説が書けるのかと首を捻《ひね》る人もいるかもしれないが、病気や生き死にの問題は、常に人々の重大関心事であるから、いつの時代にもドラマや葛藤はあるだろう。

本作の主人公、天野《あまの》三哲《さんてつ》は江戸の下町で開業する小児医である。着流しに褞袍《どてら》姿、無精髭、髪は縮れ毛を梳《す》きもせず結《ゆ》わえているだけで、朝から患者が来ているのに、寝坊した上にのんびりと湯屋に行ったりする。「面倒臭《くせ》ぇ」が口癖で、患者や家族ともめると、縁側から遁走《とんそう》したりもする。そのくせ、薬種屋が吉原で接待してくれると聞くや、それを目当てに大量に薬を仕入れたり、豪華な駕籠《かご》に乗れるとなると、ふだん面倒がる往診にもホイホイと出かけたりする。

どうしようもない俗物医者かと思いきや、脱水症で瀕死《ひんし》の幼児を救ったり、集団食中毒の子どもたちに適切な治療を施して、事態を収拾したりもする。「秘薬」として売りつけられた怪しげな丸薬を、ただの掃墨《はいずみ》（煤《すす》）だと見破る眼力を持っているが、売薬が儲《もう》かるとなると、自ら「三哲印《さんてつじるし》」という丸薬を考案しようとしたりもする。ヤブ医者なのか名医なのか、誠に興味深いキャラクターである。

実はこの三哲、実在のモデルがいる。江戸時代の中期、第九代将軍家重《いえしげ》に拝謁し、西之丸奥医師を拝命した篠崎三徹《しのざきさんてつ》がそれで、同時代の講釈師、馬場文耕《ばばぶんこう》の『当世武野俗談《とうせいぶやぞくだん》』によると、どんな病人にも同じ薬を出すのに、評判がよくて、大勢患者が押し寄せたように書かれている（『当世武野俗談』の表記は「篠崎三哲」）。

小説でも、三哲は公儀から奥医師任命の沙汰を受け、実家の篠崎家から横槍《よこやり》が入ったりもするが、任命を受けるのか受けないのか周囲をやきもきさせつつ、面接で登城した折には、ちゃっかり粋《いき》な計らいをしたりする。

頼りないように見えて凄腕《すごうで》、粗野に見えて繊細、権威からお招きがあるほどの実力だが庶民派。こういう人物を主人公に据えるところに、朝井まかての小説エンターテイナーとしての真骨頂がある。

解説のために再読しつつ、私が感じたのは、名医とヤブ医者のちがいとは何かということだ。患者から見た名医とはどんなものか。

薬種屋の手代、元侍でしっかり者の佐吉《さきち》が、三哲の娘、おゆんに〝名医〟について語る場面がある。

「立派な身形《みなり》と門構えを整え、往診には紋入りの薬箱と、弟子も何人か従えています。難しい医書をいつも携《たずさ》えて、それも患家の信頼を得る秘訣でしょう」

つまりは外見が大事ということだ。患者は専門的なことはわからないので、無理からぬことかもしれないが、佐吉はさらに似非名医の実態を喝破する。

「死ぬか生きるかの瀬戸際にあれば、身内はもう藁《わら》にも縋りたい心持ちになりますから、そこにつけ込んで、あの手この手で薬代を絞り取るんです。近頃は手の込んだ詐欺のような手口もありますし、組合仲間を作ってうまく評判を操作する連中もいます」

現代医療にも当てはまる一面で、思わずドキリとする。作者は医師でもないのに、なぜこんな医療界のナイショ事を知っているのか。怪しみながら読み進めると、佐吉のセリフにこうも書いてある。

「(名医を) 目指せば目指すほど、たぶん医者の本分からはずれましょう。ですから私はこう申し上げました。人は何者になるかではなく、何をするかが肝心ではないでしょうか、と」

〝名医〟という評判を得ようとするのではなく、医師としてどんな医療を行うかが大事ということだ。ランキング本に取り上げられて喜ぶ医師や、〝神の手〟などともてはやされて嬉《うれ》しがる医師には、耳の痛い言葉だろう。

少々乱暴な言い方になるが、患者はだいたい自分の病気を治してくれる医師を〝名医〟と思い、治せなかったら〝ヤブ医者〟と決めつける。自分がかかっている医者は名医であってほしいという潜在的願望から、病気が自然に治った場合でも、〝名医〟とおほめをいただくこともある。

しかし、名医でも誤診をすることはあり、ヤブ医者でも治療に成功することもある。名医が治療に失敗すると、「名医なのに」と眉をひそめられ、逆にヤブ医者がうまく治すと、「案外、あの先生もやるな」と株が上がったりする。ふだんから名医と思われるより、ヤブ医者と思われていたほうが気楽であり、仕事もやりやすいのかも。三哲のやり方はこれに近く、上方落語にときどき出てくる「損して得とれ」という船場商人の戦略にも通じる。

同じく、落語に登場する船場商人の言葉に、「あとの喧嘩《けんか》は先にしとかんならん」というのがあるが、これも医療の現場では大事なことだ。しかし、実際はむずかしい。あとの喧嘩、すなわち、病気が治らないことをはじめに言うと、患者が不信に陥るので、どうしても「大丈夫です」「あきらめる必要はありません」などと調子のいいことを言ってしまう。がんや認知症の治療でよく見られる光景だ。

『藪医 ふらここ堂』には、もちろん医療の話ばかりでなく、下町の人情、若い衆の恋愛、武家社会の悲劇なども描かれている。それが自然なユーモアとリアリティで書かれているので、実に気持ちよくスムーズに読める。しかし、全体に通底しているのは、現代にも通じる医療の本質である。

私が三哲の医師としての見識の高さを感じるのは、たとえば次のようなセリフだ。

——医者がやれることなんぞ、高《たか》が知れてる。

患者は医師に多くを期待するが、医師も人間、いくら専門知識があっても、できることは限られている。その証拠に、医師も大勢がんで死に、脳卒中で寝たきりになり、パーキンソン病にも認知症にもなっている。自分の病気を治せなくて、どうして患者の病気が治せるだろう。ただ、それを声を大にして言うと、信用を失って仕事がしにくくなるので、みんなだんまりを決め込んでいるにすぎない。

どんな病気でも、治療するほうがいいと思っている人も多いようだが、これも誤った考えで、治療をしないほうがいい場合もないではない。三哲はそれもわきまえていて、薬種屋から大量に仕入れた生薬も、あまり患者には出したがらない。食中毒で子どもが吐き下ししているとき、親はなんとか薬で抑えてほしいと願うが、三哲はこう親を叱咤《しった》する。

「今はな、身中に回った毒を外に出してんだ。（略）毒を出す流れを薬で止めたら、それこそ御陀仏《おだぶつ》なんだよっ」

これは現代にも通用する考えで、かつてO157（腸管出血性大腸炎）で集団中毒が起きたとき、下痢止めをのんだために、毒素の排泄が遅れて死亡した患児も報告されている。

基本的に三哲は本人の治ろうとする力を大事にする医者で、風邪で発熱している子どもにも、「額《ひたい》が熱くなけりゃあ暖かくして休ませて、（略）汗をしっとり出させてやるくらいでいい」と言う。熱が出ると、すぐ抗生物質だ、解熱剤だと求める人が今でもいるが、抗生物質は細菌にしか効かず、風邪の原因であるウイルスには無効である。微熱も、ウイルスが低温を好むがゆえに、身体が発熱して増殖を抑えようとしているのだから、高熱でないかぎり、解熱剤など使うのはウイルスに好ましい状況を作っているのも同然だ。

それなのに、患者が常に治療を求めるのは、医師が事実を積極的に公表しないからである。理由は、治療しなくていいなどと言いふらすと、患者が来なくなって収益が上がらないからだ。

医師は常に患者のことを考えているが、同時に自分の収益のことも考えている。本人の治る力を大事になどすると、医師は出番がなくなって儲からない。だから、自然と患者を医療に仕向けるバイアスがかかる。

昨今の健康ブームもそれで、健康診断、検診、健康食品、アンチエイジングなど、明らかにおためごかしの金儲けに躍らされている人も多い。健康診断や検診で命拾いする人がいるのも事実なので、全否定はしないけれど、このような風潮を揶揄《やゆ》するかのように、三哲はうそぶく。

「躰に気をつけすぎる奴らを見てみな、揃《そろ》ってつまんねぇ顔をしてやがる」

さらに子どもの虚弱体質に関しても、こんな卓見を述べる。

「まずはよその子と比べねぇこったな。子の育ちは一人ひとり違うのに、親が心配し過ぎて小さい時分から薬に馴染ませたら、本人もそう思い込んじまう」

なんで作者は、こんな医療のウラ真実みたいなことを知っているのか。感心しつつ首を傾《かし》げるが、そう思うのは私自身が三哲同様の不良医者だからかもしれない。医療至上主義者や、先進医療信奉者から見れば、許しがたい怠慢だろう。

世間は医療の進歩に期待しているので、勢い、医療のよい面ばかりがメディアで喧伝される。そんな中で、作者が三哲を通じて、自然に任せる療法を評価したことに感服させられる。それだけではない。物語の後半で、それまでコミカルな役まわりだった助産師のお亀婆《かめばあ》さんが、堕胎と間引きを肯定したりする。その場面には、思わず冷水を浴びせられたような衝撃を受けた。読まれた方はおわかりだろうが、人間はきれい事だけではすまない。正と邪を行ったり来たりしながら生きていくという宿命を、ふらここ（ブランコ）の揺れに重ねて、作者は見事に描き出している。

江戸を舞台にした安心して読める時代小説と見せながら、現代に通じる鋭い真実を、匕首《あいくち》のように潜ませた小説。それがこの『藪医　ふらここ堂』である。

現代でも、どこかで三哲のような医師が、患者のために頑張っているかもしれない。

本書は二〇一五年八月に小社より単行本として刊行されました。

|著者|朝井まかて　1959年、大阪府生まれ。甲南女子大学文学部卒業。2008年、第3回小説現代長編新人賞奨励賞を『実さえ花さえ』(のちに『花競《はなくら》べ 向嶋なずな屋繁盛記』に改題)で受賞してデビュー。'13年に『恋歌《れんか》』で第3回本屋が選ぶ時代小説大賞、'14年に同書で第150回直木賞、『阿蘭陀西鶴《おらんださいかく》』で第31回織田作之助賞、'15年に『すかたん』で第3回大阪ほんま本大賞、'16年に『眩《くらら》』で第22回中山義秀文学賞を受賞。他の著書に『ちゃんちゃら』『ぬけまいる』『福袋』などがある。

薮医《やぶい》 ふらここ堂《どう》

朝井《あさい》まかて

講談社文庫

定価はカバーに
表示してあります

2017年11月15日第1刷発行

発行者──鈴木　哲
発行所──株式会社　講談社
東京都文京区音羽2-12-21　〒112-8001
電話　出版　(03) 5395-3510
　　　販売　(03) 5395-5817
　　　業務　(03) 5395-3615

Printed in Japan

デザイン─菊地信義
本文データ制作─講談社デジタル製作
印刷───大日本印刷株式会社
製本───大日本印刷株式会社

ISBN978-4-06-293790-0

講談社文庫刊行の辞

二十一世紀の到来を目睫に望みながら、われわれはいま、人類史上かつて例を見ない巨大な転換期をむかえようとしている。

世界も、日本も、激動の予兆に対する期待とおののきを内に蔵して、未知の時代に歩み入ろうとしている。このときにあたり、創業の人野間清治の「ナショナル・エデュケイター」への志を現代に甦らせようと意図して、われわれはここに古今の文芸作品はいうまでもなく、ひろく人文・社会・自然の諸科学から東西の名著を網羅する、新しい綜合文庫の発刊を決意した。

激動の転換期はまた断絶の時代である。われわれは戦後二十五年間の出版文化のありかたへの深い反省をこめて、この断絶の時代にあえて人間的な持続を求めようとする。いたずらに浮薄な商業主義のあだ花を追い求めることなく、長期にわたって良書に生命をあたえようとつとめるところにしか、今後の出版文化の真の繁栄はあり得ないと信じるからである。

同時にわれわれはこの綜合文庫の刊行を通じて、人文・社会・自然の諸科学が、結局人間の学にほかならないことを立証しようと願っている。かつて知識とは、「汝自身を知る」ことにつきていた。現代社会の瑣末な情報の氾濫のなかから、力強い知識の源泉を掘り起し、技術文明のただなかに、生きた人間の姿を復活させること。それこそわれわれの切なる希求である。

われわれは権威に盲従せず、俗流に媚びることなく、渾然一体となって日本の「草の根」をかたちづくる若く新しい世代の人々に、心をこめてこの新しい綜合文庫をおくり届けたい。それは知識の泉であるとともに感受性のふるさとであり、もっとも有機的に組織され、社会に開かれた万人のための大学をめざしている。大方の支援と協力を衷心より切望してやまない。

一九七一年七月

野間省一